BIBLIOTECA POLIROM

PROZĂ XX

Colecția BIBLIOTECA POLIROM este coordonată de
Bogdan-Alexandru Stănescu.

J.M.G. Le Clézio, *Le livre des fuites*
Copyright © Éditions Gallimard, Paris, 1969

© 2009 by Editura POLIROM, pentru prezenta traducere

www.polirom.ro

Editura POLIROM
Iași, B-dul Carol I nr. 4; P.O. BOX 266, 700506
București, B-dul I.C. Brătianu nr. 6, et. 7, ap. 33, O.P. 37;
P.O. BOX 1-728, 030174

Descrierea CIP a Bibliotecii Naționale a României:
LE CLÉZIO, JEAN-MARIE GUSTAVE
     Cartea fugilor / J.M.G. Le Clézio; trad. de Rita Chirian. –
Iași: Polirom, 2009
     ISBN 978-973-46-1579-7

I. Chirian, Rita (trad.)

821.133.1-31=135.1

Printed in ROMANIA

J.M.G. LE CLÉZIO

CARTEA FUGILOR

Traducere din limba franceză
și note de Rita Chirian

POLIROM
2009

Jean-Marie Gustave Le Clézio s-a născut în 1940, la Nisa, într-o familie de origine mauritiană. A urmat cursurile Universității din Bristol și ale Institutului de Studii Literare din Nisa. În 1964 și-a luat diploma de master la Universitatea din Aix-en-Provence, iar în 1983, doctoratul la Universitatea din Perpignan. A predat la universitățile din Bangkok, Mexico City, Austin și Boston. A debutat ca scriitor în 1963, cu romanul *Procesul-verbal*, care s-a bucurat de un succes imediat, fiind distins în același an cu premiul Renaudot. Autor prolific, Le Clézio a publicat până în prezent peste cincizeci de romane, volume de nuvele, eseuri, traduceri și cărți pentru copii, dintre care au fost traduse în limba română: *Potopul* (1966), *Căutătorul de aur* (1985), *Primăvara și alte anotimpuri* (1989), *Steaua rătăcitoare* (1992), *Diego și Frida* (1993), *Africanul* (2004), *Raga* (2006). Cariera sa literară a fost recompensată cu numeroase premii: premiul Valery Larbaud (1972), premiul Jean Gino (1997), Marele Premiu pentru Literatură Paul Morand (1980), premiul Prințul de Monaco (1997). În 2008 i-a fost decernat Premiul Nobel pentru Literatură.

Cartea fugilor (1969) descrie cu o fină intuiție psihologică angoasa ființei în fața conștiinței subite a faptului că lumea a devenit un spațiu de nelocuit, din care nu există altă posibilitate de evadare decât o fugă perpetuă. Antrenându-ne în vârtejul unui ritm nebunesc și al unei imaginații debordante, călătoria pe care o întreprinde în jurul lumii tânărul Hogan, un vietnamez de nouăsprezece ani din Lang Son, ne dezvăluie un univers ostil, monstruos, împânzit de orașe alienante, populații care mor în cea mai neagră mizerie și întinse regiuni devastate, un univers în care nimeni nu poate prinde rădăcini. Transformând călătoria într-o adevărată „artă a fugii", Le Clézio surprinde cu o subtilitate admirabilă dorința de evadare și foamea obsesivă după o altă lume care îl mână pe tânărul Hogan de la un capăt la altul al pământului, îl împiedică să se așeze în vreun loc anume, îl constrâng să rămână permanent în mișcare.

Ori lăsa-vom în urmă cetatea aceasta și pleca-vom mai departe.

(Marco Polo)

Puteţi să vă închipuiţi aşa ceva ? Un aeroport imens, pustiu, cu acoperişul plat întinzându-se sub cer, iar pe acoperiş, un băieţel aşezat într-un şezlong, privind drept în faţă. Aerul e alb, rarefiat, nu e nimic de văzut. Apoi, după câteva ore bune, se aude huruitul asurzitor al unui avion cu reacţie care decolează. Zgomotul ascuţit, violent devine din ce în ce mai puternic, ca şi cum, la celălalt capăt al acoperişului, o sirenă ar începe să se învârtă din ce în ce mai repede. Zgomotul e acum strident, urlă şi se izbeşte de fiecare cărămidă a acoperişului, pătrunde până în străfundurile cerului, pe care îl transformă dintr-odată într-o uriaşă placă de sticlă fisurată. Când huruitul ajunge atât de puternic încât nu se mai poate auzi nimic altceva, se iveşte cilindrul lung, din metal argintiu, care alunecă deasupra solului şi se înalţă încet în văzduh. Băieţelul aşezat pe şezlong nici nu s-a mişcat. A privit concentrat, cu ochii săi pe care zgomotul insuportabil i-a umplut de lacrimi. Tubul de metal s-a desprins de pământ, acum urcă, urcă tot mai sus. Băieţelul îl urmăreşte fără grabă, are tot timpul din lume. Vede fuzelajul alungit, de culoarea argintului, gonind pe pista de ciment, cu toate pneurile suspendate la câţiva centimetri de sol. Vede cerul răsfrângându-se în hublourile rotunde. Vede aripile mari, desfăcute oblic spre spate, care susţin cele patru reactoare. Din gurile de ventilaţie înnegrite ţâşnesc limbile de foc, rafalele, bubuitul tunetului. Băiețelul întins în șezlong se gândește la ceva. Se gândește că, într-o bună zi, dintr-odată, fără nici o pricină, va veni și clipa în care cilindrul pal și lunguieț va izbucni într-o explozie singulară, aprinzând pe întinsul cerului o pată roșie și aurie, vulgară, tăcută floare de foc care va rămâne suspendată acolo câteva secunde, apoi va dispărea, pierzându-se printre miile de puncte negre. În vreme ce talazul zgomotului teribil se va sparge și se va prăvăli în urechi.

Atunci băiețelul se ridică și, cu o mișcare leneșă, mecanică, a picioarelor și a brațelor, pășește pe acoperișul plat al aeroportului, îndreptându-se spre o ușă deasupra căreia scrie cu litere roșii

EXIT

și coboară treptele îmbrăcate în cauciuc ale scării de oțel, până în mijlocul holului aeroportului. Înăuntrul zidurilor, ascensorul se opintește bâzâind; și se vede totul, ca și cum pereții ar fi de sticlă. Se disting stranii siluete mute, copii cu ochi obosiți, femei înfășurate în pardesie roșii, câini, bărbați cu umbrele.

În hol, lumina este cu desăvârșire albă, reflectată din sute de oglinzi. Lângă intrarea principală se află un ceas electronic. Pe panoul său pătrat, plăcuțele se rotesc rapid, înlocuindu-și regulat cifrele:

15 05
15 06
15 07
15 08
15 09
15 10
15 11

Voci de femei debitează lucruri fără importanță, vorbind foarte aproape de microfoane. Oamenii așteaptă, aşezaţi pe banchete de piele. Când treci prin faţa fasciculului invizibil, uşile mari de sticlă se deschid dintr-o singură mişcare, o dată, de două ori, de zece ori. Puteţi oare, puteţi să vă imaginaţi aşa ceva?

Puteţi să vă gândiţi la tot ce se întâmplă pe pământ, la toate secretele fulgurante, la toate aventurile, derivele, semnele, la desenele trasate pe trotuar? V-aţi plimbat oare peste pajişti ori de-a lungul plajelor? Aţi cumpărat portocale cu câţiva bănuţi, aţi privit petele de ulei plutind pe apele bazinelor portuare? Aţi citit ora pe cadrane solare? Aţi fredonat cuvintele unor cântece stupide? Aţi mers la cinema, într-o seară, să priviţi minute bune cadrele unui film care se numeşte *Nazarin*[1] sau *Râul roşu*[2]? Aţi mâncat iguană în Guyana sau tigru în Siberia?

Robt BURNS
Cigarillos
If it's not a Robt BURNS it's not THE cigarillo

Sau:

(Wilfrid Owen)   „Era ca şi cum, în mijlocul luptei, aş fi dat bir cu fugiţii,
În adâncimile unui tunel trist, săpat de multe veacuri,
De-a lungul graniturilor pe care le-au sculptat războaie monstruoase".

---

1. *Nazarin* (1959) – film mexican regizat de Luis Buñuel şi realizat după un scenariu conceput de Buñuel în colaborare cu Julio Alejandro, dupa nuvela omonimă a lui Benito Pérez Galdós. Este distins, în acelaşi an, cu premiul Festivalului de Film de la Cannes.
2. *Red River* (1948) – film western american în regia lui Howard Hawks.

Sau chiar:

(Parmenide)   ...αἰεὶ παπταὶνουσα πρὸς αὐγὰς ἠελίοιο.

Toate cuvintele sunt, aşadar, posibile, toate nu-
mele. Cad precum stropii de ploaie, se prăbuşesc într-o
avalanşă nisipoasă, toate cuvintele. Ţâşnind din gura
vulcanului, se avântă către cer şi se prăvălesc din nou.
Sunetele îşi lasă dârele lor de bule în aerul vibratil,
ce seamănă cu gelatina. Puteţi să vă închipuiţi aşa
ceva? Noaptea neagră în care se răsfiră focurile de
artificii şi apoi straturile de sedimente explozive, chi-
purile femeilor, ochii, dorinţele care despică trupul ca
nişte tandre lame de ras. Zgomot, zgomot pretutin-
deni! Unde să te duci? Unde să te arunci, în ce hău,
unde să-ţi îngropi capul între perne de piatră? Ce să
mâzgăleşti pe foaia albă de hârtie, înnegrită deja de
toate scriiturile posibile? Să alegi, de ce să alegi? Să
laşi toate zgomotele să se propage, să laşi toate mişcă-
rile să-şi deruleze goana nebună către destinaţii necu-
noscute. Locuri nenumărate, secunde nemăsurate, nume
care nu se mai sfârşesc:

> bărbaţi!
> meduze!
> eucalipţi!
> femei cu ochi verzi!
> pisici bengaleze!
> colonade!
> oraşe!
> izvoare!
> ierburi verzi, ierburi galbene!

Oare toate astea chiar vor să spună ceva? Le adaug
cuvintele mele, sporesc imensul vacarm cu câteva
şoapte. Înnegresc câteva linii, acolo, ca să am ce face,
ca să distrug, ca să spun că trăiesc, ca să trasez noi

puncte şi noi contururi pe-o veche suprafaţă scorojită. Îmi arunc cifrele zadarnice, umplu găurile avide, puţurile fără memorie. Adaug câteva noduri iţelor încurcate, câteva dejecţii canalului de scurgere al marii cloace. Acolo unde mai este încă un spaţiu alb, acolo unde se vede neantul pur, scriu repede, spaimă, anchiloză, câine turbat. Sunt ochii pe care-i despic, ochi limpezi şi inocenţi pe care îi însângerez îndată cu propriul meu stigmat. Zgomot, zgomot, te urăsc, dar sunt alături de tine. Închis în siloz, bob de grâu care plesneşte şi-şi lasă să făina să se aştearnă în marea imobilă a celorlalte boabe. Litere care acoperă totul! Râsete, strigăte, gemete care acoperă totul! Culori cu învelişuri de plumb! Materie cu trup de piatră! Mormânt viu, povară care ne apasă pe fiecare dintre noi, iar eu însumi atârn greu, mă sprijin în cap şi-l îngrop în pământ. Trebuie să spun totul, totul! Aud, repet! Ecou al ecoului, culoar al gâtului în care se poticnesc cuvintele, culoare ale aerului, culoare fără sfârşit ale lumii. Uşile false se trântesc, ferestrele se deschid spre alte ferestre. Aş vrea să spun adio. Adio. Le vorbesc celor vii, le vorbesc milioanelor de ochi, de urechi şi de guri ascunse dincolo de ziduri. Pândesc. Se duc şi vin, rămân, nu fac decât să doarmă. Dar sunt acolo. Nimeni nu poate să-i uite. Lumea a arborat tatuajele de război, şi-a pictat trupul şi chipul, iar acum, iat-o, cu muşchii încordaţi, cu braţele înarmate, cu ochii arzând de febra biruinţei. Cine va deschide focul?

Cum să ieşi din roman?

Cum să evadezi din limbaj?

Cum să scapi, măcar o singură dată, măcar de cuvântul CUŢIT?

Într-o zi, cel ce se numea Hogan mergea, călcându-și umbra în picioare, pe străzile orașului, peste care domnea lumina unui soare puternic. Orașul se întindea pe fața pământului, un fel de necropolă cu dale și ziduri orbitoare, cu rețeaua ei de străzi, alei și bulevarde. Totul era pregătit, s-ar fi putut spune, stabilit pentru ca lucrurile să se petreacă astfel. Era o schemă metodică, din care nu lipsea nimic, aproape nimic. Erau trotuarele de ciment, cu mici desene regulate, șoselele gudronate, însemnate de pneuri, copacii drepți, felinarele stradale, clădirile verticale ce se ridicau la înălțimi vertiginoase, ferestrele, magazinele doldora de mâzgălituri, zgomotele, aburii. Ceva mai sus, dădeai de tavanul acela umflat, nici albastru, nici alb, de culoarea absenței, de care atârna discul soarelui. O întindere distrată, anonimă, un deșert fremătător, o mare pe care valurile înaintau unele în spatele celorlalte, fără să schimbe vreodată ceva.

Sus – într-acolo se îndrepta cel ce se numea Hogan. Pășea pe trotuarul alb, de-a lungul străzii albe, prin aerul mustind de lumină albă. Totul fusese acoperit de făina, de zăpada ori de sarea asta, iar tonele de cristale scânteiau toate laolaltă. Nu mai exista nicăieri nici o culoare, doar albeața asta imposibilă ce invadase fiecare colțișor al orașului. Proiectorul gigantic menținea pământul sub fasciculul lui de raze, iar particulele de lumină bombardau fără încetare materia. Fiecare obiect fusese transformat într-o lampă minusculă al cărei filament incandescent ardea în centrul bulei sale de cristal. Albul era pretutindeni. Nu se mai vedea nimic. Contururile fluide apăreau şi dispăreau la îmbinarea zidurilor, sub pleoapele fardate ale femeilor, de-a lungul acoperişurilor supraîncălzite. Însă imediat se amestecau, se divizau, se împrăştiau ca nişte fisuri şi totul devenea nesigur. Mai erau linia caselor care se odihneau sub cer, perspectiva bulevardelor ce se întâlneau în străfundurile negurii, norii întinşi de la o zare la cealaltă, dârele avioanelor cu reacţie, trecerea rapidă a maşinilor ; Hogan înainta printre ele, siluetă îmbrăcată în pantaloni albi şi cămaşă albă, încălţată cu espadrile, gata în orice clipă să dispară sau să se topească încet în căldura din jur. Înainta fără să se gândească la nimic, cu privirea aţintită la miile de scântei ale pământului, cu ceafa bătută de soare şi cu o umbră neagră sub picioare.

Era amuzant să meargă aşa, călcând pe propria-i umbră, în tăcere, în atmosfera ermetică a planetei. Era amuzant şi emoţionant să meargă aşa, pe o singură parte a pământului, să păşească pe carapacea dură, cu capul înălţat către infinit. Era ca şi cum ar fi venit de la celălalt capăt al Căii Lactee, de pe Betelgeuse[1] sau de pe Casiopeea[2], îmbrăcat ca un scafandru, în culoarea platinei, gata să-şi înceapă explorarea. Din când în când, ar fi putut apăsa pe un buton şi ar fi putut spune cu o voce cam răguşită.

„Explorator spaţial AUGH 212 către Bază. Explorator spaţial AUGH 212 către Bază."

„Baza către exploratorul spaţial AUGH 212. Baza către explorator spaţial AUGH 212. Vorbeşte."

---

1. Stea de dimensiuni variabile şi culoare roşiatică din constelaţia Orion, aflată la 650 de ani-lumină de Soare.
2. Constelaţie din emisfera boreală.

„Explorator spațial AUGH 212 către Bază. Am părăsit punctul 91 și mă îndrept acum către punctul 92. Totul merge bine. *Over.*"

„Baza către exploratorul spațial AUGH 212. Te recepționăm perfect. Ce vezi? *Over.*"

„Explorator spațial AUGH 212 către Bază. Totul este alb aici. Merg printr-un labirint regulat. Există o mulțime de obiecte în mișcare. Este foarte cald. Mă apropii acum de punctul 92. *Over.*"

„Baza către exploratorul spațial AUGH 212. Identifici semne de viață organizată? *Over.*"

„Explorator spațial AUGH 212 către Bază. Nu, nici unul. *Over.*"

Înainta ca pe fundul mării, într-o liniște densă, printre bule grele ce urcau din tainițele craterelor, prin alunecarea norilor de mâl, printre țipetele peștilor, scrâșnetele aricilor-de-mare, șuierăturile rechinilor-balenă. Și, mai ales, prin masa acvatică, invincibilă, cc atârna greu cu miile ei de tone.

Chiar așa și era. Hogan mergea pe străzile unui oraș înghițit de ape, prin mijlocul porticurilor în ruine și catedralelor dărăpănate. Se intersecta cu bărbați și femei, din când în când și copii, iar aceștia erau bizare creaturi marine, cu înotătoarele în mișcare, cu guri retractile. Magazinele și garajele păreau grote deschise, unde trăiau pitite caracatițe lacome. Lumina cobora încet, ca o ploaie fină de mică. Puteai să plutești vreme îndelungată printre dărâmăturile astea. Puteai să aluneci de-a lungul curenților calzi, reci, calzi. Apa pătrundea peste tot, vâscoasă, acidă, intra prin nări și curgea prin gâtlej până în interiorul plămânilor, se lipea de globii ochilor, se făcea una cu sângele și cu urina, se plimba prin trup, impregnându-l cu substanța ei onirică. Pătrundea în urechi și proptea în spatele timpanelor două minuscule sfere de aer care te izolau pentru totdeauna de lume. Nu se mai auzeau nici strigăte, nici cuvinte, iar gândurile deveneau precum coralii – blocuri vii și imobile, ridicându-și degetele fără să aibă nici o nevoie.

Era amuzant, dar în același timp și înfricoșător, fiindcă nu se întrevedea nici un sfârșit posibil pentru toate astea. Cel care merge sub lumina constantă a soarelui, fără să se teamă că s-ar putea prăbuși într-o zi, când razele puternice i-ar pătrunde prin ferestrele ochilor până în camera secretă a craniului. Cel care locuiește într-o cetate de un alb invincibil. Cel care vede, înțelege, gândește lumina, cel care ascultă căderea luminii precum răpăitul unei ploi fără sfârșit. Cel care caută, ca în străfundurile unei oglinzi încețoșate, punctul nemișcat al unui chip incandescent, chipul, chipul lui. Cel care nu este decât un ochi. Cel a cărui viață depinde de soare, al cărui suflet este un sclav al astrului, ale cărui dorințe mărșăluiesc toate spre această unică întâlnire, abis al fuziunii, în care totul se topește, făurindu-și imperceptibila picătură de sudoare, sudoare de granit lichefiat, care strălucește pe frunte și care atârnă atât de greu. Cel care... Hogan mergea pe strada orbitoare, prin vârtejul de lumină limpede. Uitase deja ce sunt culorile. De la începutul timpurilor, lumea fusese așa : albă. ALBĂ. Singurul lucru care rămânea, în toată această zăpadă, în toată această sare, era umbra chircită la picioarele sale, pată neagră, în formă de frunză, ce aluneca tăcută.

Hogan făcu un pas la dreapta ; umbra alunecă spre dreapta. Făcu un pas la stânga ; umbra alunecă îndată spre stânga. Grăbi pasul, apoi îl încetini ; umbra îl urmă. Sări, se poticni, își flutură brațele ; umbra făcu întocmai. Era ultima formă încă vizibilă în toată această lumină, poate singura creatură încă vie. Toată inteligența se scursese în această pată, toată gândirea, toată puterea. El devenise deja străveziu, eteric, ușor de spulberat. Umbra, însă, avea întreaga greutate, întreaga forță neștirbită a prezenței. Acum, ea era cea care îl târa în urma ei, călăuzind pașii bărbatului, ea era cea care îl lega de pământ și care îi împiedica trupul să se volatilizeze în spațiu.

La un moment dat, Hogan se opri din drum. Încremeni pe trotuar, în strada inundată de lumină. Soarele era în înaltul cerului și ardea cu putere. Hogan privi spre pământ și se aruncă în propria sa umbră deasă. Pătrunse în haul astfel căscat, ca și cum ar fi închis ochii, ca și cum s-ar fi lăsat întunericul. Coborî în pata neagră, se impregnă de forma și de forța ei. Încercă, aplecat la nivelul pământului, să-și bea umbra, să se umple de viața asta străină. Însă ea îi scăpa mereu, fără să se miște, respingându-i privirea, extinzând limitele domeniului său. Cu stăruință, în vreme ce picăturile de sudoare i se prelingeau pe ceafă, pe spate, pe rinichi, pe picioare, Hogan încercă să evadeze din lumină. Trebuia să meargă mai jos, mult mai jos. Trebuia să stingă fără încetare noi lămpi, să sfărâme noi oglinzi. Mașinile în trecere aruncau stele, azvârleau scântei din caroseriile fierbinți. Trebuia să spintece stelele astea unele după altele. Lumina care cădea din cer se împrăștia în milioane de boabe de mercur. Trebuia să măture treptat pulberea asta și întotdeauna avea mai multă. Siluete de bărbați și de femei, coliere grele, pandantive de aur, mărgele de sticlă, lustre de cristal, toate alunecau în jurul lui. Hogan trebuia să spargă toate nimicurile astea, cu toate puterile lui, în fiecare secundă. Nu termina însă niciodată. Ochii scânteiau în fundul orbitelor, albi, cruzi. Dinții. Unghiile. Rochiile din lame. Inelele. Pereții caselor apăsau cu toată greutatea falezelor lor de cretă, acoperișurile plate sclipeau orbitor. Strada, doar strada, mereu reluată, își trasa dunga fosforescentă până la orizont. Platanii își mișcau frunzele ca niște mănunchiuri de flăcări, iar geamurile erau ermetice precum oglinzile, deopotrivă înghețate și clocotitoare. Aerul se rostogolea în avalanșe prăfoase, spărgându-se ca valurile de țărm, derapând, întinzându-și rețeaua de cristale însuflețite. Totul devenea piatră, mineral. Nu mai existau nici apă, nici nori, nici boltă albastră. Nu mai exista nimic în afară de această suprafață refractară, de care contururile se spărgeau și prin care electricitatea curgea fără oprire. Zgomotele însele deveniseră incandescente. Își desenau arabescurile violente, spiralele, cercurile, elipsele. Străbăteau aerul lăsând în urmă cicatrici alburii, își scrijeleau semnele, zigzagurile, literele de neînțeles. Un autocar de oțel claxona strident și părea o dâră lată de lumină ce înainta ca o falie. O femeie țipa, dezvelindu-și șirurile de dinți de porțelan: „OE!" și imediat vedeai o stea mâzgălită în cimentul trotuarului. Un câine lătra și chemarea lui gonea de-a lungul zidurilor ca o rafală de gloanțe trasoare. Din străfundul unui magazin cu irizări de neon și de mase plastice, un aparat electric își zbiera muzica barbară și zăreai parcă străfulgerările bateriei, gazul fierbinte al orgii, dungile verticale ale contrabasului, dungile orizontale ale chitarei și, din când în când, teribilul haos al particulelor magnetizate, când vocea omenească se apuca să-și strige cuvintele.

Totul era desen, scriitură, semn. Miresmele emiteau semnale luminoase din înaltul turnurilor lor sau ascunse în grotele lor secrete. Abia atingea Hogan pământul cu tălpile de cauciuc, că vârtejurile își lărgeau îndată cercurile mișcătoare. Își aprinse o țigară de la flacăra albă a unei brichete și, pentru o clipă, deasupra mâinii sale se ivi un soi de vulcan care-și arunca spre cer trombele de foc și de pietre. Fiecare mișcare făcută devenea primejdioasă, fiindcă isca imediat un lung șir de fenomene și de catastrofe. Mergea de-a lungul zidului și betonul trosnea, scoțând scântei la trecerea lui. Își ferea fața cu mâna dreaptă, iar pe miile de panouri de sticlă risipite în aer, se vedea un fel de S orbitor, pe cale să-și extindă curbele. Privea chipul unei femei tinere și din ochii ei de o limpezime insuportabilă țâșneau fascicule subțiri de lumină care-l tăiau ca niște lame. Scotea prin nări aerul din plămâni, simplă răsuflare care începea îndată să dogorască în rotocoale palide. Nimic nu mai era cu putință. Nimic nu se mai întâmpla, era totul dat uitării. Pretutindeni se întindea aceeași foaie de hârtie albă, uriașă, sau același noian de zăpadă, pe care se așterneau urmele spaimei. Totul avea labe, propria amprentă cu degete încârligate, încălțări. Riduri, stigmate, pete, răni albe cu buze care nu se închideau.

Nici măcar nu mai puteai gândi. Lui Hogan îi trecea prin minte PORTOCALĂ FRUCT APĂ CALM SĂ DORMI și imediat, în fața ochilor săi, în tușe fulgurante, se desenau două cercuri concentrice, o ploaie de linii, o dungă orizontală terminată printr-un cârlig și un caroiaj ce acoperea cerul și pământul. IMBECI-LULE AJUNGE AJUNGE, un fulger cu coțuri tăioase și un soare pe cale să explodeze domol. SĂ PLECI SĂ ÎNCHIZI OCHII SĂ NE CĂRĂM DA și o mulțime de ferestre se deschideau în spațiu, strălucind din toate geamurile lor constelate de articulații.

Era periculos să gândești. Era periculos să mergi. Era periculos să vorbești, să respiri, să atingi. Scânteile se năpusteau la atac din toate părțile, semnele cu brațe lungi, doldora de lumini, îi săltau prin fața ochilor. Nesfârșita pagină albă se întindea ca o capcană peste lume, aștepta clipa în care totul avea să fie șters pe de-a-ntregul de pe fața pământului. Bărbații, femeile, copiii, animalele și copacii se mișcau în spatele acestor piei transparente, iar soarele mitralia cu întreaga lui căldură albă și dură. Așa era totul, probabil nu era nimic de făcut. Iar într-o zi, fără îndoială, vom deveni asemenea celorlalți, un adevărat semnal luminos în mijlocul unei răspântii, o lampă oarecum pâlpâitoare, semănând cu o stea cu raze scămoșate, prizonieră a destinului. N-am mai putea să spunem nu, nici să închidem ochii, îndepărtându-ne. Ne-am duce viața de insectă fanatică, singuri chiar în mijlocul celorlalte, și am spune tot timpul, da, da, te iubesc.

Hogan rămase atunci în picioare și încercă din răsputeri să-și întoarcă umbra în direcția soarelui.

Nimic nu e mai simplu decât să verși niște apă dintr-o sticlă într-un pahar. Dar încercați numai. O să vedeți.

Vă invit să luați parte la spectacolul realității. Veniți să vedeți expoziția permanentă a aventurilor pe care le povestește istoria măruntă a lumii. Sunt toate acolo. Meșteresc. Vin și pleacă odată cu zilele, cu orele, cu secundele, cu veacurile. Se mișcă. Poartă cu ele cuvinte, gesturi, cărți și imagini. Acționează asupra scoarței pământului, care se schimbă imperceptibil. Se strâng, se înmulțesc. Sunt ele. Sunt gata. Nu e nimic de analizat. Pretutindeni. Mereu. Sunt milioanele de scolopendre care colcăie în jurul vechiului tomberon răsturnat. Spermatozoizii, bacteriile, neutronii și ionii. Tresar, iar frisonul acesta lung, vibrația aceasta, febra aceasta dureroasă înseamnă mai mult decât viața sau moartea, mai mult decât am putea spune sau crede, este fascinația.

Aș vrea să vă pot scrie, ca-ntr-o scrisoare, tot ceea ce văd. Aș vrea chiar să vă fac să înțelegeți de ce trebuie să plec într-o bună zi, fără să suflu vreo vorbă nimănui, fără să mă explic. E un gest care a ajuns să fie necesar, iar când clipa va veni (n-aș putea spune nici când, nici unde, nici din ce pricină), o voi face, așa, pur și simplu, în cea mai mare liniște. Eroii sunt muți, e adevărat, iar faptele realmente importante ne apar precum inscripțiile de pe pietrele de mormânt.

Aș vrea atunci să vă trimit o carte poștală, să încerc cumva să vă înștiințez despre toate astea. Pe spatele vederii o să fie o fotografie pancromatică, acoperită cu un strat de lac, și o semnătură: MOREAU. Pe fotografie s-ar vedea o fetiță în zdrențe, cu pielea arămie, care vă privește cu ochi sfielnici, încadrați de gene și sprâncene negre. Pupilele i-ar fi dilatate, cu un reflex luminos în centru, iar asta ar vrea să spună că privirea îi e vie, poate pentru totdeauna.

Fetița cu sânii abia înmuguriți și-ar ține trupul într-o poziție stângace, partea de sus a bustului răsucită în sens invers față de șolduri, iar asta ar însemna că e gata să o ia la fugă, să dispară în neant.

Și-ar duce mâna dreaptă la gură, cu un gest pe care l-am vrea îndărătnic, oarecum pervers, dar care ar rămâne temător, un simplu gest de apărare. Mâna stângă, în schimb, i-ar atârna de-a lungul corpului, la capătul unui braț dezgolit, cu piele cafenie. Brățara de tinichea i-ar aluneca peste încheietură. Iar mâna, cu degetele lungi și murdare, ar ține strâns moneda pe care a primit-o ca să se poată fotografia.

Așa ar fi arătat ea, ivită de nicăieri într-o zi oarecare, dată apoi uitării, iar din ea n-ar rămâne decât această imagine fragilă, această sculptură de proră plutind către necunoscut, înfruntând primejdiile, îndurând docilă valurile care se sparg de ea.

Așa ar fi arătat ea, fantastic multiplicată în mii de exemplare, agățată de barele metalice turnante de la intrarea în bazaruri. Chip înfometat, ochi înconeiați cu negru, plete fluturând în șuvițe murdare, frunte fără gânduri, tâmple fără zvâcniri, ceafă insensibilă, gură roșie, întredeschisă, morfolind neîncetat arătătorul îndoit al mâinii drepte. Iar apoi, umerii nemișcați, trup înfășurat în stofă sfâșiată, din care sângele și apa s-au retras. Trup de hârtie, piele de hârtie, carne fibroasă, vopsită cu coloranți sintetici. Ea e cea care trebuie regăsită într-o zi, printre toate celelalte, care trebuie luată cu sine și purtată de-a lungul drumurilor ce duc, nedefinit, de la minciună spre adevăr.

Semnat :

Walking Stick.

Bărbații și femeile acum. Din ăștia avem o grămadă, de toate soiurile, de toate vârstele, pe toate străzile orașului. Într-o zi, fără s-o știe, s-au născut, iar din ziua aceea n-au încetat să fugă. Dacă i-am urma în hazardul drumurilor lor sau dacă i-am pândi pe gaura cheii, i-am vedea trăind. Dacă, la lăsarea întunericului, am intra în Poștă, am deschide cartea de telefoane veche, acoperită de praf, și le-am citi pe îndelete numele, toate numele pe care le au : Jacques ALLASINA. Gilbert POULAIN. Claude CHABREDIER. Florence CLAMOUSSE. Frank WIMMERS. Roland PEYETAVIN. Patricia KOBER. Milan KIK. Gérard DELPIECCHIA. Alain AGOSTINI. Walter GIORDANO. Jérôme GERASSE. Mohamed KATSAR. Alexandre PETRIKOUSKY. Yvette BOAS. Anne REBAODO. Patrick GODON. Apollonie LE BOUCHER. Monique IUNG. Genia VINCENZI. Laure AMARATO. Toate numele lor sunt frumoase și clare, nu te mai saturi să le citești din paginile uzate ale anuarelor.

Ai putea foarte bine să te numești HOGAN și să fii un bărbat alb, dolicocefal, cu părul deschis la culoare și cu ochi rotunzi. Născut la Lang Son (Vietnam), de douăzeci și nouă-treizeci de ani. Locuitor al unei țări care se numește Franța, vorbind, gândind, visând, sperând într-o limbă care se numește franceză. Și e important : dacă te-ai fi numit Kamol, născut la Chantanaburi, sau Jésus Torre, născut la Sotolito, ai fi avut alte cuvinte, alte idei, alte visuri.

Am fost acolo, în pătratul trasat pe solul noroios, împreună cu arbuștii și pietrele. Am mâncat mult din pământul ăsta, am băut mult din râurile astea. Am crescut în mijlocul acestei jungle, am transpirat, am urinat, am defecat în colbul ăsta. Scursorile i-au alergat pe sub piele ca niște vene, iarba s-a zbârlit ca o blană. Cerul a fost întotdeauna acolo, și era un cer familiar, cu pete ușoare și diafane. Noaptea, pe cer se zăreau o puzderie de stele și o lună când rotundă, când subțiată. Am făcut atâtea fapte, fără nici cea mai mică șovăială. Într-o zi, am văzut un foc arzând în mijlocul unui câmp, pe bucata aceea de pământ, în ziua aceea, din anul ăla, sub norul ăla cenușiu, răsucind vreascurile și mistuind bucata aceea de lemn putred.

În altă zi, am văzut o femeie tânără mergând pe stradă, de-a lungul trotuarului, ținând în mâna dreaptă o geantă din material sintetic galben. Și m-am gândit că era singura femeie de pe pământ, în timp ce ea înainta, punând fără ezitare un picior înaintea celuilalt, mișcându-și picioarele lungi și goale, legănându-și șoldurile sub rochia de lână roz, împingându-și înainte sânii închiși în sutienul de nailon negru. Mergea foarte dreaptă, urcând pe strada pustie, și i-am spus:

— Domnișoară, aș vrea, aș vrea să te întreb ceva, dacă-mi permiți, iartă-mă că te abordez așa, dar aș vrea să-ți spun, eu.

Aprinzând o țigară, în cafeneaua plină de zgomote, am tras în piept cu nesaț mireasma dulce care se desprindea din trupul de lână roz:

— Știi, ești frumoasă, da, într-adevăr, ești frumoasă. Cum te cheamă? Pe mine mă cheamă Hogan, m-am născut în Lang Son (Vietnam), știi unde vine asta? La granița chineză. Vreți, vrei să mai luăm o cafea? Dacă dorești, e un fim bun la Gaumont, *Shock Corridor*, l-am văzut deja de două ori. Ei?

Și ar fi de-ajuns o nimica toată, o mișcare imperceptibilă spre dreapta, câteva silabe modificate în nume și, în loc de asta, ar spune:

— Pleacă, nemernico! Crezi poate că n-am înțeles? Ai făcut-o dinadins, sunt luni întregi de când mi-am dat seama, vrei să mă înșeli. Crezi că nu m-am prins de faza aia cu pachetul de țigări? Crezi că n-am observat nimic? Nemernico, scursură, oprește-te, ascultă-mă când vorbesc cu tine, nu, nu te face că nu pricepi!

Și ar face un gest cu brațul, iar la capătul brațului ar fi mâna strânsă pe mânerul unui cuțit ascuțit și lama înghețată ar intra un pic oblic în sânul stâng al tinerei femei, care ar spune numai o dată:

— Ah!

și ar muri.

Era într-o zi din secolul ăsta, pe o stradă dintr-un oraș, pe pământ, sub cer, în aer, cu o lumină care umplea totul de la un capăt la celălalt. Era către amiază, în mijlocul așezărilor ridicate de oameni. Ploua, se însenina, bătea vântul, nu foarte departe de acolo marea făcea valuri, mașini negre și albastre treceau pe șoseaua mărginită de platani văruiți în alb. Înăuntrul cazematelor de beton radiourile cântau, iar televizoarele erau pline de imagini săltărețe. În cinematograful care se chema OCEANUL, la capătul sălii întunecate, era o pată albă în care se vedea un bărbat întins în pat, lângă o femeie dezbrăcată, cu părul desfăcut, și mângâind mereu același umăr. Li se auzeau glasurile care ieșeau din perete, aspre, cavernoase, șuierate. Spuneau vorbe lipsite de importanță,

ȘTII, EȘTI FRUMOASĂ
MI-E TEAMĂ SIMON
ȚI-E TEAMĂ

DA DA
ȚI-E TEAMĂ DE MINE
NU NU ASTA VREAU SĂ SPUN E MULTĂ VREME DE
CÂND ÎN SFÂRȘIT ÎN CLIPA ÎN CARE TE-AM VĂZUT
N-AM CREZUT CĂ VA FI AȘA O ZI ȘI-APOI TU AI SĂ
PLECI ȘI AR FI CA ȘI CUM NU S-AR FI ÎNTÂMPLAT
NIMIC ÎNȚELEGI

iar ceva mai departe, în fundul sălii negre și mari, o
femeie își număra în palmă niște monede, cercetându-le
una câte una la lumina unei lanterne de buzunar.

Strada era plină de nume, pretutindeni. Sclipeau
deasupra ușilor, pe vitrinele transparente, străluceau
în fundul camerelor întunecate, se aprindeau și se
stingeau fără încetare, erau etalate, atârnate pe plăci
de carton, tăiate în tablă, vopsite în roșu sângeriu,
lipite pe ziduri, pe uși, pe bucăți de trotuar. Uneori,
un avion brăzda cerul, trăgând după el un fir subțire
de fum alb, care voia să însemne „Rodeo" sau „Solex".
Puteai să vorbești cu numele astea, puteai să citești
fiecare dintre semnele astea și să răspunzi. Era un
dialog bizar, ca și când ai fi vorbit cu fantomele. De
exemplu, spuneau:

— Caltex?
Iar răspunsul venea îndată, mugind:
— Toledo! Toledo!
— Minolta? Yashica Topcon?
— Kelvinator.
— Alcoa?
— Breeze. Mars. Flaminaire.
— Martini & Rossi Imported Vermouth.
— M.G.
— Schweppes! Indian Tonic!
— Bar du Soleil. Snack. Înghețate.
— Eva?
— 100. 10 000. 100 000.

— Pan Am.

— Birley Green Spot. Mekong. Dino Alitalia. Miami. Cook Ronson Luna-Park.

— Rank Xerox! Xerox! Xerox!

— CALOR...

Unde întorceai ochii, numai cuvinte, cuvinte scrise de oameni, cuvinte care, chiar din aceeași clipă, se eliberaseră de ei. Țipete, chemări solitare, interminabile incantații ce călătoreau fără țintă pe scoarța pământului. Așa era azi, la ora asta, cu cerul ăsta, cu soarele și cu norii ăștia. Litere roșii sau negre, sau albe, sau albastre erau fixate pe toate locurile și puneau pecetea asupra spațiului și timpului. Nimic nu putea fi dislocat, nimic nu putea fi furat. Literele se aflau acolo și repetau neobosite, e al meu, e al meu și nu-l puteți lua, încercați doar să puneți mâna pe el și-o să vedeți, încercați să vă puneți numele, încercați să vă așezați aici, să locuiți pe teritoriul meu! Încercați! Și-o să vedeți...

Însă nimeni nu încerca. Pe strada netedă, oamenii umblau în toate sensurile. Nu se gândeau la cuvinte.

Era ca în cazul mașinilor, de exemplu. Urcau fără probleme în interiorul caroseriilor sclipitoare, se așezau pe pernele de moleschin roșu, răsuceau cheia în contact, apăsau cu piciorul stâng o pedală și împingeau maneta de viteze înainte. Iar mașina pornea leneș, cu o alunecare fremătătoare, și nu era nimeni pe terasa vreunei cafenele care să se uite la cauciucuri și să spună:

— De ce, chiar așa, de ce începe să se învârtă roata în felul ăsta?

La nevoie, se afla cineva acolo, un bărbat destul de tânăr, cu o față suptă, cu părul blond, care citea un ziar, ținând un pix în mâna dreaptă. Am ajunge în spatele lui și am citi peste umărul lui:

PE CÂND ERA CREATĂ LUMEA

Ici şi colo erau multe alte lucruri. O femeie tânără, cu o faţă foarte palidă, cu ochi gravi, care străluceau în halourile lor brun închis, cu trupul strâns într-o rochie albă, cu picioarele proptite în ciment. Nu spunea nimic. Nu făcea nimic. Între două dintre degetele mâinii ei stângi fumega o ţigară americană arsă, până aproape de filtru. Stătea în picioare în faţa uşii unui bar şi din când în când trăgea câte un fum, privind spre celălalt capăt al străzii. În spatele ei, înăuntrul barului, vibra mecanic zgomotul unei muzici. Bătea din pleoape, iar privirea ei căuta în stânga. Picioarele i se mişcau uşor, împingându-i corpul înainte, apoi trăgându-i-l înapoi. Stătea acolo fără întrerupere, ca o statuie de fier şi de mătase, degajându-şi parfumul, respirând, cu inima bătând, cu muşchii încordaţi, cu sutienul încheiat cu o copcă din bachelită pe carnea spatelui, cu plămânii plini de fum de tutun, transpirând puţin la subsuori şi pe şale, ascultând. Fel de fel de gânduri îi treceau prin spatele ochilor, imagini fugare, cuvinte, misterioase zvâcniri.

LÉON MARTINE telefon aseară TICĂLOSUL ticălosul avans plecare fugă 2000 maşină roşie ia te uită îl cunosc AV ieri de ce 2000 2500 sau 3000 şi Kilimanjaro întâlnire şi cumpără şuncă încet încet Victor Mondoloni un coafor are cel puţin 35 de ani poate mai mult nu şi la Pam Pam toate astea toate şmecheriile astea pe deasupra toată parada asta

Şi nu era singura. Toată lumea se gândea, toată lumea avea idei, pofte, cuvinte şi toate rămâneau ascunse înăuntrul craniilor, în măruntaie, sub haine chiar, şi niciodată nu se putea citi tot ce era scris acolo.

Ar fi trebuit să cunoşti acest limbaj total, să ştii ce voia să spună tremurul acesta al buzelor, această miş-care a mâinii, această uşoară şchiopătare a piciorului stâng, țigara aceasta aprinsă în colțul unei uși duble. Ar fi trebuit să știi toate cuvintele istoriei, toate urzelile, hârtiile, pieptenii, portofelele, pieile, metalele, nailonurile.

→ iată ce ar fi trebuit să facă pentru a înțelege mai bine cam pe unde se găsea : să rămână în picioare, în mijlocul străzii acesteia, fără să se miște, și să privească, să asculte, să simtă pur și simplu, cu nesaț, spectacolul care se dezlănțuia. Fără un gând, fără un gest, ca un indicator, mut, sprijinit pe cele două picioare de fontă, nemișcat.

Adevărul se pierduse. Risipit, pâlpâitor, scânteietor, săltăreț, exploda imediat în chiulasele motoarelor, perfora biletele de carton, era o cocă din metal dur cu dulci rotunjimi, faruri cu reflexe ascuțite. Era montura de aur a ochelarilor fumurii, scrâșnetul ciorapilor frecându-și solzii unii de alții, era tresărirea în cutii a ceasurilor de mână, electricitatea, gazul, picăturile de apă, bulele închise în sticlele de răcoritoare, neonul captiv în tuburi albe și roșii. Adevărul se epuiza într-o singură țigară albă, înăuntrul capătului de jăratic, iar fata care fuma stătea așezată pe o bancă în fața mării, fără să se îndoiască de nimic.

Era îmbrăcată într-o rochie portocalie cu carouri mov, stătea picior peste picior și vorbea, gesticulând din mâinile cu unghii vopsite în roz, cu un bărbat tânăr. Între degetul arătător și cel mijlociu ardea țigara. Fata spunea :

— Da, Léa, ieșea de la Prisunic, știi, și mi-a spus.

— Ieri ?

— Nu, ăăă, acum vreo două sau trei zile. Eram cu Manu, așa că s-a apropiat pur și simplu. Ce părere ai despre Manu ?

— E un tip bine, cred.

— Da, știu, e adevărat, m-a ajutat mult la un moment dat, într-o vreme când voiam să mă sinucid.

28

Pare o idioţenie acum, dar e-adevărat. Am prevăzut asta. Voiam să mă bag în cadă, într-o apă fierbinte, şi să mă înec.

— Nu pare o treabă uşoară. Să te îneci în cadă?

— Ba da, pentru că voiam să iau înainte un pumn de somnifere. Îmi plăcea ideea de-a muri aşa, goală-goluţă, într-o cadă cu apă fierbinte.

Fuma, îşi înghiţea saliva.

— Apoi Manu m-a scos de-acolo. E un tip extraordinar, pentru că, pentru că el ştie de ce trăieşte. Are o forţă incredibilă. El e cel care hotărăşte totul pentru mine.

— Poate că tocmai asta-ţi face rău, la urma urmelor.

— Poate, da...

— Tu, tu trăieşti fără convingere, eşti, nu ştiu cum, detaşată...

— Aşa e. Ştii ce mi se pare câteodată? Mi se pare că aş putea să zbor, foarte uşor, dacă mi s-ar tăia picioarele, aş pluti prin aer, acolo, printre nori, m-aş face nevăzută, n-ar dura mult.

— Atunci, chiar ai nevoie de un tip ca Manu.

— Poate, da, de fapt. Dar uneori am mare necaz pe el, ştii, pentru că mi se pare că, de când îl cunosc, nu mai sunt eu însămi. Că mint şi că toţi ceilalţi mint. Înţelegi, el, el face totul imediat, e fericit...

— Crezi că-i fericit?

— Nu, ai dreptate, nu e fericit, în sfârşit, vreau să spun, mulţumit. Dar am impresia că ştie, pe când eu nu ştiu niciodată nimic, în fine, asta-mi pune capac.

Îşi aprinse o a doua ţigară de la cea dintâi.

— Câteodată îmi vine, ştii, îmi vine să-mi iau câmpii. Aş vrea să fiu ca înainte, fără Manu, să pot lăsa totul în urmă. Dar nu ştiu dacă sunt în stare. E prea târziu, cred.

Puţin mai departe, un câine galben cu pete negre adulmeca un colţ vechi de zid; şi mai departe, un chiștoc aruncat pe trotuar continua să fumege de unul singur, în vânt.

Toate acestea se petreceau aici, pe strada asta, la ora asta, în această zi a acestui secol. Era testamentul acestui timp, într-un fel, genul de poem pe care nimeni nu l-a scris vreodată și care vorbește despre lucrurile astea. Un poem, sau o enumerație, care nu aparținea nimănui pentru că toată lumea făcea parte din el:

Clădire
piatră
gudron
ipsos
pietriș
fontă
plăci
gaz
apă
felinar
deșeuri menajere
alb
gri
negru
pământ
galben
maro
coajă de portocală
mlaștină
hârtie
talpă
motor

Pe suprafața, asemenea unui râu înghețat, a străzii de gudron treceau mașini, iar pneurile lor trasau dungi stranii, pline de semne mărunte și cruci. Roțile se întâlneau și se îndepărtau, iar pe ele drumurile se învârteau nebuneşte, lipindu-şi ventuzele de cauciuc de pământ. Poemul îşi continua enumeraţia, maşinal, ca şi cum undeva ar fi existat cineva căruia trebuia să i se dea socoteală. Era istovitor, o muncă ce te aducea în pragul nebuniei ori te făcea să-ţi smulgi ochii din orbite ca să nu mai poţi vedea. Erau toate acele variaţii infime, toate acele detalii pe care trebuia să le vezi la timp. Când acolo sus, de pildă, în vârful indicatorului de oţel în formă de totem, lumina verde s-a stins fără zgomot, lăsând să se aprindă lumina galbenă, care s-a stins la rândul ei fără zgomot, lăsând să se ivească teribila lumină roşie. Sau când tânăra femeie, în picioare în faţa barului, a scos din poşetă o batistă de hârtie ca să-şi sufle nasul sau să-şi şteargă o lacrimă. Când, la fereastra casei galbene, la etajul al patrulea, a apărut un bărbat şi a privit în jos. Când, pe mijlocul străzii, a trecut o ambulanţă care claxona, transportând o femeie gravidă. Când, în magazinul cu costume de baie, o altă femeie cu părul roşcat a pus piciorul pe platforma de cauciuc, iar uşa s-a deschis automat în faţa ei, depărtându-şi cu o mişcare violentă cele două panouri de sticlă pe care scria, cu litere de aramă, KAREN. Când tânăra care purta ochelari a întors pagina 31 a revistei şi a început să citească pagina 32.

Oraş de ciment şi de oţel, pereţi de sticlă ce se înalţă nedefinit spre cer, oraş cu desene incrustate, cu dâre identice, cu drapele, stele, luciri roşii, filamente incandescente în interiorul lămpilor, electricitate ce trece prin reţelele de fire de alamă murmurându-şi vibraţia dulceagă. Zbârnâiturile mecanismelor tainice ascunse în cutiile lor, tic-tacul ceasurilor, vuietul ascensoarelor urcând şi coborând. Gâfâitul motoretelor, zdrăngănitul supapelor, claxoane, claxoane. Toate acestea vorbeau pe limba lui, își povesteau istoria de biele și pistoane. Motoarele trăiau la întâmplare, închise sub capotele automobilelor, degajându-și mirosul de ulei și de carburant. Căldura le aureola fără încetare, urca din chiulasele încinse, se răspândea pe străzi și se amesteca apoi cu căldura oamenilor. Oraș viu. Troleibuzele alunecau pe pneurile lor, gemând neîncetat. Troleibuzul 9 mergea de-a lungul trotuarului, iar prin geamuri i se zărea încărcătura de chipuri asemănătoare. Depășea un biciclist, înainta pe șoseaua neagră, i se vedeau benzile late ale pneurilor strivindu-se de pământ cu un plescăit de apă. Troleibuzul 9 înainta, purtând în pântec ciorchinii de fețe cu ochi identici. Pe spatele lui, cele două antene ridicate goneau de-a lungul firelor electrice, înclinându-se, vibrând, scârțâind. Din când în când, o sferă de scântei țâșnea pârâind la capătul antenelor, iar în aer se simțea un miros ciudat de sulf. Troleibuzul 9 se oprea în fața unui stâlp pe care scria:

ROSA BONHEUR[1]

Frânele șuierau, ușile se dădeau în lături, unii oameni coborau prin față, în timp ce alții urcau prin spate. Așa era. Apoi, troleibuzul 9 pornea iarăși de-a lungul trotuarului, purtând în pântec ciorchinele de ouă alburii, în drum spre o țintă necunoscută. În drum spre un punct terminus luat mereu de la început, genul ăla de piață pustie, cu peluză prăfuită, unde făcea încet stânga-mprejur, înainte de-a pleca din nou în sens invers.

---

1. Pictoriță franceză (1822-1899) ale cărei tablouri înfățișează în general animale. În onoarea sa, o stradă din Paris a primit numele de Rosa Bonheur (n.r.).

Şi mai erau o mulţime asemenea lui. Autobuze cu boturi scurte, tramvaie cu scaune desfundate, autocare, vagoane, taxiuri, furgonete de metal care străbăteau oraşul în toate direcţiile.

Oraşul era ticsit de animalele acestea stranii, cu plătoşe lucitoare, cu ochi galbeni, cu picioare, mâini, sexe de cauciuc şi de azbest. Circulau pe cărările lor, se duceau şi se întorceau, aveau o mulţime de vieţi independente şi meticuloase. Stăpâneau teritorii inviolabile, se înfruntau în lupte sălbatice, din care răzbătea un boncăluit nazal. Ce voiau? Ce aşteptau? Care erau zeii lor? În cutii cu piuliţe bine strânse, bobinele şi firele, scânteile, vibraţia pistoanelor stăteau mărturie faptului că înăuntru acţiona o gândire. O gândire misterioasă şi confuză, care căuta fără odihnă să se exprime, să schimbe faţa lumii. Ar fi trebuit să ştim să citim cuvintele pe care aceste mişcări le scriau fără ştirea oamenilor. Ar fi fost bine să descifrăm aceste idei. Dacă am fi plecat urechea la mârâitul motoarelor, la scrâşnetul frânelor, la chemările claxoanelor, am fi putut probabil să auzim ceva în genul unui dialog, unei idei pe cale să se cristalizeze, unui roman de aventuri, unui poem:

O scară
aşezată pe un balcon
urcă până la acoperiş.
Acolo,
rezemat de antena de televiziune
(fumând o ţigară Reyno),
nu e nimic.
S-ar spune că cerul rugineşte
şi că paşii oamenilor
numără olanele.
Calea ferată

fumegă.
Nu e nimic.
Casa a prins contur.
Priviți străzile violete
care ilustrează chemarea scării.
Înțeleg
că din balconul ăsta,
din mulțimea asta vlăguită
sau din aerul ăsta,
nimic n-o să se ridice.
Nu contează,
atomizez.

Totul începe în ziua în care zăreşte închisoarea. Priveşte în jurul lui şi vede dintr-odată pereţii care îl reţin, plăcile verticale de zid care îl împiedică să plece. Casa e o închisoare. Camera în care stă e o închisoare. Pe pereţi sunt atârnate tablouri, farfurii, bibelouri, săgeţi împodobite cu pene de papagal, măşti de ceramică. Însă acum nu mai servesc la nimic. Ştie de ce se află aici toţi pereţii ăştia, a înţeles în sfârşit. Ca să nu poată evada.

În cameră, peste tot, pe podea, pe pereţii despărţitori, pe tavan, se află obiecte hidoase, care sunt doar nişte carcane[1]. Inelele de fier sunt prevăzute cu lanţuri ce atârnă, până la încheieturi şi până la urechi. Toate astea au fost inventate (de către cine, de fapt?) pentru a-l face să uite, pentru a-l lega, pentru a-l convinge că nu poate să plece. În mod perfid, fără să i se dea o clipă impresia asta, a fost făcut prizonier în centrul unei încăperi. A intrat în casă fără să bănuiască ceva. N-a văzut ce sunt, de fapt, zidurile şi plafoanele. N-a fost atent. N-a observat că avea aspectul unei cutii. Erau deja atâtea lucruri, atâtea măşti pe pereţi. Credea că putea să iasă când dorea, fără să dea socoteală nimănui. Şi apoi au venit celelalte lucruri, bucăţile de pânză mânjite de culori, cioburile de sticlă, ţesăturile,

---

1. Guler de fier cu care erau legaţi răufăcătorii la stâlpul infamiei în Franţa.

mobilele de lemn și de bambus. S-a așezat pe scaune: era mai comod decât să se așeze direct pe pământ, bineînțeles. În zidurile groase erau deschizături strâmte și hidoase. Găuri înșelătoare, urâte, care nu semănau cu nimic. „Ferestrele, ferestrele mari", i s-a spus. „Uite cât de frumoasă e priveliștea de-afară. Vezi un copac, o părticică de stradă, mașini, cerul, norii. Dacă te apleci mai tare, vezi chiar și marea. Și soarele pătrunde din plin, până spre ora două după-amiaza." Uși mizerabile de cursă de șoareci! Nu sunt aici decât ca să ascundă grosimea pereților, ca să te facă să-ți uiți captivitatea. Știe acum. Dar fără îndoială e prea târziu. Pentru ca el să nu poată ieși am făcut ușile și geamurile. Pentru asta am inventat pelicula transparentă pe care se duc muștele să moară. Pentru asta am îndrăznit să facem pleoapa asta!

Există atâtea lucruri pentru deghizarea celulei. Pe pereți am lipit hârtie, i-am spoit cu var. Am ascuns cimentul cenușiu și ipsosul opac, am pus și acolo o pleoapă. O pânză de un galben șters, imprimată cu flori identice, cu desene maro de o regularitate înnebunitoare! Pentru ca el să uite de sine cu fiecare zi ce trece, numărând în zadar miile de spirale minuscule și identice care sunt ocelii lumii. Deasupra capului, vede acum pentru prima dată platforma albă, suspendată; e atât de joasă că, întinzând brațul, o poate atinge: rece, dură, se fărâmițează ușor sub vârful unghiilor. Acesta nu e cerul. Nu poate să fie cerul. E un capac înspăimântător, un capac din ipsos și bârne groase pe care l-am așezat deasupra pereților și de care voința și dorința își frâng avântul.

Am lansat cuvintele, gesturile cotidiene, limbajul lipsit de magie, lipsit de interes. Am spus:

„O cafea, nu? O țigară? Uite, o scrumieră... Cât e ceasul? Ce faci? Spune-mi, la ce te gândești? Știi ce mi-ar plăcea? Un afiș, da, un afiș mare, acolo, deasupra canapelei. Asta mi-ar plăcea, ție, nu? Un poster cu Guevara, știi, fotografia aia cu el mort, cu gura deschisă, în care i se văd dinții sclipind. Spune, nu, e prea de tot. Dar, vezi, un afiș mare, ăsta ar fi un lucru bun. Sau cu Cassius Clay, cu Mao Zedong, cu Baudelaire. Știu și eu...".

Am dat un nume fiecărui lucru, fiecărui ochi de lanț : „statueta de jad", „arcul lacandon", „capul khmer", „covorul guatemalez", „peștele-lună", „paravanul chinezesc", „pictura huichol", „harta Europei", „mola", „masca ibo". Există atâtea cuvinte pentru ca noi să nu putem auzi strigătul, strigătul adevărat și profund care vrea să țâșnească din gâtlej :

„Aer! Aer! Aer! Aer! Aer!".

Nu vede nici soarele, nici luna. Din mijlocul platformei albe atârnă, la capătul unui fir împletit, un bec electric care strălucește cu o lumină nocivă. Când plouă, nu mai simte picăturile de apă pe piele, nu mai poate să deschidă gura către cer și să bea. Aude răpăitul picăturilor, departe, afară, de jur împrejur. Dar nu mai poate bea. Setea îi chinuie gâtlejul și îi încleiază gura. Într-un ungher al zidului, jos, foarte aproape de parchet, se află o țeavă neagră, iar la capătul țevii, un robinet ruginit. Până și izvoarele sunt captive !

Pe pământ, dar nu mai există pământ. Pământul a dispărut. A fost îngropat sub zgură, sub straturi de ciment, sub șipci de lemn vitrificat, sub linoleumuri în carouri, sub mochete asfixiante din care urcă mirosul de praf.

Înaintează, se lovește de mobile. Cuburi idioate de lemn, urâte, inutile, geamanduri ale neputinței! Cuști care deformează, care gârbovesc trupul. Străine eterne care te expulzează și îți pun piedici. Bănci, scaune, taburete, perne, fotolii. Canapele. Vin singure și-ți împing promontoriile indiferente sub fese, îți înțepenesc oasele spinării cu tampoanele lor! Mese pe care sunt servite dejunurile – inaccesibile, indigeste, grețoase. Mese pe care se lasă capul, mese de scris, platouri înalte, încărcate de fetișuri. Proptite pe cele patru picioare fără pulpe, care nu se îndoaie niciodată. Mesele, ele sunt noile podele.

Iar paturile, paturile dezgustătoare, eminențe moi care te înghit pe jumătate și-apoi te scuipă pe jumătate, false nisipuri mișcătoare, stavile artificiale! Paturi care nu mai vor să dormim pe pământul tare și primitor, culcușuri vâscoase, plăpumi, mormane de pene moarte, saci de lână veche, îngălbenită, precum pântecele lamantinilor! Seara, când vine ora (care nu vine din afară, ci dinăuntru), își oferă trupul acestei femele moarte, dar acum știe că acesta nu este somn. Știe că e închisoarea strâmtă a unei băi, groapa de saltele și de cearșafuri care îl ține suspendat deasupra pământului, ca să nu-l poată lua curentul. Se bagă în pat fără speranța de-a se trezi în altă parte, fără să poată stinge vreodată lumina orbitoare a propriei dorințe. Iar patul îl poartă în echilibru pe spinarea lui moale, ca un animal de povară care nu încetează niciodată să robească, nu încetează niciodată să se supună...

Era ca și cum s-ar fi lăsat noaptea sau ca și cum o mare de fum ar fi învăluit pământul și ar fi ascuns adevărul de ochii lui. Nu avea să mai zărească niciodată lumina. Nu avea să mai știe ce era spațiul infinit, liber, spațiul care se întindea afară.

Cine a făcut asta? Cine a îndrăznit? A cunoscut oare bucuria de-a trăi fără piedici, în dezordine? Mâinile altora, ochii altora organizaseră aceste labirinturi. Mâinile tandre de femeie, poate, și ochii umezi, afundați între contururile negre ale genelor vopsite cu rimel, stăpâniseră locul cu mult înaintea lui, fără ca el să aibă habar de asta. Au fost alese, astfel, încetul cu încetul, pe furiș, buchetele de flori purpurii, vazele ornamentate, fețele de masă din dantelă, farfuriile pictate. Unul câte unul, obiectele au venit de-afară și au pus stăpânire pe spațiu. Abajurul din ratan, apoi lustra de cristal fals, farfurioarele de argint, fotografiile verzi și albastre, păpușile de cârpă. El n-a cerut niciodată nimic. Obiectele au venit singure sau poate chiar s-au născut acolo, fără ca el să-și facă vreo problemă. Tot ce-i putea trece prin cap era doar o succesiune de exclamații stângace, precum:

„Taburetul, o!"

„Statueta de porțelan, ah, oh!"

„A! Covorul!"

„Pielea de leopard!"

„Oh! Tigva..."

„Oh! Ah! Șopârla asta mare, împăiată! Oh!".

Pereți cu flori, pereți pictați, metereze de lână și de plastic, tone de cărămizi îngrămădite... Toate astea pentru a-l supune pe om, pentru a-i impune frontiere, pentru a-l înăbuși. Pentru a-l îmbrăca într-o platoșă vătămătoare, ale cărei cuie ascuțite sunt pe interior. Cenușiu, pretutindeni cenușiu, cenușiu al alburilor, cenușiu al roșurilor strălucitoare, cenușiu al cozilor păsărilor-paradisului!

Cine și-a dorit sarcofagele? Cine a născocit, ca să-l îngroape pe om în pământul amorf, piramidele? Nu eu, vă jur că n-am fost eu. În celula mea m-am născut și aici am trăit. În ziua când am vrut să sparg peretele de hârtie, am știut ce ascunde el: unghiile mele s-au rupt de piatră.

Iar voi, ferestre, din nou. Iar voi, ferestre. Capcane de frumusețe așezate în ziduri, simulacre, trompe-l'œil; un artist de geniu, un mare mincinos, le-a vopsit pe suprafețele de beton. De partea cealaltă a barierei de sticlă, văd copaci fremătători, picături de apă, raze de lumină. Nu le simt, însă le văd, clare, limpezi, ușoare, ca și cum n-ar exista decât pentru mine. Le văd atât de aproape, că ar fi de-ajuns să întinzi degetele de la mână ca să smulgi frunzele, să prinzi picăturile, firele de praf scânteietoare. Le văd. Număr firele ascuțite de iarbă, fibrele, semințele. Le văd ca printr-o lupă. Le văd. Iar ele mă uită.

Capcană care nu poate fi sfărâmată. Capcană întinsă. În cadrele lor de metal înghețat, imensele plăci de sticlă sunt imuabile. E interzis să fii în lume. E interzis să pătrunzi în spațiul de-afară. Mă uită. Sunetele fragile, culorile, miresmele pământului, petele mărunte de murdărie m-au părăsit. Geamuri de care se frâng păsările. Sticlă, sublimare a pietrei în pulbere, nisip prin care a trecut fulgerul. Stâncă arsă, înțepenită în ordinea ei goală. Geamuri, false ieșiri.

Geamuri care alunecă ușor în balamale, despărțind aerul. În sus, în jos, la dreapta, la stânga; acestea sunt cuvintele locuinței mele. Afară, sub cerul liber, nu mai au curs. Aceste cuvinte sunt invenția marelui rentier infam care-mi ghicește mișcările și gândurile. Mă împinge la fund. Nu mai pot să scap. Nu pot, nu vreau: să vreau, să mint, să spun, să lovesc, să-mi scot plămânii din trup, să plutesc, să zbor, să bat milioane de drumuri, să trăiesc în cer sau pe vârful unui munte foarte înalt.

Nu pot nici măcar să mă izolez. Casa e prea mare pentru mine. Cu ușile închise, cu obloanele baricadate, cu zăvoarele blocate, cu storurile de la uși și de la ferestre trase, cu toate draperiile grele de brocart lăsate, îmi rămâne încă prea mult spațiu, prea mult vid, prea mult din toate. Labirinturile pătrund în adâncuri, iar eu am capul prea mare ca să trec prin penultima ușă.

AUTOCRITICĂ

De ce aş mai continua aşa? Oare nu sunt puţin ridicole toate astea? Afară, astăzi, acum, e frumos, vântul bate, sunt nori pe cer, valuri pe mare, frunze pe copaci. Ascult zgomotele străzii, râcâiturile, mormăiturile, toate glasurile care strigă. Numele meu nu e strigat niciodată. Totuşi asta-i tot ce mi-ar plăcea: ca o voce ascuţită de femeie să-mi strige deodată numele sub fereastră, iar eu m-aş apleca şi i-aş vorbi, ţipând din toţi rărunchii. Dar nu există niciodată vreun zgomot pentru mine, nici măcar un amărât de claxon, şi de asta scriu romanul ăsta.

Am scris deja mii de cuvinte pe colile mari, albe, 21 × 27. Scriu mărunt, apăsând tare cu pixul şi ţinând foaia puţin aplecată. Pe fiecare pagină scriu cam 76 sau 77 de rânduri. Presupunând că fiecare rând are în jur de 16 cuvinte, scriu deci 1 216 cuvinte pe foaie. De ce aş mai continua aşa? N-are nici un sens şi nu priveşte pe nimeni. Literatura, la urma urmelor, trebuie să fie ceva ca o ultimă posibilitate de joc oferită, o ultimă şansă de scăpare.

De vreme ce trebuie să te ascunzi în spatele cuvintelor, să uiţi de tine în spatele numelor, al tuturor acelor Hogani, Caravello, Prima, Khan, de vreme ce trebuie să pleci, lăsând în urmă dâra asta, toate mijloacele sunt potrivite. Toate cărţile sunt adevărate. E de-ajuns să înţelegi ce vor să spună. Aş fi putut să încep într-o mie de feluri diferite, aş fi putut să schimb fiecare cuvânt din fiecare frază, aş fi putut foarte bine să fac un desen pe o bucată de hârtie sau să scriu un singur cuvânt, cu pastă roşie:

ŢIGARĂ

Chiar ar fi fost acelaşi lucru. Aş fi putut să nu fac nimic şi să rămân tăcut. Aş fi putut să contemplu o boabă de fasole încolţind într-o cutie de conservă umplută cu pământ. Aş fi putut să mă spăl pe dinţi şi să scuip. Ar fi fost acelaşi lucru. Nu-i extraordinar? De vreme ce în periuţa de dinţi parfumată se află romanul, poemul, fraza deja întocmită, vibratilă, oscilând la limita raţiunii, gata să se reverse în fiecare secundă; de vreme ce în pixul care scrie se află romanul: de ce nu şi-n carte, atunci? De ce nu s-ar afla atunci în carte şi paharul de apă, şi periuţa de dinţi, şi timbrul poştal, şi pixul?

Iată cum se hotărâse să fugă. Într-o dimineață ieși din casă și străbătu tot orașul, până într-o piață mare, în care se găseau niște copaci. Văzu multă lume în piața asta, mulți bărbați, multe femei și mulți copii. Soarele se afla deja destul de sus pe cer, iar tabla autobuzelor reflecta violent lumina.

În piață, de-a lungul trotuarului, forfota era continuă. Autobuzele porneau, huruind din motoare sau claxonând scurt. Veneau altele, iar frânele lor răsuflau prelung, până se opreau. Erau mașinării uriașe, vopsite în alb și albastru, cu șiruri de geamuri, pumni întregi de metal strălucitor, faruri și pneuri mari pe care erau desenate zigzaguri.

Când unul dintre ele se oprea, o mulțime de bărbați, femei și copii se apropiau de ușă și începeau să urce. Fețele unsuroase se ridicau, ochii priveau neliniștiți, gurile vorbeau tare. Izbucneau strigăte:

— Hei! Hei! Pe-acolo!

— Antoine!

— Valiza! Acolo!

— Sylvia! Sylvia!

— Repede! Grăbiți-vă!

— Ei! Hei! Vii?

și gesturi, uriașe moriști de brațe, tropăituri.

Autobuzul în care se urcase avea o carcasă lungă, dreptunghiulară, din tablă albă, geamuri fumurii și scaune din moleschin de culoare verde. Se așezase în partea din spate a autobuzului, îşi pusese rucsacul de pânză între picioare şi aşteptase. Dincolo de geam, piaţa era scăldată în lumină albă, copacii fremătau. Se auzea huruitul motorului care zdrăngănea regulat, tac-tac, tac-tac, tac-tac.

Ceva mai târziu, autobuzul se puse în mişcare. Se auzi o bufnitură înfundată, ceva se izbi sub podea, iar tac-tacul motorului se ambală. Acum un zdrăngănit neîntrerupt zgâlţâia toată tabla şi toate geamurile.

Afară, piaţa începu să înainteze, încet mai întâi, făcând să defileze pe lângă ei trotuarul pe care oamenii stăteau în picioare. Chipurile treceau foarte aproape de ferestre, pete albe pe care abia aveai timp să observi ochii. Apoi piaţa se învârti, etalându-şi copacii, chioş-cul de ziare, o stradă, casele cu ferestre negre.

Oraşul se trăgea acum înapoi, din ce în ce mai repede. Zidul de clădiri aluneca în spate, luând cu el şirurile de intrânduri, de cafenele, de prăvălii. Încercă să citească ce scria pe vitrine, însă era imposibil. Lumina albă a soarelui ba apărea, ba dispărea şi trebuia mereu să strângă din ochi. Uneori, în mers, câte o denivelare ridica roţile autobuzului şi toată lumea clătina din cap. Zidurile continuau să defileze. Într-un loc reuşi să citească, scris cu litere roşii vop-site pe un panou alb

ICA

însă un văl de umbră acoperi totul şi nu mai izbuti să-şi dea seama despre ce era vorba.

Motorul huruia. Îşi trimitea vibraţiile rapide de-a lungul tablei albe şi era ca şi cum ar fi bătut vântul peste un ochi de apă. Unde minuscule se iveau pe plăcile de metal, înaintau peste geamuri, de-a lungul barelor de oţel, şi se pierdeau în pneuri. De acolo, se scurgeau probabil pe şosea, încreţind imperceptibil gudronul, invadând pereții caselor, gata să intre în trupurile oamenilor. O femeie tânără cu părul negru mergea pe trotuar, fără nici un rost. Când autobuzul trecu mugind pe lângă ea, se trezi dintr-odată prinsă în mijlocul acestei pânze de păianjen fremătătoare, și deveni în întregime cenușie.

Orașul dispărea. Casă după casă, se pierdea în urmă, îngrămădind la întâmplare ziduri bej, ferestre cu geamuri întunecate, restaurante, piețe, biserici, caroserii de mașini, brațele și picioarele oamenilor. Departe în urmă, toate acestea nu mai existau deja. Căzuseră într-un hău adânc, se îngrămădiseră în groapa de gunoi uriașă, cutii de conserve ruginite, cauciucuri uzate, lăzi putrezite, coji, cotoare de mere, coltuce uscate de pâine, bidoane sparte, cartoane roase de șobolani. Cineva scosese dopul pâlniei și tot lichidul se scurgea, țâșnea afară. Numai autobuzul rămânea nemișcat. Din când în când, din pricina unui obstacol sau a unui semafor roșu, motorul se oprea din huruit, iar dincolo de geam vedeai câte un zid alb. Apoi totul pornea din nou îndărăt, totul alerga spre caverna cețoasă, departe, foarte departe.

Era ciudat să fie așa, prizonier înăuntrul unei carlingi de tablă, desprinsă poate de pământ, îndreptându-se spre necunoscut. Treceau pe străzi fără număr, prin parcuri, prin cartiere virgine. Tunelele se apropiau cu toată viteza, închizându-și capacele negre și apoi deschizându-se la celălalt capăt într-o pată de lumină.

Orele treceau, zilele de asemenea. Fiecare formă pe care o vedea prin geam, fiecare casă cu acoperiș roșu era ca un an care se scurgea în urmă. Motorul continua să huruie, iar undele minuscule acopereau peisajul cu milioanele lor de ondulații.

În dreapta zărea acum marea.

Se ivea dintr-odată, spărturile copacilor şi zidurilor, o placă uriaşă de bitum de o duritate incomprehensibilă. Apoi pereţii şi copacii se închideau la loc şi nu-i mai rămânea, întipărită pe retină, decât un soi de fereastră albă, deschisă, care se îndepărta tremurând. Autobuzul continua să înghită pământul în mişcare, făcându-şi motorul să mugească. Din când în când, peisajul se înclina spre stânga şi toţi călătorii se aplecau într-acolo. Sau spre dreapta. Aşezat în spatele parbrizului, şoferul răsucea volanul, schimba vitezele, apăsa pedalele cu picioarele. Nu i se vedeau decât spatele gros, ceafa, capul acoperit cu o caschetă murdară şi braţele păroase, întinse pe volan. Munţii, casele, pâlcurile de copaci se năpusteau asupra lui cu cea mai mare viteză, însă în ultima clipă, ca prin minune, se dădeau la o parte, alunecau de-a lungul carlingii şi dispăreau în urmă. Era ceva în genul unei sfere din metal şi sticlă ce urca nedefinit printr-o pădure de alge. O bulă ieşită din mâl, la mai mult de 8 000 de metri adâncime, care-şi croia drum spre aer.

Mergea de zile întregi. Trecuseră luni în şir de când îşi săpa tunelul prin pământ. Şi încă mai dădea de case, de pereţi bej, de grădini, de copaci în vânt. Câteodată aluneca pe lângă ei câte un sătuc, cu platforma de ciment încărcată de oameni. Chipurile lor, cu nişte expresii încremenite pe care le uitai imediat, aproape atingeau tabla autobuzului. Un bărbat cu beretă, o femeie grasă cu ochii înfundaţi în orbite, una uscăţivă cu părul cărunt, alta cu ochelari, un băieţandru cu ţigara în gură, un agent de poliţie cu gura deschisă, ale cărui cuvinte nu pătrundeau însă în interiorul carlingii. Serii de fotografii care zburau în urmă, purtate de vânt.

Pe cer, norii pluteau în derivă, schimbându-şi forma. Se prefăceau pe rând, într-un peşte, un şarpe, o veveriţă, un sân de femeie, un castel, în chipul lui Hristos, într-o amibă gigantică.

Totul era nemişcat, absolut nemişcat. Mii de gesturi se pierdeau în cea mai mare viteză. Ieşeau din voi şi se răspândeau în lume, metamorfozate în vârtejuri contradictorii. Autobuzul era acum motorul principal care însufleţea universul. În interiorul carcasei de tinichea, maşinăria huruia fără încetare, transmiţându-şi energia cablurilor şi rotiţelor. El era cel care făcea norii să înainteze, cel care smulgea copacii şi-i arunca în urmă. El era cel care făcea să se cutremure munţii cu mici zguduituri, cel care legăna marea, în sclipiri fugare, în adâncul spărturilor din ziduri şi câmpii.

În autobuz nimeni nu-şi dăduse seama de asta. Toţi dormeau, cu capetele sprijinite de spătarele scaunelor, cu gurile deschise de zgâlţâituri. Erau purtaţi în cea mai mare viteză către alte locuri, către spaţii necunoscute unde puteau din nou să trăiască nemişcaţi. Visau poate oraşe, cetăţi cu oglinzi, grădini, fântâni. Cu camere închise în care bolboroseşte un televizor. Cu cinematografe, cu maşini, cu biserici. Iată-l, de pildă, pe Carlin : mâine o să-l aştepte nevastă-sa. O să aşeze pe masă muşamaua cu flori roşii. O să-i dea o bucată de carne de vită fiartă cu cartofi. N-o să uite de sticla de vin şi de struguri. Sau pe Raiberti. La sosire, o să meargă la hotelul Terminus şi o să se bărbierească. Apoi o să meargă la biroul Societăţii Franco şi-o să expedieze motorul pe care l-a cumpărat. În faţa lui, Monique Bréguet. Prietena ei, Françoise, o s-o aştepte la numărul 15 *bis* de pe strada Papacino. Ceva mai încolo, la dreapta : Mohamed Boudiaf, care merge să-şi caute ceva de lucru pe un şantier naval. În valijoara neagră de la picioare are hainele, o bucată de pâine învechită şi nişte brânză, scrisori, un radio cu tranzistori şi, ascuns într-un maldăr de şosete, portofelul în care are cartea de muncă, 250 de franci şi o fotografie cu familia lui, făcută în faţa casei din Algeria. Dar toate astea nu aveau prea multă importanţă, nu, toate astea erau bine cunoscute.

El nu se mişca. Stătea pe scaunul din moleschin verde, cu mâinile aşezate pe bara de metal din faţa lui. Se uita pe geam, iar pupilele îi săreau de la una la alta, urmând mişcarea peisajului. Privea totul cu aviditate, ca şi cum n-ar mai fi putut să revadă nimic niciodată, palmierii, chiparoşii, casele cu obloane, dealurile argiloase, smocurile de iarbă. Privea petele de umbră, luminişurile, încerca să descifreze toate aceste semne etalate. Era o carte, era un ziar desfăcut care spunea o poveste fără sfârşit. Trebuia, bineînţeles, să aleagă; nu putea să cuprindă totul cu privirea. Trebuia să pândească apariţia formelor bizare, peisajul ciufulit de stâlpi de telegraf, sclipirile orbitoare ale mării. Deodată, de nicăieri, apărea blocul alburiu al unei case şi trebuia să-l vadă venind, alunecând nebuneşte pe-o parte ca un crab; creştea, trecea pe lângă el etalându-şi faţa cu găuri dilatate prin care zăreau, o clipă, forme omeneşti pitite în întuneric, o masă, un câine, o perdea de tul fâlfâind în vânt. Intra în locuinţa necunoscută, pătrundea prin orificii înăuntrul casei cavernoase. Apoi rafala îl purta mai departe şi se trezea din nou acolo, pe scaunul lui de moleschin, prizonier în carlinga de tablă. Un tunel se ivea, se năpustea asemenea unei locomotive. Se afunda în interiorul muntelui, lovind din toate puterile stânca dură. Apoi o câmpie imensă se deschidea de partea cealaltă a muntelui şi părea să se răspândească imediat pe întregul pământ. După aceea se ivea o benzinărie, un soi de templu alb ridicat în mijlocul unei întinderi de ciment. Vedea venind spre el literele roşii scrise pe steagurile albe, ESSO, ESSO, ESSO, platformele, pompele strălucitoare, garajele deschise în care zăceau mașini în bălți de ulei. Bărbați îmbrăcați în albastru stăteau în picioare pe platformă și priveau drumul fără să se miște.

Goneau într-adevăr, fugeau ca și cum o catastrofă iminentă ar fi urmat să distrugă ținutul. Ei nu știau. Nimeni nu știa. Bărbații, femeile, copacii, stâncile, norii, nimeni nu știa nimic. Se va întâmpla imediat, poate chiar în câteva minute. Un fulger orbitor va brăzda cerul, iar pământul se va transforma într-un vulcan. O pată electrică va acoperi întregul orizont, va crește, va înainta peste munți și mări. Nu va mai exista nici un zgomot, doar o rafală care va culca totul la pământ și un val de căldură care va topi antenele de televiziune și va seca fluviile. Atunci lumea întreagă va pieri.

Autobuzul mergea și mai repede. Tablele îi scrâșneau de efort. Se zdruncina la toate obstacolele pe care le întâlnea în cale. Mergea la fel de repede ca vântul, la fel de repede ca soarele nemișcat de pe cer. Pneurile îi goneau mâncând parcă asfaltul zgrunțuros, drumul îi curgea printre roți ca un torent.

Urmau poduri, pasaje de nivel, tunele, intersecții, curbe mari, unde toate se aplecau pe-o parte. Coborâri adânci, urcușuri ce ridicau podeaua și striveau trupurile de scaunele verzi. Huruitul motorului nu se potolea niciodată și, în partea din față a carlingii, înfruntând mișcarea, șoferul ținea roata volanului cu toate puterile.

Unde mergea? Ce urma să se ivească, într-o bună zi, la celălalt capăt al drumului? Ce nou oraș, ce câmpie necunoscută? Ce fluviu fără nume, ce mare?

Se afla acolo, nemișcat între cele două mișcări, oprit între cele două porți, una prin care intra totul, cealaltă prin care ieșea totul. Zgâria cu trupul său formele pământului, se freca de toate movilele, pătrundea în toate crăpăturile. Deci asta însemna să cunoști lumea. De-a lungul și de-a latul tuturor țărilor, oamenii construiseră aceste ramificații de gudron și de pietriş ca să poată străbate pădurile, munţii. Autobuzul trecea peste câmpii, peste râuri, peste dealuri. Drumul era nesfârşit. Pleca din centru, acolo unde avusese loc catastrofa, şi înainta bifurcându-se, răsucindu-se, urcând şi coborând mereu. Se născuse într-o zi, în mijlocul craterului orbitor, şi de-atunci nu mai avusese nici o clipă de odihnă. Uneori, dădea peste un munte abrupt şi trebuia să înceapă ascensiunea, curbă după curbă. Apoi urma o trecătoare cu zăpadă şi nori cenuşii şi cobora târâş de cealaltă parte. Alteori, peste întinderi nesfârşite de ierburi înalte şi se năpustea în linie dreaptă până la orizont. Ziua, drumul strălucea, tremurând de căldură, acoperit de ochiuri de apă. Noaptea, ţâşnea din adâncul întunericului, plin de semne luminoase care se mişcau. Autobuzul plutea pe el ca o corabie, purtându-şi încărcătura de oameni adormiţi.

El privea întruna pe fereastră. Vedea pământul defilând de-a lungul flancurilor autobuzului şi nu se gândea la nimic. Nu toate lucrurile se mişcau cu aceeaşi viteză. Mai întâi, foarte aproape de geam, povârnişurile se înşiruiau atât de repede că aproape nu le zăreai. La fel şi stâlpii de ciment, rapizi, aruncaţi în spate precum paletele unor elice. Firele de telegraf, foarte scurte, se unduiau pe loc. Apoi casele, pajiştile, zidurile. Şi mai erau vedeniile, deschizăturile, ocheadele. Faţă albă, faţă roşie, movilă de pietre, faţă albă, copac, copac, copac, faţă albă, faţă galbenă, movilă de pietre. Ceva mai departe, casele se mişcau ca nişte camioane mari, ca nişte vapoare mari. Blocuri bej pluteau pe deasupra copacilor, deviau de la cursul lor, păreau nişte plute grele, purtate de curent. Vârfurile copacilor se legănau, se târau, îşi făceau frunzuliţele să sclipească. Uneori, trecea câte o creangă mai înaltă decât celelalte, ridicată spre cer, ce semăna cu braţul unui înecat. Iar mai departe, dealurile nemişcate, cuburile caselor şi câmpurile parcelate. De aici încolo, peisajul nu mai era imobil: se trăgea înapoi. Blocurile enorme ale munților, falezele, rezervoarele mărilor, capurile, insulele negre. Legănarea lor leneșă contorsiona pământul, sfâșia pădurile și promontoriile. În sfârșit, deasupra, pe cer, norii se metamorfozau rapid, se contopeau și se despărțeau.

Totul era amețitor. Toate aceste mișcări suprapuse care deformau peisajul erau grele, dureroase, tragice, îți umpleau ochii și făceau să ți se strângă stomacul. Huruitul motorului nu înceta, își fabrica liniștea cu toate undele multiplicate care te acopereau.

Întreaga lume se surpa, foarte repede și totodată foarte încet. Și orice lucru care pierea voia să ia cu sine o idee din adâncurile minții. Orice copac smuls din rădăcini și aruncat în urmă era un cuvânt dispărut. Orice casă oferită pentru o secundă și apoi respinsă era o dorință. Orice chip de femeie sau de bărbat, apărut dincolo de geam și tăgăduit în aceeași clipă, era o stranie mutilare, abolirea unui cuvânt tandru, mult iubit.

Privea pe fereastră și rămânea fără cuvinte.

Erau unele care dispăreau dintr-o singură mișcare, CARTE, PISICĂ, ȚIGARĂ, odată cu prăvălirea a doi sau trei stâlpi de ciment. Altele se perindau la nesfârșit, ZID, IDEOLOGIE, DRAGOSTE, NEVINOVĂȚIE, în vreme ce muntele negru aluneca înainte, se apleca, se balansa și, încetul cu încetul, se afunda în pământ. Erau idei-nori, scămoșate, care dispăreau fără să știi cum. Pluteau pe cer ca niște păsări uriașe și, cerc după cerc, se topeau în văzduh. Sau idei-furnici, care mișunau printre smocurile de iarbă și pe care fuga le făcea să dispară cu milioanele. Cu fiecare kilometru devenea din ce în ce mai sărac. Mutismul îi pătrundea în trup. Era poate huruitul motorului, sforăitul regulat care-l umplea de vibrații.

Copacii cădeau, purtându-şi ciorchinii de cifre, 10 000, 200 000, 1 000 000. Garaje căscate, unde zăceau mormane întregi de cărţi, tratate de filozofie, antologii ştiinţifice. Câmpuri lăsate în paragină, pe care crescuseră dicţionarele. Pâraie mustind de poeme. Hangare de politică, cuve de sport, heleşteie de cântece şi de filme, căi ferate de dragoste. Toate astea dispăreau şi era foarte bine.

Pierdea şi gesturi, mişcări ale mâinii drepte spre pachetele de ţigări, ale mâinii stângi spre brichetele de aramă. Clipiri din pleoape, fiori pe ceafă, înghiţituri în sec. Îşi pierdea cunoştinţa. Numele ieşeau din el şi o luau la goană, GÉRARD, ANDRÉ, SÉBASTIEN, RIEUX, DUNAN, SONIA, CLAIRE, JANE MARGOLD, GABRIELLE, LAURE...

> (Cu capul plecat, Laure privea. Pleoapele fardate clipeau uşor, iar irisurile umede îşi schimbau culoarea, făcându-se când verzi, când albastre, când aurii. Şuviţe de păr îi fluturau pe frunte etc.)

Uita nume de străzi, de magistrale, de bulevarde. Pierdea kilometri întregi de trotuare, mireasma pâinii, parfumul săpunului. Uita câinii, porumbeii, puricii. Toate ieşeau din el. În curând n-avea să-i mai rămână nimic. Autobuzul avea să fie un obuz gol pe dinăuntru, zburând către ţinta lui, către explozie.

O clipă, ca să-şi amintească, vru să-şi aprindă o ţigară. Însă abia scoase primul rotocol de fum, că şoferul întoarse capul pe jumătate şi-i strigă ceva:

— ... atul e interzis aici!

Şi trebui să strivească ţigara de pământ.

Aşadar asta era solitudinea mişcării. Ceva fusese rupt, un cordon sau un lanţ, iar acum făceau salturi înainte. Spaima poate, masca străveche ce acoperea chipurile. Soarele era sus de tot pe cer şi-şi trimitea căldura dogoritoare spre acoperişul de tablă. De el fugeau așa, de lumina unui adevăr insuportabil. Fugeau de orașul prea alb, de pereții prea drepți, de zgomotul pașilor, de întregul du-te-vino al mașinilor, de durerile cunoașterii. Fugeau ca să nu mai vadă o femeie, un copil, ca să nu mai audă conversațiile din cafenele, ca să nu mai trebuiască să răspundă nimănui:

— Foarte bine, mulțumesc, dar dumneavoastră?

Orașul blestemat era zdrobit, lepădat, călcat în picioare. Îngropat sub cenușă, sub hârtii vechi. Groapa de gunoi era uitată. I se săpase mormântul, apoi fusese acoperit cu bălegar. Autobuzul de oțel gonea printre câmpuri, iar roțile lui striveau popoare de limacși. Poate că acolo, departe, în urmă, foarte departe acum, țâșnea dintr-odată uriașa jerbă de foc care distrugea totul în patru secunde.

Cei care stau nemișcați pe pământul mișcător :
călătorii.
Cei care aleargă pe pământul nemișcat : seden-
tarii.
Dar cei care aleargă pe pământul mișcător sau
cei care stau nemișcați pe pământul nemișcat :
cum să-i numim?

AUTOCRITICĂ

Merita într-adevăr efortul să scriu toate astea, așa? Vreau să spun: care era necesitatea, care era urgența acestei cărți? Poate că ar fi fost mai bine să aștept câțiva ani, închis în mine, fără să scot o vorbă. Un roman! Un roman! Încep să urăsc la modul serios istorioarele astea mediocre, șiretlicurile și redundanțele astea. Un roman? O aventură, ce altceva?! Cu toate că numai aventură nu-i! Tot efortul ăsta de coordonare, toate mașinațiunile, tot teatrul ăsta, pentru ce toate astea? Ca să scoți la lumină încă o povestioară. Ipocrizia disperată a celui care nu îndrăznește să spună „eu". Stângăcia celui care-și exhibă urticariile, cistitele și care le deghizează apoi ca să nu aflăm că despre el e vorba! Bolnav rușinos, bărbat cu privirea plecată! Îi căutăm privirea, vrem să trecem dincolo de ferestrele ochilor săi, să pătrundem înăuntrul lui. În ultima clipă, ceea ce vi se înfățișează e o mască, o mască cu orbite goale.

Dacă ar fi vorba despre o operă de ficțiune, în stilul lui Swift sau al lui Jules Verne. Sau, la nevoie, în stilul lui Conrad. Dar nu, el nu inventează nimic. Vă pune în față produsul vânătorii lui cotidiene. Bârfe pe care le-a strâns din stânga și din dreapta, bucăți de hârtie smulse din carnete, ziare, experiențe murdare. Stendhal, Dostoievski, Joyce etc.! Niște mincinoși, toți, niște mincinoși! Și André Gide! Și Proust! Genii mărunte și efeminate, pline de cultură și de complezență, care se privesc trăind şi-şi toarnă istoriile! Toţi îndrăgostiţi de suferinţă, buni de gură, fericiţi să fie ei înşişi. „Scriu pentru generaţiile viitoare." Ce farsă! Unde sunt generaţiile viitoare? Prin sălile cenuşii ale liceelor, visând dinaintea cărţii deschise, râzând şi dându-şi coate de fiecare dată când întâlnesc cuvântul „femeie" sau „dragoste"!

Să creezi realitatea! Să inventezi realitatea! Ca şi cum asta ar fi posibil! Popor de furnici care şi-a adunat cultura în cărţi de valoare! Popor de maimuţe care-şi merită liota de şarlatani! Şi dacă ar fi măcar distractiv. Dar nu, totul e serios, totul se face cu mult zel, după o cugetare adâncă. Poate acesta este limbajul oamenilor, din care au dispărut dintr-odată şi muzica, şi strigătul. În numele logicii, un soi de insecte dăunătoare şi-a pus în minte să ia în stăpânire foile albe de hârtie şi să-şi înşire acolo poveştile. Ca să distreze? Ca să fugă cât mai departe? Sau, mai degrabă, ca să lipească, să ungă întreaga lume cu cleiul ei şi să se salveze. Da, asta e: să-şi salveze pielea, existenţa mizerabilă şi la dracu' cu ceilalţi!

Orice mască e îngăduită. Se spune, bineînţeles, că fac analiză. Că dezvălui caracterul uman. Fac psihopatologie, le ofer altora cheile conştiinţei. Ale psihologiei! Există oare aşa ceva? Ca şi cum spiritul uman ar putea fi redus la câteva gesturi, la câteva cuvinte. Mai este, fireşte, şi studiul pasiunii. Ştiţi despre ce e vorba, despre cum viaţa unui bărbat şi a unei femei s-a limpezit dintr-odată graţie acestei lupte grandioase. Aşadar, s-a inventat povestea de dragoste. S-ar părea că poveştile de dragoste sunt eterne. Acesta e adevăratul, singurul roman: tânărul frumos o întâlneşte pe tânăra frumoasă şi urmează, succesiv:

1. Dragostea la prima vedere.
2. Cristalizarea.

56

3. Uniunea.

4. Ruptura.

Nu e nemaipomenit? Ca și cum toate lucrurile astea ar exista într-adevăr. Dar oamenii sunt mulțumiți. Cred că totul s-a petrecut la fel și cu ei și sunt bucuroși să regăsească lucrurile pe care le cunosc. Nu vă apucați să le vorbiți despre aventura dintre un pahar și o periuță de dinți sau despre o scenă de rut dintre o curcă și un curcan. Nu încercați să le spuneți ce se întâmplă înăuntrul unui copac. Asta nu-i interesează. Vor da paginile și vor căuta pasajul cel mai picant, când domnișoara roșcată, după ce a băut ceva și a sporovăit, își desface sutienul și-și oferă sânii ascuțiți sărutărilor.

Romane care bombăne, romane care flecăresc precum bătrânele. Romane fără aventuri, scrise de oameni fără povești! Romane ca un joc de bile... Romane scrise la persoana întâi, dar în care naratorul este foarte departe, ascuns după pereții lui de hârtie. Romane psihologice, romane de dragoste, romane de capă și spadă, romane realiste, romane-fluviu, romane satirice, romane polițiste, romane de anticipație, romane noi, romane-poem, romane-eseu, romane-roman! Toate făcute pentru oameni, cunoscându-și defectele, flatându-și lașitățile, torcând încetișor împreună cu ei. Niciodată romane de dincolo de moarte, niciodată romane pentru renaștere sau pentru supraviețuire!

Romane cu personaje:

Scrise de femei:

„Lucie e o tânără de treizeci de ani. Etc.".

Scrise de bărbați:

„A doua zi după încetarea războiului, pe care l-a traversat fără să-l cunoască, ce trebuie Carlos să facă? Ce viitor îl așteaptă? Béatrice, soția sa, în care nu-și mai pune nici o speranță? Etc.".

Vin o femeie de treizeci de ani și un bărbat pe care-l cheamă Carlos și cumpăra cartea, iar apoi spun : „Ce bine e scris. Parcă e vorba despre mine".

Bucuroși că n-au trebuit să se mire.

Și-atunci, ce am eu de spus ? Carlos, Hogan, Lucie, nu-i oare același lucru ? Oare eu nu vorbesc despre *probleme* ? Scriu oare pentru oameni sau pentru muște ?

Cartea fugilor, bine, de acord. Dar, fugind, nu mă întorc din când în când, cât să arunc o privire, ca să văd dacă nu merg prea repede, dacă ceilalți mă urmează încă ? Hm ?

Între timp... Am trecut lanţuri de munţi, fluvii, câmpii cenuşii şi acum am ajuns în oraşul acesta uriaş, întins pe ţărmul mării. Un oraş de ciment, plat, alb, cu străzi rectilinii. Asta se întâmpla în Italia, în Iugoslavia sau poate în Turcia. Era în 1912 sau în 1967 sau în 1999. Nu puteam şti. Un oraş ireal, poate un simplu miraj într-un deşert gigantic.

Jeune Homme[1] se plimbă pe străzile oraşului, fără să ştie încotro se îndrepta. Urmă labirintul străzilor, traversă şi apoi merse de-a lungul trotuarelor. Cercetă chipurile necunoscuţilor. Trecu pe sub arcade întunecate, unde stăteau chirciţi cerşetorii. În faţa unui magazin deschis erau expuse fotografii în culori vii. Înfăţişau Bosforul, Acropolea sau insula Krk. Jeune Homme cumpără câteva vederi şi scrise pe spate:

Cu prietenie

J. H.

Apoi le puse la poştă.

Soarele era la zenit, razele lui ardeau suprafeţele plate. Oraşul zumzăia, fremăta, sclipea în toate direcţiile. Jeune Homme începu să obosească. Căută din priviri un loc în care să poată sta jos. Dar se afla în

---

1. În franceză, *jeune homme* înseamnă „tânăr" (n.r.).

centrul oraşului şi nimeni nu se gândea să se aşeze. Fete cu părul şi ochii negri treceau chiar pe lângă el, fără să-l bage în seamă. Bărbaţi pleşuvi, asudând în cămăşile lor de nailon, mergeau repede. În locul acela simţea, ca odinioară, o stranie ameţeală; un vârtej ciudat dansa aruncând trupurile oamenilor în spate. Vidul din centrul vârtejului înainta încet. Fără îndoială, în curând avea să-l ajungă şi avea să-i simtă toate labele plimbându-i-se pe trup şi toate mandibulele devorându-l. Trebuia să facă ceva. Iată ce făcu.

Coborî spre mare. Se afla acolo, în stânga jos, la mai puţin de un kilometru. Merse foarte repede, pe bordura trotuarului, evitând valurile de oameni care urcau. Când ajunse pe promenadă, văzu vasta întindere gri-albăstruie şi valurile sclipitoare. Era marea. O privi ca şi cum ar fi fost prima dată sau ca şi cum cineva tocmai s-ar fi înecat în ea. Orizontul era în acelaşi loc, nedesluşit, învăluit în ceaţă.

Jeune Homme se aşeză pe parapetul de ciment. Puse sacul de plajă la picioare, apoi îşi aprinse o ţigară şi privi.

Ceea ce vedea era destul de uimitor: acolo se sfârşea, poate, imperiul oamenilor. Scormoniseră pământul, îl răscoliseră, îl fecundaseră, îl ascunseseră sub ziduri şi straturi de gudron. Însă pământul se oprea acolo, de-a lungul ţărmului, şovăind. Şi începea domeniul lichidului, al albastrului. Nu al unui albastru tern, spălăcit, precum cel pe care îl vedem pe cer sau în tablouri. Ci al unui albastru profund, al unui albastru viu, care respira, care se dilata, care se pierdea în propriile adâncuri. Un albastru necunoscut, absolut, fără nici cel mai mic petic de roşu, violet sau verde.

Jeune Homme se întoarse cu totul în direcţia albastrului, astfel încât să nu mai vadă nimic altceva. La început fusese dificil. Era mereu distras de zgomotele oamenilor, de urletele maşinilor, de spargerea violentă a valurilor. Dar trebuia să-şi concentreze întreaga atenţie asupra culorii, fără să mai perceapă legănarea valurilor sau sclipirile luminii. Atunci, dintr-odată, marea înceta să mai existe. Nu mai erau nici hulă, nici spumă. Dar, mai ales, nu mai era pământ. Pur şi simplu alunecai în baia de culoare, pluteai, întins, lungit, peliculă subţire, contopită cu suprafaţa. Puteai să ridici capul şi totul era albastru.

Jeune Homme petrecu câteva minute în culoarea aceea extraordinară. Apoi un nor trecu, o maşină claxonă, o portocală căzu, iar culoarea se retrase brusc din mare.

La capătul promenadei erau o porţiune de plajă grunjoasă şi un dig. Tocmai acolo se duse să se aşeze ca să privească linia de demarcaţie dintre cer şi pământ. Un zid, doar un zid care se scufunda în apă şi susţinea întreaga lume.

Privi de asemenea contururile coastei, ale golfurilor, capurilor şi peninsulelor, până la orizont. Era o coastă preistorică, plină de vechi rămăşiţe ale timpului, de calamari şi de animale vorace. O apă murdară ţâşnea din oasele putrezite, din vertebrele negre acoperite de mâl, din fragmentele de cutii toracice, din craniile pline de alge. Şi acolo puteai să te scufunzi şi să dispari în timpul vâscos. Un suspin straniu, extenuat urca încet din şuvoiul acela, o răsuflare încărcată de mirosuri grele. Oraşul se scurgea în apă prin toate gurile de evacuare. Toate dejecţiile alunecau de-a lungul conductelor şi coborau panta continuă a mării. Erai una din ele, bineînţeles, un excrement negru împins de şuvoiul de apă, şi te îndreptai spre ţinuturi fabuloase... Când va fi în sfârşit pământul *uscat*? Când se va goli bazinul ăsta, baia asta plină de spumă? Poate într-o zi... Într-o zi soarele va străluci deasupra unui deșert imens, iar norii nu vor mai fi făcuți din apă, ci din nisip, praf și cenușă. Se vor ivi peșteri tainice, înnegrite în întregime de miile de veacuri petrecute departe de lumina zilei. Așteptând, Jeune Homme se îndepărtă. Întoarse spatele mării și se îndreptă spre o piață aridă, unde niște pini se înălțau în mijlocul asfaltului. Se opri pe o bancă, la umbră, și se uită la toți oamenii pe care nu-i cunoștea. Încercă să și-l amintească pe fiecare dintre ei și, de aceea, scoase din rucsacul albastru un carnețel și, cu pixul, îi însemnă pe toți cei care treceau:

Fată cu câte un plasture pe fiecare genunchi.
Bărbat care seamănă cu Hemingway.
Bărbat cu o pată de vin pe coapsă.
Femeie cu tuberculoză.
Bărbat în șort, care înaintează scărpinându-și organele genitale.
Trei femei de vârste diferite cu trei pălării identice.
Un grup de țigani, îmbrăcați țipător, cu ochelari negri.
Fată căreia i se vede buricul.
Împreună cu ea, fată pe pieptul căreia scrie FLORIDA.
Bărbat cu fața turtită.
Fetiță care lovește cu piciorul o cutie.
Femeie cu pandantiv între sâni.
Fetiță cu nas acvilin.
Bărbat care-și poartă ochelarii negri vârâți în gulerul tricoului albastru.
Fetiță strigând Aua Ao Aua.
Cărucior de înghețată împins de un bătrân și de o bătrână.

Dop uman.

Fetiță cu un cap de păpușă ieșind din buzunarul pantalonilor verzi.

Femeie cu un nas foarte lung, însoțită de un fiu cu un nas la fel.

Fată cu ochi încercănați.

Două tinere cu ochi fardați.

Băiețel suflând într-o muzicuță.

Două fete trecând, una mestecă gumă, cealaltă cântă „Pentru nimeni, pentru nimic".

Mamă și fiică având același furuncul roșu pe picior.

Era un șir inepuizabil. Puteai să te instalezi acolo, zi și noapte, cu pixul și cu carnețelul, și n-ai fi avut nimic altceva de făcut decât să scrii, să scrii, să scrii.

Pe pământ, picioarele oamenilor se duceau și veneau fără încetare. Asta era, de asemenea, o noutate. Jeune Homme privi suprafața de ciment pe care înaintau picioarele. Încălțările călcau pământul, fiecare în felul său. Unele tropăiau puternic, punând întâi călcâiul jos. Altele înaintau mai încet, legănându-se imperceptibil la fiecare pas. Erau sandale de damă, cu tocuri cui, care lăsau mici urme în formă de semilună. Espadrile care se stricau repede. Pantofi cu tălpi de cauciuc, teniși perforați de găuri de aerisire. Galoși scâlciați, papuci decupați care lasă dezgolite degetele mari. Picioare goale, cu unghiile înnegrite de praf. Toate mergeau înainte, tot înainte, nu se opreau niciodată.

Deodată, Jeune Homme percepu un zgomot pe care nu-l mai auzise până atunci : un zgomot înfundat, neliniștitor, un fel de râcâială adâncă ce acoperea toate celelalte sunete. Zgomotul creștea din pământ, fără ritm, răsuna, cădea ca firele de nisip, se împrăștia în praf, înainta, dar pe loc. Un zgomot de frecare, un

CRRR, CRRR neîntrerupt, care te prindea și te învăluia puțin câte puțin. Zgomotul pașilor târșâiți, zgomotul nonșalant, tandru și terifiant al picioarelor pornind la drum. Așa ceva nu se poate uita. Dintr-odată, pământul, cerul și marea, acolo, în depărtare, începură să răsune de zgomotul acestor pași și totul deveni drum pentru aceste picioare.

Oraş de fier şi de beton, nu te mai vreau. Te refuz. Oraş de supape, garaje şi hangare, am trăit destul aici. Veşnicele străzi ascund pământul, zidurile sunt paravane cenuşii, la fel şi afişele, şi ferestrele. Maşinile fierbinţi rulează pe pneurile lor. Asta-i lumea modernă.

Oamenii care tropotesc cu tocurile pe pământul dur, în cadenţă, nu ştiu ce fac. Eu, însă, ştiu. Tocmai de asta plec.

Habitat comasat, însă divizat, multiplicat, aneantizat. Mulţime neagră care se neagă pe sine, mulţime ale cărei mişcări se anulează singure : oraşul răsună ; oraşul vorbeşte ; oraşul se retrage în sine ; oraşul mănâncă, bea, se împerechează, moare. Acoperişurile sunt cenuşii : pe ele se sparg picăturile de ploaie. Colţurile zidurilor sunt pline de praf. Din mijlocul pustiurilor de bitum ţâşnesc copaci calcinaţi. Câinii flămânzi dau târcoale, la fel şi pisicile. Noaptea, şobolanii se strecoară repede printre roţile maşinilor oprite. Oraş plin de mirosuri de mâncare, de fum, de vomă. Sunt oameni care s-au născut în oraşul ăsta şi alţii care au murit aici. Oare pământul nu e un singur oraş imens din care nu ieşim niciodată ? Oare străzile nu se afundă sub apele mărilor, nesfârşite bulevarde înceţoşate, centuri periferice care urcă şi coboară până pierzi şirul ? Ieşire ? Încotro ? Strada nr. 8. Ocolire. Autostradă fără sfârşit care duce mereu către mai multe blocuri, acoperişuri, străzi... Oraş cu scheletul

la vedere, monstru invadat de paraziți minusculi, care se umflă încet de sânge. Și apoi oraș în ruine, ziduri derizorii ridicate pentru a respinge vidul cerului. Oraș, imens oraș infinit, poate e pur și simplu invenția spaimei oamenilor. Nici un refugiu, nici o ascunzătoare, ci un mănunchi de harpoane zimțate, de care atârnă fâșii vechi de piele și care stă neîncetat întors spre corpul îndepărtat al uriașei balene a cerului.

Acesta este orașul în care mă găsesc. El este timpul meu, spațiul meu. Și cum ar putea să nu fie? Sunt aici, astăzi, acum și împreună cu mine, milioanele de locuitori ai orașului. Ce a fost înainte de stratul ăsta de ciment, înainte de munții ăstia falși, găunoși, străpunși de lucarne, nu mai știu. Nu am cum să mai știu. Cândva, în întreg universul, a existat acest regat; ca o carte, întocmai ca o carte deschisă ale cărei cuvinte vorbesc despre o știință ce își este suficientă ei înseși și pe care nimeni nu poate nici s-o înțeleagă cu adevărat, nici s-o ignore cu desăvârșire. Nu știm niciodată ce facem. Facem ceva, atâta tot. La fel e și cu orașul. El e acolo; sau noi suntem acolo, sau nu suntem. Dacă nu suntem, asta-i altă poveste. Dar când suntem, nu există nici un mijloc să știm lucrul ăsta cu certitudine. Suntem orășeni și, din adâncurile cazematei noastre, vedem soarele și cerul. Ceea ce urâm e orașul. Dar îl urâm cu înjurături dinăuntru, cu alte acoperișuri, cu alte trotuare. Vrem să-i nimicim sufletul; dar sufletul lui e în clipa asta limuzina neagră care rulează cu huruitul motorului ei fierbinte de-a lungul străzilor albe.

Oraș, oraș-femeie! Ridică mâna, e o răscruce de drumuri. Fața ei vopsită e o casă locuită, trupul ei e un magazin uriaș. Asta e, așadar: totul e gata: canale de scurgere, rigole, străzi zgomotoase, felinare, semafoare, rezervoare, grădini publice, fântâni, șantiere; nume bizare care sunt ale ei:

Strada pântecului
Aleea celor cinci simțuri
Bulevardul arterelor femurale
Strada venei cave
Ministerul celor doi sâni
Grădina pubis
Rotule & Co
Laringele
Suburbia anusului
Zona sexului
Cinematograful Central al lobului occipital
Acesta e orașul meu, orașul meu femeie. Înțelegeți acum de ce-i bat mereu străzile?

Merg. Înaintez prin oraș și picioarele mele izbesc asfaltul dur. În jurul meu s-a făcut liniște. Merg pe solul orizontal și nu aud nimic. Liniștea s-a umflat îngrozitor în țeasta mea, s-a lăsat cu toate puterile asupra mea. Înaintez fără să știu încotro mă îndrept; lumea s-a golit dintr-odată de toate zgomotele. Pământul e dur, e plat. Zidurile sunt înalte. Acoperișurile nu se mai văd. Cerul e o esplanadă pustie, gigantică. În jurul meu, mișcările mașinilor rapide, trecerea oamenilor. Le văd din spatele geamului, șterse, umile. N-aud însă nimic. Merg ca un surd, închis înăuntrul sferei mele tăcute. Oamenii urlă și eu nu aud nimic. Mașinile gonesc cu motoarele mugind, avioanele cu reacție străpung norii, iar eu n-aud nimic. Cu toate astea, le aud, e adevărat, simt huruiturile și zgomotele lor de claxoane. Urechea mea e plină de zgomote. Dar înăuntrul capului sunt surd. Tot vacarmul ăsta nemilos se află în jurul meu. Ca să spun drept, le văd pe toate, așa cum sunt, pete mari, întunecate, care înaintează, haită de câini turbați, unde circulare ce țâșnesc din soare, săgeți, desene grele. Însă în capul meu, în timp ce merg, nu e nimic. De îndată ce le aud, iată-le date uitării, nu mai rămâne nici măcar o cicatrice. Sau poate că sunt sub apă, la 5 000 de metri adâncime, într-o lume de nămol care tremură și se risipește în nori leneși sub picioarele mele.

Nu, nu aud nimic. În capul meu e tăcere. Ceva aud totuși, dar e atât de puternic și de înfricoșător că mă adâncește și mai mult în tăcere, mă aruncă la și mai mulți ani-lumină depărtare de viața liberă: e zgomotul pașilor mei. Un, doi, un, doi, un, doi, loviturile înfundate ale tocurilor pe cimentul trotuarului, lovituri ca și cum aș bate cuie cu picioarele. Muncă a pașilor mei, singuri, în cadență, tenace, singuri, cu desăvârșire singuri. Merg pe mine și mă îngrop în pământ. Zgomotul tocurilor mele răsună în lume, ca și cum aș înainta grăbit, pentru că trebuie să scap, de-a lungul unui coridor pustiu, dintr-o tăcere tubulară.

Tocmai tăcerea asta mă abstrage. Tocmai tăcerea asta mă face să nu mai fiu aici ; tăcere grea ca o mare, în fața căreia te așezi și privești. Tăcere de fontă, de beton armat, tăcere de lac nămolos. Niciodată n-aș fi crezut că așa ceva e posibil : să stai în mijlocul unui asemenea vacarm, în mijlocul acestei materii și acestei lumini și să nu auzi nimic. Cocoloașe de ceară vârâte în canalul auditiv, picături de apă liniștită. Geam incasabil, ridicat din nou, fără știrea mea, care mă izolează. N-aș mai putea niciodată să redescopăr muzica, nesfârșita, complicata muzică a zgomotelor anonime.

Mă înșel însă : le aud. Autobuzul trece aproape atingând trotuarul și simt pe piele urletul asurzitor al motorului său. Zgârie pământul, se etalează ca o ploaie de lovituri tăioase de silex. Merge în zigzag, lansează tiruri de mitralieră, gloanțele lui explodează, ricoșează de ziduri și izbesc carnea oamenilor, deschizând mici stele de sânge. Mitraliera grea trage asupra mulțimii și se ridică un nor albastru-cenușiu, înțepător, terifiant, un nor de praf letal, o pâclă primejdioasă, care-ți pătrunde prin pori și-ți dizolvă viața.

Sau avionul străbate cerul albastru, pasăre grea de argint ce bombardează pământul cu zgomotul ei asurzitor.

Sau strigătele subterane ale posturilor de televiziune, muzica radiourilor, tropăiala *juke-box*-urilor în străfundurile cafenelelor întunecate.

Sau glasurile omenești, chelălăielile scurte, care nu contenesc, care vorbesc toate odată.

Lătratul câinilor.

În copaci, țipetele păsărilor.

Pe șinele netede și lucioase, tumultul negru, exsudând ulei și acoperit de scântei, al trenului care înaintează.

Zarvă, sclipiri, limbaje amestecate, declicuri, tictacuri, alunecări, vapori, derulări, fluide, ritmuri înfundate, ritmuri luminoase, legănări, lichefieri, nașteri, sughițuri, gonguri, gâlgâituri, vibrații de adâncime, striații și fugi, fugi.

Aud totul. Văd totul. Sunt însă aici, bătând ușor în retragere, în întârziere poate sau în avans cu o zecime de secundă, și nimic nu mai este adevărat. TOTUL E JUCAT. În trupul meu domnește un deșert care nu are egal nicăieri pe pământ. În centrul capului meu e un ocean nemărginit. Ce-i asta? Ce înseamnă? Mă aflu în mijlocul evenimentelor, aproape invizibil. Oare din întâmplare nu exist? Oare nu sunt decât o articulație, punctul de interferență al undelor sonore? Ori poate eu sunt cel care visează totul?

Lumea țâșnește neîncetat din capul meu precum razele, precum huruitul mecanic domol, plin de frământările resorturilor și de ciocnirile rotițelor, al unui ceas de mână. Sunt nebun, am dreptate, sunt singur, aud, însă sunt surd, văd, însă în depărtare, întotdeauna, altceva decât pe mine, în absența mea.

Iar în adâncul craniului, zgomotul pașilor mei crește, crește, umple tot ceea ce e nesfârșit și dureros DE GĂUNOS.

Un chelner în albastru
pune o halbă de bere
pe un cerc de carton în
mijlocul unei mese roşii

Să mergi către soare

Vaza cu flori calmează

Nimic nu mă poate atinge cu adevărat. Tot ceea ce
se întâmplă, se întâmplă foarte departe, ca într-o altă
lume. Stau aşezat, poate în faţa eternităţii. Accidente,
pasiuni, dorinţe, temeri, toate acestea sunt înlăuntrul
meu, toate se mişcă, se însufleţesc, îşi poartă lupta.
Iar eu privesc. *Creez*. Spectacolul atât de familiar,
încât devine nu indiferent, ci ZĂMISLIT.

I WALK ON THIS FLAT LAND
WITH NEVER ANY PURPOSE[1]

---

1. Colind pământul acesta plat fără nici un scop (în engl., în
   orig.) (n.r.).

Exista un alt fel de-a fugi. O să vă spun cum. Într-o seară, pe la şase, Jeune Homme Hogan ajunse într-un cartier straniu din oraş. Noaptea era neagră şi se îndreptă, bineînţeles, spre zonele în care era lumină. Mergea mai degrabă repede, legănându-şi braţele. Pe măsură ce se apropia de cartierul luminilor, vedea că noaptea se făcea mai puţin neagră. Cerul căpăta puţin câte puţin o nuanţă roşiatică, de parcă ar fi fost un vulcan sau măcar un incendiu acolo.

J. H. se opri o clipă să privească luminile. La capătul străzii, ele sclipeau sălbatic, îşi trimiteau chemările, se deschideau şi se închideau pe dată. Erau aştri bizari, imobili pe frontonul barurilor şi al magazinelor, stele sângerii, comete verzi, nebuloase, sori umblători. Nu mai văzuse niciodată ceva asemănător. Sub pânza întunecată a nopţii, toate luminile dansau, tremurând în aerul umed, schimbându-şi culorile, depărtându-şi razele convulsive.

Pentru o clipă, se temu şi vru să plece. Privi îndărăt. Acolo, de cealaltă parte, oraşul se pierdea în noapte. Se zăreau străzile vag luminate de felinare şi farurile maşinilor alunecând. Însă tot acolo, în depărtare, pândea primejdia. Animale ciudate de oţel mişunau de-a lungul culoarelor, cu reflexii brutale pe aripi şi luciri neliniştitoare în ochi. Când se întorceau cu spatele, două puncte roşii se aprindeau şi o luau la goană în cea mai mare viteză. Aici şi pretutindeni domnea viaţa mecanică. Soarele, dispărând în spatele orizontului, lăsase cale liberă tuturor acestor luminiţe, iar acum rodeau, rodeau fără încetare. Noaptea era de oţelul. Oraşul se acoperise cu plăci dure, oraşul îşi scosese lamele de ras şi-şi pornise ambuscada. În adâncul cerului nu mai erau oglinzi, iar în locul soarelui era o gaură imensă şi sângerândă, precum cea lăsată de un molar smuls. Marea se golise probabil, săpându-şi cuveta în abisul acesta vertiginos. Pământul însuşi dispăruse, încetase să mai fie solid. Ne aflam pe o planetă necunoscută, pe Jupiter sau pe Neptun, pe o planetă alcătuită din gaz care ne trăgea unii peste ceilalţi.

Pe monoliţii uriaşi ai caselor erau căscate lucarnele. Oamenii se închiseseră în grotele lor, fiindcă le era frică sau fiindcă nu voiau să vadă. În cutiile ermetice ale apartamentelor, stăteau aşezaţi sub veioze, se uitau la ecranele din care ţâşneau şuvoaie de lumină albastră. Ici şi colo se zăreau un fel de temple imense, în care oamenii stăteau aşezaţi pe şiruri de scaune. Pe peretele din capăt, în faţa lor, o pată orbitoare. Era *Ochiul sălbatic*[1], *Micul Soldat*[2] sau *Femeia nisipurilor*. Însă asta n-avea nici o importanţă, fiindcă ceea ce veneau oamenii să vadă nu erau nici poveştile, nici imaginile, ci lumina, numai şi numai lumina.

J. H. îşi aprinse cu bricheta o ţigară şi se îndreptă spre locul din care veneau toate luminile. Era o stradă foarte lungă, cu trotuare pline de oameni şi şiruri de maşini. Intrând pe stradă, J. H. trebui să clipească din ochi din pricina luminii puternice. Se opri o clipă să privească firmele cu neon. Erau pretutindeni – pe

---

1. *The Savage Eye* (1959) – documentar dramatizat, realizat de Ben Maddow, Sidney Meyers şi Joseph Strick (n.r.).
2. *Le Petit Soldat* (1963) – film al regizorului Jean-Luc Godard (n.r.).

ziduri, deasupra vitrinelor, în fundul magazinelor și chiar deasupra străzii, atârnând de cabluri.

Unele erau nemișcate, strălucind intens precum sorii în centrul halourilor neclare. Altele se aprindeau și se stingeau nedefinit, altele pâlpâiau. Erau în ele roșuri, stacojiuri care-și aruncau razele dure drept înainte. Alburi care dungau noaptea, albastruri care se închideau în sine. Semnele încârligate scriau nume străine, semănând cu fulgerele ce despică norii. Literele gesticulau deasupra ușilor, se roteau, se strângeau și apoi se risipeau. În mijlocul unui imens panou alb, care se unduia ca un covor, un cuvânt nu contenea să fie scris și șters. RONSON. Pe deasupra unui mare magazin gol zbura o săgeată roșie și verde, cu vârful lung și subțire îndreptat înainte. Apoi atingea un cerc și, într-o explozie de aur, se vedea scris cu negru, WALLACH. Erau toate literele astea și apoi cruci, triunghiuri, cercuri care creșteau fără contenire, spirale de foc, zigzaguri, puncte, sfere, explozii. Toate vorbeau într-un singur glas, lansau strigăte mute, subliniau, arătau, scuipau. Nu exista clipă de liniște. Ne aflam într-un vulcan în erupție, într-un val de lavă sau într-o furtună cu fulgere. Tuburile de neon țârâiau în aer, lumina tremura ca un abur. J. H. înaintă încet pe stradă, schimbându-și culoarea, cu ochii plini de scântei. Nu exista milă. Se opri un moment sub un KELVINATOR care-și deschidea și-și închidea literele roșii. Privi strada care fremăta și, chiar în capăt, un panou imens, pe care COCA-COLA înota în centrul unui astru întâi roșu, apoi alb, apoi negru. Se îndreptă într-acolo.

Ajunse la o intersecție unde vânzoleala luminilor era la apogeu. Acolo, sutele de cuvinte strigau în toate direcțiile; dar erau chemări false. În spatele literelor strălucitoare nu era nimic în afară de o grămadă de tuburi și de fire. Ferestrele imobilelor se luminau violent, iar fațadele se făceau roșii. Ai fi putut să stai multă vreme acolo și să citești tot ce era scris. La nevoie, ai fi putut să scrii un poem cu toate aceste cuvinte, un poem din litere fugitive, din fraze neterminate, din gânduri sacadate. Ai fi putut să-ți așezi cuvintele, să le incrustezi în zidurile caselor și astfel să-ți lansezi chemările. Ai fi putut să scrii ceva de genul:

T T TĂ TĂ TĂC TĂC TĂCER TĂCER TĂCERE TĂCERE

MOARTE

AJUTAȚI-MĂ AJUTAȚI-MĂ AJUTAȚI-MĂ

PLEASE

IUBIȚI-MĂ

ve ve ve ve ve ve ve

VENIȚI!

Sau ai fi putut desena lucruri, cu toate becurile electrice și toate tuburile astea de neon. O inimă imensă bătând, agățată la etajul al șaselea al unei clădiri, și apoi, pe toată strada, o femeie gigantică, cu ochii verzi aprinzându-se și stingându-se, cu trupul roz bonbon, cu sânii ridicându-se la fiecare respirație, o femeie uriașă plutind pe un covor albastru și violet, iar în mâna ei dreaptă ar fi o țigară care fumegă.

Era poate o nebunie. Undeva în lume, în toiul nopții, dădeai peste nodul ăsta de lumini tremurătoare. Chemările erau disperate, fiindcă nu ajungeau nicăieri. Nu exista nici un drum care să se deschidă dincolo de cuvinte, doar ziduri și geamuri. Pretutindeni te loveai de bariere ridicate, nu puteai trece. Flăcările înghețate dansau în noapte, cu tresăltări mecanice, iar asta nu însemna nimic. Până la orizont se vedea roșeața asta, o explozie nemaipomenită, frumoasă, dar zadarnică. Obiectele erau departe şi-şi închiseseră portierele de oţel. Înnebunite, cuvintele vă repetau fără încetare : „Mâncaţi!“, „Beţi!“, „Fumaţi!“, „Veniţi!“, „Iubiţi!“ şi n-aveau niciodată nimic de oferit. Aici era vârtejul vidului, hăul marilor trâmbe de lumină. Nu exista un limbaj. Nu existau semne, nici culori, nici zi. Nu exista decât noaptea, nimic altceva decât noaptea, absenţa.

În jurul lui J. H. oamenii veneau şi plecau. Cuplurile treceau, luminate de luciri stranii. Bărbaţii mergeau grăbiţi, grupuri compacte care înaintau gălăgioase. Maşinile defilau pe şosea, cu caroseriile pline de reflexe sparte, calandre încărcate de faruri, de semnalizatoare, de stopuri.

J. H. intră într-un bar şi bău un pahar de bere la tejghea. Şi acolo erau o mulţime de tuburi de neon, verzi, albe, roz. Oamenii beau în sală. Pe ziduri erau montate plăci mari de oglindă care reflectau lumina. Până şi paharul pe care-l ţinea J. H. în mână era luminos, ca şi cum ar fi fost tăiat în diamant, iar berea avea culoarea aurului. J. H. îşi aprinse o ţigară şi, pentru o clipă, flacăra brichetei deveni o scânteie, centrul universului cu mii de galaxii. Privi afară. Lângă intrare se aflau două aparate electrice de biliard şi un *juke-box* care sclipea din toate puterile ; avea în vârf un fel de lucarnă prin care se vedeau aureole de culori, irizaţii, cercuri concentrice care pluteau. Muzica grea ieşea din aparat şi, amestecată cu sclipirile luminii, se împrăştia peste lume. Fiecare lovitură de tobă era o perdea electrică plutitoare şi, pe dedesubtul ei, scânteile rapide ale chitarei se ridicau spre tavan. În faţa *juke-box*-lui, o fată dansa pe loc, legănându-şi coapsele. Se ţinea cu mâinile de marginea călduţă a aparatului şi se uita prin lucarnă la nenumăratele guri irizate care se deschideau, se închideau... Lângă el sclipeau cele două aparate electronice. Pe panourile lor de sticlă se aprindeau lămpi verzi. Acolo era desenată o femeie în bikini, ai cărei ochi luau foc dintr-odată, fără motiv, precum detunăturile unor puști. În jurul aparatelor mecanice stăteau doi bărbați. Unul dintre ei juca înverșunat, cu trupul scuturat de spasme. Celălalt îl privea cum joacă, fără să scoată o vorbă. Din când în când scotea câte o monedă din buzunar și o punea pe sticla aparatului cu o mișcare foarte înceată a mâinii. De fiecare dată când moneda dispărea în fanta mașinăriei, punea alta. Iar ochii îi sclipeau precum cei ai femeii în bikini.

Pe partea cealaltă a străzii, în fața unei librării, J. H. zări două femei. Stăteau în picioare pe trotuar, una lângă cealaltă, și așteptau. Erau amândouă foarte tinere, frumoase, atrăgătoare. Îmbrăcate în haine frumoase, cu bijuterii de aur și de argint. Aveau fețe inteligente, rafinate, ochi inocenți, părul coafat cu grijă. Din când în când, își vorbeau, râdeau și se auzeau ciripiturile glasurilor lor subțiri și râsetele lor de fete abia ajunse la pubertate. Mâini delicate, zâmbete delicate, trupuri grațioase și mlădioase. Mergeau cu mișcări pline de eleganță, încrucișându-și picioarele lungi, așezându-și curelele poșetelor sau jucându-se cu șiragurile de mărgele ori cu brățările. Capete pline de grație, de pudoare, cu cefe semețe, cu frunți distante. Lumina vitrinelor le învăluia, le purta în haloul ei, le făcea aproape transparente. Iar când trecea câte un bărbat gras, cu pântecul revărsat, cu țeasta pleșuvă, mirosind puternic a tutun și a vin, aplecau puțin capetele într-o parte și, fără să spună nimic, doar din priviri, se scoteau la mezat.

J. H. ieși din bar și începu din nou să meargă. Iată ce văzu deodată : pășind prin noapte, o mulatră îmbrăcată într-o rochie metalică, semănând cu un car de luptă, care aluneca sfidătoare prin mijlocul mulțimii. Trupul ei înalt și zvelt, strâns în rochia de culoarea oțelului, arunca împrejur reflexe argintate. Întoarse capul și J. H. îi zări chipul măsliniu, ochii de cărbune, părul des, despărțit pe frunte. Traversă strada și se opri să-și aprindă o țigară. J. H. se îndreptă grăbit spre ea. Păși către silueta care strălucea, fără să mai vadă nimic altceva. Femeia domina mulțimea cu talia ei înaltă, legănându-și brațele lungi ca să apuce o țigară și să izbutească să scoată o flacără firavă din brichetă. Când ajunse în dreptul ei, J. H. își dădu seama surprins că era într-adevăr foarte înaltă, probabil 1 metru și 86 ; trupul musculos îi era strâns în rochia acoperită de solzișori metalici. Când îl văzu pe J. H., se opri o clipă din fumat și se uită la el cu niște ochi negri al căror alb lucea puternic. Apoi, fără un cuvânt, își continuă drumul, întinzând picioarele și legănându-și brațele lungi pe lângă coapse. Tocurile ei izbeau asfaltul, iar solzii rochiei zornăiau. J. H. merse alături de ea, fără să spună nici el nimic.

Aluneca lipit de corpul mulatrei, antrenat de miș-carea regulată a picioarelor ei, de crupa ei, de legăna-rea ușoară a cefei. Ea ținea gura strâns închisă, respira fără zgomot pe nări și, din când în când, ducea țigara spre buze să-i soarbă fumul. Reflexele geamurilor se scurgeau pe pielea ei neagră, pe părul ei des, ricoșau lovindu-se de oțelul zalelor sale. Dinaintea ei, și dinain-tea lui, mulțimea se dădea în lături, iar glasurile amu-țeau. Era ca și cum ar fi mers alături de o mașină, în violența mișcării regulate, în vreme ce motorul se învârte în tăcere, în vreme ce calandrul înfrânge cu botul lui cromat rezistența obscură a aerului. O ma-șină devenită femeie, cu rotițe necunoscute, cu trup primejdios, cu ritm invincibil. Înainta de-a lungul stră-zii, prin noapte, fără gesturi inutile, fără să se abată din drum. La un moment dat, mulatra se opri la o intersecție ; așteptă acolo o clipă, fără să întoarcă pri-virea. Apoi porni din nou, antrenându-l pe J. H. după ea. Drumul ar fi putut ține ore, zile întregi. Trupul femeii putea să străbată kilometri de oraș, urmând șoselele de ciment, trecând poduri, tunele, frontiere de sârmă ghimpată. Putea să continue apoi în plin soare, iar rochia de metal i-ar străluci în mii de scântei, ca un avion. Prin ploaie, iar apa i-ar șiroi pe coapsele de aramă, pe părul din material sintetic. Trupul ei putea să străbată oceane, în genul unui submarin, sau întinderi pline de nori, în genul unei rachete de nichel. Ar fi rece pe ger și torid în deșerturi. Nimic n-ar putea vreodată să zdrelească această piele netedă, să străpungă această carapace de fier. Femeia ar fi mereu învingătoare, mergând noaptea pe străzi, legănându-și brațele lungi și goale, ținându-și sus capul brunet, privind înainte, fără să clipească, cu ochi strălucitori. J. H. merse mult timp alături de ea, fără s-o privească. Apoi se strecură înlăuntrul ei, se topi în trupul ei, locuind mașinăria cu fuzelaj metalic, înaintând cu picioarele ei, respirând cu plămânii ei, privind mulțimea cu cei doi ochi în formă de far.

Mai târziu, intră într-un bar pustiu și se așeză împreună cu ea la o masă. Pe pereții barului, plăcile de oglindă erau luminate de reflexele rochiei de metal și ale pielii arămii. Vorbea cu un glas aspru, care răsuna din adâncul pieptului. De fiecare dată când termina de vorbit, îl privea câteva clipe, apoi întorcea capul și își ațintea ochii către intrarea barului. Vorbeau repede, în genul cuvintelor scrise cu litere roșii și albastre pe fațadele imobilelor.

— Ce bei?
— Ai bani?
— Da.
— Câți?
— Uite, ține.
— OK.
— Atunci?

— Cola cu rom.
— Cuba Libre.
— Ce?
— Asta se cheamă Cuba Libre.
— Habar n-aveam.
— Așa-i.
— Cum te cheamă?
— Jeune Homme.
— Cum?
— Jeune Homme.
— Ăsta nu-i un nume.
— Așa mă cheamă.
— Hm-hm.
— Pe tine?
— Ce?
— Pe tine cum te cheamă?
— Ricky.
— Ricky?
— Da.
— De unde ești?
— Din Tobago.
— Ești de mult timp aici?
— De doi ani. Tu?
— Aseară am ajuns.
— Vii des pe-aici?
— Nu.
— Încotro te duci?
— În Tobago, poate.
— A, da?
— Sau în altă parte.
— Da, a, da.
— Tu?
— Ce?
— O să rămâi aici?
— Habar n-am. Poate o să plec la Londra.
— Da?

— Să dansez. Ai auzit de Six Bells?

— Nu.

— E-o discotecă.

— A, bine.

Ceva mai târziu, mulatra se ridică şi ieşi din bar. Merseră alături pe stradă, întinzând picioarele şi legănându-şi braţele. Trecură prin întinderi de lumină galbenă şi dispărură în pete de întuneric. Aerul rece le biciuia feţele, aluneca de-a lungul rochiei de metal. Oamenii continuau să se dea la o parte din faţa lor. Apoi, mulatra intră într-o casă, fără să privească în urma ei. Urcă nişte trepte abrupte, ridicând foarte sus picioarele lungi şi negre. La etajul al doilea, deschise uşa unei camere şi intră. Prin perdelele trase, o lumină roşie intra şi ieşea fără încetare din cameră, luminând patul cu aşternuturi albe, masa, scaunele şi un soi de lavabou ciobit, cu robinete nichelate. Fără să scoată vreo vorbă, femeia se aşeză pe pat, iar J. H. se aşeză lângă ea. Mai ziseră câteva cuvinte, cu nişte voci metalice, şi J. H. scoase banii. Mulatra numără bancnotele şi le băgă sub saltea.

Apoi totul deveni mecanic. Rochia cu mii de solzişori coborî de-a lungul trupului arămiu şi căzu zdrăngănind la picioarele patului. În camera luminată, apoi întunecoasă, după un ritm necunoscut, nu mai există nici urmă de bărbat şi nici de femeie. Se iscă un fel de vârtej, ori de luptă, care urma largi mişcări orizontale. Se ivi o dorinţă de-a ucide, de-a sfărâma lumea, poate, de-a călca mulţimea în picioare; lucruri fără nume dispăreau cu toată viteza în urmă, munţi de timp, de spaţiu, de gândire. Pielea de culoarea aramei vibra sub trepidaţiile motorului, pântecul se scobea, palmele se închideau şi se deschideau, picioarele lungi se împingeau cu toată puterea. În aerul greu plutea praful, fără îndoială particule de pilitură, mirosuri de benzină şi de gaz. Iar respiraţiile deveniră din ce în ce mai rapide, zgâriind pereţii camerei, umplând lumea cu eforturile lor. Hhhh-Hhhh. Hhhh-Hhhh. Hhhh-Hhhh. Fără cuvinte : vârtejul se strânse, trebuie să fi traversat deja pământul dintr-o parte într-alta, canal ameţitor prin care va trece lava incandescentă. Fuga e înnebunitoare. În toate direcţiile, prin toate mijloacele. Îşi aprinde o ţigară de la flacăra galben-roşiatică : fuge. Ia o carte care se cheamă *Le Nez qui voque*[1], *Les Tragiques*[2], *Lord of the Flies*[3]. Fuge. Pe drumul de pulbere neagră, înaintează încet, ascultând şuieratul vântului rece : fuge. Mănâncă, din căuşul palmei, firimituri de pâine veche de-o zi : fuge. Aşezat în scaunul de coafor al dentistului, îşi priveşte dintele, singurul dinte pe care îl roade acul de oţel. Fuge, vi se spune, fuge. Drumul lui e exploziv, acoperă cu mii de meandre suprafaţa pământului. Zboară şi pe cer, ca musculiţele iuţi, sau aproape neclintit, ca un reactor de B 52. Trece pe fundul mării, pe la botul rechinului, silenţios, prompt, eficace.

Violul e tragic, fiindcă reprezintă sfârşitul unei vânători. În cameră, acolo, pe patul alb, inamica a fost prinsă din urmă, a fost înfrântă. Trupul i-a fost călcat în picioare, sfâşiat de lovituri, autonomia ei infectă, şi cea a tuturor femeilor, a fost distrusă vreme de câteva secunde. Acum maşina încetează să mai înainteze. Deviază, nu mai vibrează, încetineşte. Undeva în mijlocul aşternuturilor în dezordine, atât de departe încât pare la kilometri distanţă, pluteşte capul femeii mulatre. Nu priveşte. Nu vrea să vadă nimic, dispreţuitoare, indiferentă, mască de bronz cu păr de fibre. Şi

---

1. *Le Nez qui voque* (1967) – roman al prozatorului şi dramaturgului canadian Réjean Ducharme.
2. *Les Tragiques* (1616) – lucrare poetică a lui Agrippa d'Aubigné.
3. *Împăratul muştelor* (1954) – roman celebru al scriitorului William Golding (n.r.).

dintr-odată, pe când bărbatul se înverșunează, brațul prelung se întinde, caută pe masă, în dreapta patului, și ia o țigară. Capul îndepărtat se apucă să fumeze în tăcere, aruncând către tavan rotocoale cenușii, și nu are nici o importanță dacă, ceva mai jos, pe corp, motorul a fost disecat, iar piesele, demontate.

La zece minute după ce urcase, J. H. coborî scara și se trezi din nou în stradă. Vru să-și aprindă o țigară, dar își dădu seama că-și pierduse bricheta. Atunci hotărî să se joace nițel cerându-le oamenilor.

— N-aveți cumva un foc, v.r.?

Numai ca să vadă ce aveau să-i răspundă.

JURNALUL IMPONDERABILELOR

30 mai 1967

Șir de furnici care merge pe mijlocul drumului cu făgașe.
Două furnici negre târăsc un pai.

Țigani.

Arici.

Să stai așezat pe o bancă, la soare, cu fața către orașul întins, și să aștepți.

Pământul și cerul s-au născut din saliva zeilor.

Acum niște insulte :

Jegos! Rahat! Canalie! Tâlhar! Nătăfleț! Labă! Cap pătrat! Monstru! Tâmpit! Porc! Idiot! Mizerabil! Prost-crescut! Vagabond! Ciorbar! Gherțoi! Lepădătură! Javră! Mațe-pestrițe! Urâtanie! Mișel! Bandit! Dezmățat! Codoș! Sucit! Ghebos! Piază rea! Caracudă! Futangiu! Râtan! Cioban! Căcat! Mucos! Bălos! Babalâc! Maniac! Paiață! Coate-goale! Pierde-vară! Fonfăit! Bișnițar! Golan! Șacal! Cucuvea! Vampir! Puțoi! Pungaș! Corcitură! Țigan! Cioară! Pămpălău! Guzgan! Urangutan! Față de spate! Bizon! Sperietoare! Păcălici! Jagardea! Coclit! Bibaduză! Neterminat! Coardă! Coțohârlă! Matracucă! Trompetă! Lingău! Ciumat! Turnător! Scursură! Satrap! Borfaș! Papițoi! Nap! Bețivan! Sugativă! Aurolac! Malac! Curcă! Bolovan! Năpârcă! Criminal! Habotnic! Obtuz! Călău! Coinac! Nulitate! Nătâng! Tăntălău! Sașiu! Brută! Curvă! Chel! Întârziat! Poponar! Pederast! Balenă! Obsedat! Laș! Băiatu' lu' tata! Profitor! Barbar! Cioroi! Negrotei! Sălbatic! Orezar! Chitai! Rosbif[1]! Froggy[2]! Macaronar! Poltron! Fanfaron! Arapină! Nerușinat! Bădăran! Jidan! Torționar! Soldățoi! Iudă! Nebun! Lunatic! Metec! Hoț! Cap-în-nori! Scribălău! Desenator! Poetesă! Plicticos! Snob! Prostovan! Pizdă! Terminat! Necioplit! Putoare! Ploșniță! Pârâcios! Cărpănos! Burghez! Uliu! Om de nimic! Mediocru!

---

1. (Popular, injurios) Englez (deformare a cuvintelor englezești *roast beef* = friptură de vită).
2. (Injurios) Francez (de la termenul englezesc *froggy* = broască).

Pilangiu! Inimă de piatră! Apă de ploaie! Pândar!
Reptilă! Comunist mizerabil! Bătut în cap! Stârv!
Gușat! Rahitic! Schizofrenic! Destrăbălată! Capră!
Iguană! Tuberculos! Fascist! Gigolo! Bombălău! Sifi-
litic! Fiu de curvă! Chinezoi! Câine roșu! Codoș!
Ciclotimic! Nevrozat! Isteric! Țăcănit! Încornorat!
Gorilă! Cur gras! Depravat! Bulangiu! Păgân! Scâr-
țar! Ion! Pachidermă! Păduche! Parazit! Linge-blide!
Tapeur! Sifon! Vântură-vânt! Rechin! Ciozvârtă! Ar-
deiat! Provincial! Sectar! Reacționar! Capitalist! Im-
perialist! Mincinos! Ipocrit! Nătărău! Țap! Tipicar!
Diavol! Răpănos! Despot! Mojic! Eretic! Cotoroanță!
Fățarnic! Gunoi! Farmazoană! Bisericos! Delator!
Pupincurist! Gâscă! Găinar! Sac de purici! Bosche-
tar! Soios! Corturar! Sudist! Șuan! Milițian! Cioclu!
Cabotin! Netot! Dovleac! Picior de pat! Frizer! La-
cheu! Brașoavă! Panarițiu! Burtă de popă! Mârțoagă!
Vacă! Zgripțuroaică! Curcan! Retardat! Înapoiat!
Surdomut! Vițel! Închipuit! Lăudăros! Comis-voia-
jor! Marinar de baltă! Pirat! Anarhist! Dințar! Soldat
de operetă! Bizu[1]! Iepure de câmp! Neica nimeni!
Fată mare! Șnapan! Față palidă! Proletar! Metresă!
Meduză! Caracatiță! Păcătos! Adulterin! Ateu! Ne-
credincios! Om de paie! Periuță! Topor! Libidinos!
Pehlivan! Rupt în cur! Clovn! Sărăntoc! Slăbănog!
Fricos! Gălbejit! A cincea roată la căruță! Domni-
șorică! Hermafrodit! Cutie de chibrituri! Coșmelie!
Zgârie-brânză! Beatnic! Maidanez! Civil! Neghiob!
Derbedeu! Inglez! Nemțălău! Frițat! Friț! Teuton!
Măcelar! Treierătoare! Oaie! Amic! Cubanez! Prici-
naș! Trișor! Măgar! Papagal! Adormit! Pântecos!
Bancher! Oriental! Umflat! Trântor! Coțcar! Metis!

---

1. Personaj din benzile desenate creat de Jean-Claude Fournier
   în 1967.

Gringo! Yankeu! Otomi[1]! Îmbuibat! Peripatetician!
Alcoolic! Prefăcut! Victor Charlie[2]! Rasist! Subdezvol-
tat! Bestie! Arăboi! Băștinaș! Păcală! Saltimbanc!
Păduche! Puștiulică! Țică! Pici! Brânză bună în bur-
duf de câine! Apropitar! Caţă! Prostănac! Gunoi de
grajd! Muscă de căcat! Dric! Scorpie! Fante! Gomos!
Căţea! Gagiu! Crai! Târșelos! Slugoi! Pompier! Fun-
dătură! Lup! Pigmeu! Bășină! Băgăreț! Notăraș!
Dublură! Dus cu sorcova! Venetic! Gheșeftar! Sugaci!
Înfigăreţ! Constipat! Gaură de budă! Sovietic! Luna-
tic! Canibal! Balabustă! Avorton! Stană de piatră!
Țărancă! Femeie cu mustaţă! Popă! Stâlp de cafenea!
Trăgaci! Primitiv! Adonis! Stârpitură! Degenerat!
Hipopotam! Circar! Gaură de cur! Poloboc! Închistat!
Mitocan! Sac și petic! Indian! Burdihan! Al Capone!
Tigroaică! Urâcios! Nerușinat! Soacră! Sac fără fund!
Temnicer! Nazi! Excentric! Grosolan! Netrebnic!
Coadă de topor! Marţian! Zombi! Chefliu! Incon-
știent! Cizmă! Risipitor! Scandalagiu! Cirac! Șleam-
păt! Intelectual de stânga! Slab de înger! Da să trăiţi!
Văduvă neagră! Spermatozoid! Crăcănat! Salahor!
Hoașcă! Ghiaur! Siluitor! Vandal! Plagiator! Bleste-
mat! Trepăduş! Potlogar! Piticanie! Prostălău!
Farang[3]! Flușturatic! Jidov! Travestit! Cârpă! Cala-
mitate! Târâtură! Acadea! Firimitură! Iezuit! Coadă
de mătură! Pungaş! Fătălău! Naturist! Mămăică!
Tipesă! Măscuroaică! Satir! Lătrău! Tălâmb! Minci-
nos! Mincinos! Mincinos! Etc.!

---

1. Populaţie indigenă din Mexic. Prin extensie (injurios), me-
   xican, gringo.
2. Apelativ cu care se adresau soldaţii americani celor din
   Viêt-Cong. *Charlie* se referă la forţele comuniste în general.
3. Termen denigrator referitor la non-asiatici.

(Draga mea Ricky)

Atrocitatea raporturilor dintre oameni. Aici toată lumea caută să profite, caută să-l ia pe celălalt prin surprindere, să-l deposedeze de un bun, să se desfete cu carnea lui. Nu există tandreţe, ci doar plăcere. Ochi care devorează deja prada uşor oferită, ochi care caută fisura platoşei, punctul slab, peticul de piele palidă în care se va putea înfige unghia şi de unde va putea ţâşni sângele. Ochi care pândesc, ochi feroce, ochi ficşi, care detestă şi binecuvântează. Privire care judecă fără proces, care cunoaşte, care nu vrea să înţeleagă, ci să ţină la distanţă, să mănânce de la distanţă. Un soi de tentacul, ochi de sugativă lipit de stomacul inteligenţei. Lumea nu e inocentă. Lumea e liberă, străbătută de animale sălbatice, locuită de monştri avizi, răutăcioşi. Singurătatea, nepăsarea : ura.

Tânăra femeie cu haină de piele traversează sala ; trupul ei e cântărit ca o bucată de carne oarecare.

Bărbatul intră în restaurant, sub lumina tavanului alb ; iar privirea femeii, abătută asupra lui o fracţiune de secundă, e mai dură decât lumina. În ea se citeşte indiferenţă, o teribilă indiferenţă, evaluare rapidă, dispreţ, respingere.

Cele trei fete intră în magazin, strânse în rochiile lor de nailon mult prea noi. Pe treptele magazinului e o femeie tânără, gravidă, cu corpul dilatat şi cu un copil adormit în braţe. Ridică faţa negricioasă, cu ochi înguști, întinde mâna. Cele trei fete cu rochii de nailon prea strânse o privesc în grabă, apoi izbucnesc în râs. Privirile lor au râs înaintea gurilor.

Pe străzile atât de lungi, cu orizonturi mereu deschise, apoi repede închise în față, semănând cu un șir de uși culisante, cel care merge fără să se ducă nicăieri înaintează printr-o junglă devorantă. Lasă în urmă bucăți de piele, zdrențe de carne prinse în mărăcini și în ghimpi. Nu există vid mai vid decât această abundență, nu există cruzime mai crudă decât această securitate, nicăieri.

Plăci de metal, uși blindate, trotuare, ziduri, case de bani, acoperișuri de tablă, pretutindeni duritate, suprafețe impenetrabile.

Brațul nu trece prin ele, brațul rațiunii.

Porturile sunt false, mint.

Pielea e ipocrită nu există decât lama rece care trece peste ea.

Chipul cu trăsături familiare,

păr

frunte

ochi   ochi

nas

gură

bărbie

e doar o mască de ipsos și de tinichea, nu exprimă niciodată nimic. Nimic nu e mai mort decât ființa aceasta vie. Nu există mai multă tăcere.

Spectacol jucat pentru altul, joc pentru nimic, joc deloc tandru, joc jucat pentru a câștiga și niciodată pentru a pierde.

ȘI CÂȘTIGĂM ÎNTOTDEAUNA.

Carapace, platoșe, piei, veșminte, obișnuințe, cuvinte, gesturi, idei ; jocuri făcute. Vreau să spun că mie, unuia, mi-a ajuns. Am jucat destul. M-am prefăcut destul că cred în jocul ăsta, am închis destul ochii, gura, nasul, urechile. Am vândut destul, am cumpărat destul.

Vreau să spun, de ce nu mi s-ar face cadou, într-o bună zi, fără motiv, pur și simplu, într-un restaurant cu stâlpi de lumină albă, o dublă înfrângere? A mea și a altuia?

De ce nu mi s-ar dărui o slăbiciune, într-o bună zi, fără nici o trebuință, ca să o iau și să mi-o însușesc?

Iar prin geamul ăsta spart, prin breșa asta revoltătoare prin care impulsul gâlcevii se risipește, să mi se îngăduie să văd reversul, interiorul, golul roșu al vieții, fisura, globul de spaimă și de dragoste, durerea iradiată, da, poate, numărul ascuns al dominoului care nu mai vrea să câștige partida.

Departe de răutate,
departe, foarte departe.
Departe de patimă, de nenorocire, de ură.
Să fiu dus departe,
foarte departe,
departe,
cu vapoare,
cu avioane de fier,
pe drumurile tunetului.
Vreau să fiu așezat departe.
Atât de departe, într-o țară atât de străină,
încât să nu mă mai pot recunoaște nici pe mine.
Departe,
în tărâmul depărtării,
al uriașului, al focului, al vibrației,
al depărtării îndepărtate.

Să devorez peisajele, de asta am nevoie. Ca unul care nu s-ar sătura niciodată de pământ sau de viață sau de femei, care ar avea întotdeauna nevoie de mai mult. Nu trebuie să înțelegi. Nu trebuie să analizezi. Nu, trebuie să devii motor, monstru de metal fierbinte care-și târăște greutatea spre ceea ce nu cunoaște. Înaintez repede, mai repede, cu greu, mă propulsez pe un drum necunoscut, mă zbat, traversez aerul, merg drept ca o săgeată către alte ținuturi care se vor deschide rând pe rând. Ușile nu se mai sfârșesc. Nu ascult nimic. Ce să ascult? Unde să mă opresc? Limbajele proliferează, chipurile sunt sparte de valuri. Ce să înțeleg? Nu e nimic de înțeles, absolut nimic. Nu există consecințe, nici cauze. Trebuie să te miști cu orice preț. Să o iei la picior prin câmpuri de spini, să cobori povârnișurile dealurilor, să alergi prin soare, să lovești pământul cu tălpile. Devorez peisajele, pur și simplu, și apoi oamenii, buzele femeilor tinere, mâinile bătrânilor, molfăi spinări de copil. Tot ceea ce ți se dăruiește se metamorfozează fără încetare. Îmi întind trupul de la un capăt la celălalt al spațiului. Totul trebuie populat. Acopăr kilometru după kilometru. Totul trebuie topografiat. Eu sunt cel care trasează drumurile și cel care le înghite unul câte unul. Un fluviu? Arunc un pod. Un munte? Sap un tunel. O mare? O beau, o beau. Aș vrea hărți, un maldăr de hărți. Le desfac și citesc numele orașelor și satelor, traseele drumurilor, numerele meridianelor. Schimb ora: 10.30, 0.25, 2.10, 4.44, 23.00. Citesc toate punctele, toate intersecțiile, contururile coatelor. Capuri, insulițe, lanțuri muntoase, câmpii aluvionare, deșerturi, păduri subtropicale, calote glaciare, ghețari, tundre. Privesc toate țările astea care sunt ale mele, toate fluviile care curg pentru mine. Privesc masca asta pictată care este chipul pământului meu. Le iau în stăpânire, ca din înaltul unui turn. Pretutindeni sunt acasă. Domeniile mele, le devorez, le mestec îndelung, iar zeama lor îmi curge pe gât. Pământ al plantelor, pământ al lagunelor și al fiordurilor, pământ plin de lut roşu, umed, înţepător, prin care colcăie milioane de viermi. Prin gură, prin mâinile cu unghii care se fărâmiţează, prin picioare, prin ochi, prin nări, prin urechi, prin toate orificiile mele primejdioase, îl iau în stăpânire. Urinez pe el neîncetat. Ca unul care n-a mai mâncat de veacuri întregi, înghit tone de pământ şi tot ceea ce se află pe el alunecă înlăuntrul meu. Case, copaci, păsări, cactuşi, mulţimi compacte, cetăţi stelare, le înghit, le înghit! Foamea mea nu e dintr-acelea lesne de ostoit! Am nevoie de oraşe cu 6 000 000 de locuitori, cu feţe umflate, am nevoie de păduri pe care să le baţi luni întregi, de tot lemnul şi de toate frunzele astea. Înaintez repede, concentrat ca o ploşniţă, fiindcă nimic din ce apuc nu mai are sorţi de scăpare.

Să fugi, să fugi mereu. Să pleci, să părăseşti acest loc, acest timp, această piele, acest gând. Să mă extrag din lume, să-mi abandonez proprietăţile, să-mi izgonesc cuvintele şi ideile şi să mă car. Să plec, dar pentru ce, pentru cine? Să găsesc altă lume, să locuiesc în alt oraş, să cunosc alte femei, alţi bărbaţi, să trăiesc sub alt cer? Nu, nu asta, nu vreau să mint. Lanţurile sunt pretutindeni. Oraşul, mulţimea, feţele familiare sunt pretutindeni. Nu din pricina asta trebuie să plec. O deplasare geografică, o alunecare uşoară către dreapta ori către stânga, la ce bun? Să fugi, adică să trădezi ceea ce ţi-a fost dat, să vomiţi tot ceea ce-ai înghiţit de-a lungul veacurilor. Să fugi: să fugi de fuga însăşi, să negi până şi plăcerea ultimă a negaţiei. Să pătrunzi în tine, să te dizolvi, să te evapori sub focul conştiinţei, să te preschimbi în cenuşă, cu însufleţire, fără răgaz.

Mai întâi, să-ţi pulverizezi numele, masca. Să-ţi scoţi carapacea de carton şi de ipsos, *să te demachiezi*.

Oasele sunt abia ascunse sub pelicula dermică fină. Zgârierea, boţirea tablelor unei maşini, de pildă: învelişul fragil explodează, iar ce era înăuntru curge, curge, umple spaţiul interzis. Ăsta-i adevărul. Nu ceea ce e real, nu ceea ce asamblează formele întru slava unui nou nume, ci ceea ce depărtează dureros cele două cortine cenuşii ale teatrului.

Dincolo de ele se află scena magică, dincolo de ele, şi nimeni nu are habar, scena pasiunii şi a luminii. Străluceşte, sală imensă, îmbrăcată în oglinzi infinite. Sală în care nu se intră. Catedrală de sticlă şi de oţel, un soi de vapor gigantic care tremură şi se afundă în masa de apă. Aici e. Nu voi atinge locul ăsta. Nu vreau să-l ating. Vreau doar să-l văd, pur şi simplu, ca şi cum aş arunca o privire peste umăr, fiindcă privirea asta e singura legătură între fuga mea şi realitate.

Mă îndepărtez de locul ăsta necunoscut cu mii de kilometri pe oră. Sunt lansat precum o torpilă către o altă ţintă magnetică, una care mă va distruge în curând. Iar spectacolul luminii vii nu încetează să se îndepărteze de mine, fără scăpare, repede, repede. Se îndepărtează, dispare într-un hău negru, în avene de ură, într-o pâlnie, se micşorează, se face nevăzut, mă părăseşte, nu mai există.

Eu sunt cel care fuge? Sau lumea asta care se descompune sub paşii mei, un fel de nisip mişcător care-şi închide gura şi îmi înghite urmele?

Pământule, dacă fug, o fac ca să te cunosc mai bine. Aplecat asupra ta, crustă cu crăpături uscate, când soarele se află chiar deasupra. Ici şi colo, ondulaţii, falii, trecători, faleze abrupte. Ici şi colo, un copac, o ferigă, o buruiană cu frunze prăfuite. Şi o piatră crăpată, o singură piatră crăpată care-şi ridică vârful în sus. Semne, poate, scriituri, caligrame străvechi, gravate pe crusta dură. Zbârcituri, labe de gâscă fin trasate, fisuri care au străbătut suprafaţa fragilă, de sticlă. Găuri adânci pe care le-a astupat vântul, dar ale căror tunele merg probabil până departe înăuntrul pământului, poate chiar până în centrul său clocotitor.

Miniaturi, feţişoare pictate în medalioane, în mijlocul rozetelor, păr vâlvoi, articulaţii, metatarsiene frânte acoperind pământul după o furtună de mâini şi de picioare.

Înflorituri, cicatrici minuscule, lăsate de miile de tornade. Vântul a suflat peste pământul acesta, ploile s-au scurs adesea prin văile acestea. Ce e de gravat aici? Ce e însemnat pe lespedea asta? Poate numele morţilor, amprentele spiralate ale celor vii. De asemenea, semnăturile. Datele zilelor şi cifrele orelor, numerele anilor, 1002, 1515, 1940, 1967, 2001, 36628. Fazele lunii, vânturile şi mareele, erupţiile solare. Numărul frunzelor din copaci, al solzilor de şarpe, al picioarelor de scolopendre. Oseminte fără număr, vestigii străvechi, reliefuri ale festinului, firimituri, firimituri! Acesta e domeniul meu, închisoarea mea. Nu voi ieşi din ea. Însă vreau să număr firele de nisip şi să-i dau un nume fiecăruia dintre ele, fiindcă asta e singurul mijloc prin care pot să umplu golul vertiginos al fugii mele.

Nu mai vreau să ştiu. La ce mi-ar folosi? Vreau doar să măsor spaţiul care mă desparte de punctul iniţial. Vreau să mă contopesc cu propria mea cădere, să devin una cu forţa care mă mână.

Sunt un vagon. Şinele reci stau întinse sub roţile mele, iar eu ridic un fulger din căldura mea care scade repede. Zgomotul sinistru al vântului şfichiuitor e tăcerea mea. Mişcarea e adevărul meu cuminte. Copacii care alunecă de-a lungul flancurilor mele, zornăitul de buzunare al tunelelor, exploziile de umbră și de lumină mă pălmuiesc fără încetare. Vârtejul ăsta e mintea mea. De fiecare dată când apare o siluetă, e deja cufundată în întuneric. În vânzoleala fără de sfârșit, pământul respiră, se mișcă, are tentacule și maxilare. Cască, răsuflă, se închide, se întinde, se arcuiește, se adună, lovește, se unduiește, se topește, se aprinde.

Beckenham Junction, Mont-de-Marsan, Vintimiglia, Trieste, Constantinopol.

Realitatea fumegă. Realitatea e fardată. Pământul e moale și mii de fregate cu cuirase sclipitoare, făcute să țină o veșnicie, sunt înghițite încetul cu încetul. Chiar și eu, fără să știu în ce măsură e adevărat, sunt un naufragiat al pământului.

Şi mai departe, şi mai târziu. Erau din ce în ce mai multe oraşe, din ce în ce mai mulţi oameni mergeau pe străzi, în plin soare. Erau porturi cu apele mânjite de ulei, hangare, pieţe mari care miroseau a fructe şi a gunoaie. Erau câini flămânzi, cu coastele ieşind în afară, cu spinările zdrelite de lovituri, care-şi disputau cu copiii rămăşiţele putrede. Erau cerşetori gălăgioşi cu ochi sticloşi, sclavi pe care şiroia sudoarea, muşte, şopârle, şobolani negri, poliţişti cu priviri dure, prostituate însărcinate în trei luni, străduţe întunecate în care se scurgea leşia, maşini stricate. Erau bărbaţi cu feţe negricioase, greoi, cu ochii înfundaţi în orbite, care şedeau ore întregi aşezaţi pe marginea trotuarelor. Erau femei cu părul lung, negru, cu ochi strălucitori, cu guri mari, care mergeau pe străzi, care râdeau, care vorbeau tare, cu glasuri tărăgănate. Trupurile lor cu mamele grele, cu picioare arcuite erau înfăşurate în pânză uşoară, iar în bluzele şi rochiile lor se căscau rupturi zdrenţuite, prin care se zăreau petice de piele arămie.

Şi, peste tot, soare. Farul incandescent care era mereu îndreptat către pământ şi care ardea fără încetare. De pretutindeni, îl vedeai dogorind în adâncul cerului. Înălţat sus, deasupra acoperişurilor şi teraselor, îşi arunca razele, plutea, aproape nemişcat ; sau aluneca spre pământ cu o viteză înspăimântătoare, săpându-şi tunelul prin spaţiu, atingând într-o secundă infinitul, arătând deja punctul acesta al universului, luminat de o pată mare și galbenă, în care urma să se prăbușească.

Peste orașe, peste vârfurilor copacilor, peste cefele oamenilor, atârna întotdeauna cercul acela alb și indestructibil. Chiar dacă am închide ochii, l-am vedea întotdeauna acolo, la locul lui, pată oarbă așezată pe retină, înotând într-o baie de sânge.

Jeune Homme H. călătorise zile întregi în direcția soarelui. Mersese ani buni privind drept în fața lui, ghidat de cercul alb din care țâșneau trombe de lumină. Poate că așa se născuse și cea dintâi imagine pe care o văzuse fusese aceasta: prin fereastra deschisă dintr-odată în zidul cenușiu, ochiul imens, ochiul dement care-și împlânta privirea neîndurătoare în adâncul pupilelor lui. Era o chemare și în același timp o amenințare, o judecată implacabilă care-l condamnase dinainte. Nu avea cum să i se împotrivească. Noaptea, când ochiul nu era acolo, toată lumea dormea. Iar dimineața, când își dezlipea pleoapele, ochiul era din nou acolo, ochiul care nu prevestea nimic bun.

Așezat pe o piatră, lângă drum, J. H. H. îi scria soarelui un poem pe o foaie de hârtie. Suna cam așa:

Aici S
Chip mortal
cu fruntea înaltă cu 4 riduri
cu ochi care văd
cu nas vertical străpuns de 2 găuri
cu riduri pe obraji
cu gură surâzătoare
Chip de copil
Față!
Frunte!
Ochi!
Gură!

Copil!
Lumea e plată și nu vrea să fie niciodată
nimeni.

Apoi ascunse mesajul sub piatră și porni mai departe.
În ziua aceea începu să traverseze deșertul.

Curând după ieșirea din oraș, văzu întinderea de
argilă galben-brună care ajungea până la orizont, mun-
ții negri, arbuștii uscați, cerul gol și, în mijlocul tuturor
acestora, drumul care mergea drept. Se apucă să pă-
șească pe el, așezând un picior în fața celuilalt în urmele
lăsate de roțile camioanelor. Din pricina căldurii nu
mergea foarte repede, iar rucsacul albastru agățat de
umăr îl lovea peste șold. Din când în când, pe lângă
drum, dădea peste movile de pietre și le privea vârfu-
rile strălucind în soare. Nu auzea nimic. La stânga, la
dreapta, spinările dunelor de nisip absorbeau orice
zgomot înăuntrul lor. Drumul era plat. J. H. H. merse
mai multe ore, fără oprire, cu umerii și ceafa arse de
soare. La un moment dat i se făcu sete și, din mers,
scoase din rucsac o lămâie și se apucă s-o mănânce.
Ascultă zgomotul bizar pe care îl făceau înțepăturile
acide în gură. Ceva mai târziu se întoarse și zări
orașul foarte departe, dansând printre dune. Era pre-
cum o rochie cu paiete pe pântecul unei femei, însă
femeia nu se vedea. Nu se vedeau decât diamantele și
gablonzurile care săltau pe loc, departe, în pâcla de
pulbere roșie.

Își aprinse o țigară și fumă mergând. Fumul de
tutun i se amesteca însă cu saliva și-n gură i se forma
o pastă care îl împiedica să respire. Trebui s-o arunce
înainte de-a o termina; mucul aprins căzu pe nisip și
continuă să fumege de unul singur.

Nisipul era ușor. Țâșnea la fiecare pas, alcătuind
un norișor ce se ridica în aer. Urmele pneurilor de ca-
mioane erau săpate adânc în praful drumului, mergând

drept, contopindu-se, apoi despărțindu-se. Odinioară oamenii trecuseră pe-aici cu mașini grele, încărcate de bărbați care traversau deșertul ridicând nori de nisip. J. H. H. privi urmele care i se desfășurau sub picioare; sculptaseră în nisip semne, serii de Z-uri și de X-uri, uneori de W-uri. Tălpile sandalelor le striveau la fiecare pas cu un scrâșnet sec, iar pe drum, în spatele lui, rămâneau urmele acelea ovale, dungate de bare simetrice, care voiau să spună că pe-acolo trecuse cineva.

Încetul cu încetul, soarele se înălțase, pe cer; acum era aici, chiar deasupra capului său, ca un bec electric. Pământul era uscat, traversat de scântei, nici măcar cele mai mici fire de nisip nu mai aveau umbră. Liniștea și lumina se sprijineau pe platoul de pământ și era greu să rămâi în picioare. Trebuia să înaintezi cu capul sus, cu spatele drept, cu mâinile bălăngănindu-se la capătul brațelor, rezistând din toate puterile. Dacă plecai capul, dacă începeai să-ți numeri pașii, riscai să te prăbușești pe burtă, după nici câteva minute, în nisipul necruțător.

J. H. H. se opri. Urină la marginea drumului, uitându-se la jetul galben pe care nisipul îl sorbea îndată. Apoi privi în jur. Până departe, cât putea să vadă cu ochii, nu era nimic. Toate zorzoanele orașului dispăruseră acum în spatele dunelor. Nisipul se întindea pretutindeni, adâncindu-se în el însuși. Valuri uriașe, încremenite, stăteau în așteptare. Mai departe, la capătul drumului, se vedeau mereu siluetele munților negri, nici mai apropiate, nici mai îndepărtate. Drumul mergea în linie dreaptă, alerga către orizont. Arbuștii continuau să se iveasca din pământ: rădăcini felurite, ridicate spre cer, gheare înnegrite, vreascuri calcinate. Pe pământ se pogorâse fără îndoială focul. Flacăra coborâse într-o bună zi din soare și mistuise totul. Copacii, lacurile, râurile, pământul reavăn, totul dispăruse sub jăratic, totul se topise. Iar acum nu mai rămăsese decât cenuşa, rămăşiţele astea răsucite, o peliculă vitrificată acoperind pământul pietros. Totul strălucea, totul sclipea în soare, fiindcă înăuntrul rădăcinilor ori al firelor de nisip mai erau flăcări. Voiau să pârjolească lumea până la capăt, să evapore şi ultima picătură de apă, să distrugă şi ultima firimitură de carne. Nisipul secătuit era acoperit de guri feroce, care nu voiau decât să bea, să bea. Pietrele ascuţite erau nişte crevase ameţitoare, care te ispiteau, te prindeau de picioare şi-ţi sfâşiau pielea. Iar în depărtare, dunele îşi ridicau din nou meterezele, micşorând puţin câte puţin arena prin care înainta bărbatul, închizând temniţa cercului lor. Era ca şi cum te-ai fi prăbuşit într-o bună zi în gaura leului-furnicilor, fără vreo şansă de scăpare. Înăuntru, insecta cu abdomen moale aştepta ca prada să obosească şi să alunece până la ea. Era ca şi cum ai fi fost o furnică prizonieră într-un canal de nisip, săpat pe plajă de un băieţel de unsprezece ani.

Acum drumul urca. Se ridica până la cer, dungă subţire, verticală, trasată pe un perete de piatră. Cu gâtul uscat, J. H. H. începu să escaladeze faleza, împingându-şi trupul înainte. Sudoarea i se prelingea pe spate şi pe obraji, iar picioarele loveau violent pământul, ca şi cum ar fi fost tocite până la genunchi. În tăcerea aceea, auzi horcăitul propriei lui răsuflări, un fel de kşş kşş de locomotivă care-l asurzea. În vârful falezei de pulbere, se afla zidul cerului, o placă de oţel care domina pământul. Iar undeva, pe acoperişul de metal, era picătura aceea în fuziune, gura înaltă de furnal care-şi sufla căldura orbitoare. Era prizonierul acestui decor de metal, el, omul cu piele fragilă, cu sânge lichid. Lumea îi voia moartea, fără nici o îndoială, îl condamnase deja. Nu-i servea la nimic să meargă repede, să se proptească în pietre, să ridice cu tălpile nori de pulbere. Nisipul înainta mai repede decât el, aluneca precum valurile unei mări. Firele de nisip ascuțite se rostogoleau unele peste altele, acopereau drumul, îi pătrundeau în trup prin nări și pe gură. Cerul își învârtea cupola de oțel, iar gura deschisă a furnalului sufla, sufla. Mergea pe sub un crater de vulcan, răsuflarea fierbinte îl lovea în creștet, îi pătrundea înăuntrul coloanei vertebrale. Focul înghețat care-i amorțea fibrele musculare, care-i zăgăzuia gândurile.

Căldura era grea, avea rânduri de perdele groase. Aerul încetase să mai fie ușor. Tremura pe toată întinderea deșertului, bloc de gelatină tulbure, care stânjenea mișcările. J. H. H. nu mai mergea, mai degrabă înota, cu corpul aplecat înainte din cauza efortului, cu brațele deschizându-se și închizându-se, bătând cu picioarele pământul îndepărtat. La orizont munții negri se mișcau asemenea recifelor acoperite de alge. J. H. H. încercă să nu-i piardă din ochi. Vârfurile tăiate brutal dispăreau dincolo de bruma albă, se dedublau, apăreau, se lăsau înghițite. Ba se ridicau la înălțimi de kilometri întregi, ca și cum cineva ar fi respirat cu putere, ba se făceau una cu oceanul de nisip, dezumflate. Lumea era bolnavă de fierbințeală. Lumea murea de sete și de oboseală. Lumea era abrutizată de căldură, sudoarea îi șiroia de la subsuori în panglici lungi de mică. Aur, peste tot era aur, pepite mari cât ouăle, care sclipeau în mijlocul pulberii cenușii. Roțile camioanelor lăsaseră pe drum dâre de praf de aur care străluceau în lumina soarelui.

J. H. H. privi toate bogățiile întinse pe nisip ; toate îi cereau să se oprească, să bea, să doarmă. Atunci se așeză pe marginea drumului, își întinse picioarele și scoase din rucsac bidonul cu apă. Avea puțin peste doi litri. Prima oază era la două zile de drum. Acolo își umpleau camioanele rezervoarele.

J. H. H. luă o înghiţitură, apoi două, apoi trei. Apa îi umplea gura, îi aluneca pe gât cu un zgomot aspru. J. H. H. cercetă nivelul apei din bidon, apoi îşi umezi batista şi-şi şterse faţa, gâtul, pieptul şi braţele. Puse dopul bidonului şi-l băgă înapoi în rucsac. Îi veni chef să fumeze. Îşi aprinse o ţigară şi fumă aşezat pe pământ. Când termină, stinse mucul de ţigară, îngropându-l în nisip. Gura îi ardea. Scoase din nou bidonul şi luă altă înghiţitură. Mai avea în rucsac biscuiţi, ouă fierte, o conservă, portocale şi lămâi. Decoji cu cuţitul o portocală şi o mâncă fără grabă. Apoi îşi relă drumul.

Pe la ora două după-amiaza auzi huruitul unui motor. Un camion, se îndrepta spre el, învăluit într-un nor de praf. Îl văzu crescând puţin câte puţin pe drum. Când camionul se opri în faţa lui, J. H. H. îl zări pe şofer, un bărbat cu piele negricioasă şi trăsături aspre. Lângă el stătea un bărbat masiv, roşcovan, în maiou, cu un prosop înfăşurat în jurul gâtului. Şoferul îl privi fără să spună un cuvânt, însă bărbatul gras şi roşcovan coborî din camion şi se îndreptă spre el. Începu să râdă şi-i spuse în engleză:

— Ce faci, bătrâne?

— Merg, răspunse J. H. H.

— Pe jos?

— Da.

Grasul îşi şterse faţa cu un colţ de prosop.

— Eşti nebun, o să-ţi laşi oasele pe-aici.

— N-aveţi nişte apă? întrebă J. H. H.

— Nici un strop, răspunse bărbatul. Doar ce-i înăuntru!

Arătă râzând spre motor.

— E departe? întrebă J. H. H.

— Ce?

— Oaza.

— Punctul 100?

— Da.

— La 40 sau 50 de mile! zise bărbatul.

— Da, cam așa trebuie să fie.

— Ai destulă apă?

— Da, acolo, în rucsac.

Roșcovanul rămase încremenit.

— Și zi așa... E-un pariu sau ceva?

— Dacă vrei..., răspunse J. H. H.

— Pentru că, pe soarele ăsta, o să dai ortu' popii.

— Sunt obișnuit.

— Păcat că azi ne-ntoarcem, adăugă roșcovanul. Altfel te-aș fi luat în camion.

— Nu-i nimic, spuse J. H. H. Îmi place să merg pe jos.

— Oricum, repetă celălalt, pe soarele ăsta sigur o să dai ortu' popii!

Apoi urcă în camion și-i ură noroc. Șoferul îl privi fără să spună nimic și demară. J. H. H. închise ochii din pricina prafului. Auzi zgomotul motorului îndepărtându-se, scăzând; apoi totul redeveni ca înainte. Acum, pe drum erau două urme noi de pneuri, care înaintau drept în față.

Soarele coborâse spre dreapta. Se sprijinea de trupul lui J. H. H., înfigându-i pumnul în coaste ca să-l facă să cadă. Puțin câte puțin, setea reveni peste platoul deșertului, împroșcând nisipul cu mii de picături de mercur. J. H. H. încercă să se concentreze ca să-i reziste. Închise gura și vru să se gândească la ceva. Dar în capul lui nu se clintea nimic. Numai apa curgea, un fluviu de apă, veselă, limpede, șopotitoare, apă cu degete repezi, care i se rostogolea peste corp, îi intra în ochi și în nări. Vorbea cu glas de femeie, foarte aproape de urechea lui, îi aluneca în jurul picioarelor, se încurca în ele, îl făcea să se poticnească. J. H. H. vru să mănânce o lămâie, dar o scuipă imediat, fiindcă era prea acră. În rucsacul de pe umăr, bidonul atârna greu. J. H. H. îl mută pe celălalt umăr. Se uită la cer şi văzu imediat că se făcuse negru. Apoi din nou alb, însă acoperit de cercuri largi, unduitoare. Cercurile erau făcute de ulii care planau în jurul soarelui. Ulii dispărură şi cerul se preschimbă într-o tablă de şah pictată pe o placă de marmură, cu pătrate mari, albe şi negre, pregătite pentru joc. Pionii se plimbau pe tablă în cea mai mare viteză, câştigând duzini de partide în fiecare minut. Abia aveai vreme să-i vezi aliniaţi că se şi năpusteau unii spre ceilalţi, învălmăşindu-se, alcătuind formaţiuni de luptă, dispărând într-o clipită. Apoi pătratele se împrăştiară, lăsând locul unui joc de cuvinte încrucişate, în care cuvintele apăreau fulgerător, se reaşezau, se asamblau, se ştergeau. Erau toate cuvinte foarte lungi, de genul lui Catalepsie, Thunderbird, *superrequeteriquísimo*[1], anticonstituţional. Rebusul dispăru şi, dintr-odată, cerul întreg se umplu de cuvinte înlănţuite, de fraze lungi, pline de puncte şi virgule şi de ghilimele. Pentru câteva secunde deveni o foaie imensă de hârtie, pe care frazele scrise înaintau în averse, modificându-şi sensul, schimbându-şi construcţia, metamorfozându-se. Era frumos, atât de frumos cum nu mai citise nicăieri niciodată şi totuşi nu puteai înţelege nimic din ce era scris acolo. Era vorba despre moarte, sau despre îndurare, sau despre mistere de necrezut ascunse pe undeva, la unul dintre capetele timpului. Era vorba şi despre apă, despre lacuri imense suspendate pe crestele munţilor, despre lacuri unduitoare în bătaia vântului rece. Pentru o fracţiune de secundă, J. H. H. izbuti să citească, clipind din ochi, dar totul dispăru imediat şi nimic nu era sigur : *Nu e nici un motiv să-ţi fie teamă. Nu, nu e nici un motiv de teamă. Nu e nici un motiv să-ţi fie teamă. Nu e nici un motiv să-ţi fie teamă. Nu*

---

1. Termen specific limbajului adolescenţilor, cu sensul de „superbogat" (în sp., în orig.) (n.r.).

*e nici un motiv să-ți fie teamă. Nu, Nu, nu e nici un
motiv să-ți fie teamă. Nu e nici un motiv să-ți fie
teamă. Nu e nici un motiv să-ți fie teamă.* La căderea nopții, Jeune Homme Hogan își alese
un loc, la marginea drumului, ca să doarmă. Se așeză
la adăpostul unei dune și mâncă direct pe nisip. Apoi
băn, pentru a doua oară în ziua aceea, patru sau cinci
înghițituri de apă. Gura și gâtlejul îi erau atât de
uscate încât nu putea nici măcar să înghită. Întune-
ricul se întinse cu repeziciune peste deșert. J. H. H.
se uită, fumând o țigară, cum noaptea umplea cerul.
Stelele se iviră unele după altele, strălucind nemișcate
din adâncul întunericului. După o clipă răsări și luna,
albă, cu mici desene gravate în mijloc. Fără îndoială,
și acolo era un deșert, cu câmpii mari de nisip și cu
liniște, cu multă liniște. Fiindcă îi era încă sete, J. H. H.
mâncă o portocală, privind luna.

Cu treisprezece secole în urmă, Hiuen-Tsang[1] vă-
zuse același lucru, după prima zi, după a doua zi,
după a treia zi de drum. Mâncase un fruct, uitându-se
la lună. Tovarășul lui se întorsese către el și-i spusese,
cu glas scăzut din pricina tăcerii :

— Maestre, când vom ajunge la capăt ?

Fiindcă Hiuen-Tsang nu-i răspundea și privea necon-
tenit luna, stăruise :

— Maestre, suntem aproape ?

Hiuen-Tsang spusese :

— Nu, nu, mai avem încă zile bune de drum.

— Maestre, mi-e frică de necunoscut, zisese tova-
rășul.

— Nu există necunoscut, răspunsese Hiuen-Tsang.

— Mi-e frică de tăcere, o, Maestre !

---

1. Pelerin chinez (603-664) care a făcut turul Indiei în jurul
anului 630. Jurnalul său de călătorie este o reală sursă de
informație despre India acelor timpuri.

— Nu există tăcere deplină.

— De ce spuneți asta, Maestre? Oare aici nu e necunoscut? Nu e oare tăcere aici?

Și adăugase:

— Maestre, mi-e frică să nu mor înainte să ajung la capăt.

Hiuen-Tsang, fără să-și ia ochii de la lună, îi răspunsese simplu:

— Nu există necunoscut, fiindcă aceasta este calea lui Buddha. Nu există tăcere, fiindcă avem cu noi cuvântul lui Buddha. De ce ți-ar fi teamă să mori, dacă aceasta este viața lui Buddha?

Atunci tovarășul nu mai îndrăznise să spună nimic. Se adâncise în nisip, clănțănind din dinți și-l privise cu nesaț pe Hiuen-Tsang, care se uita la lună.

A doua zi, soarele își reluase locul, iar Jeune Homme Hogan continua să meargă. De o oră își băuse ultima gură de apă. În rucsacul albastru, atârnat pe umăr, bidonul era ușor. J. H. H. privea munții negri. Se pare că erau foarte aproape acum, creste înalte care sfâșiau pânza albă a cerului. Acolo, la picioarele munților, se găsea apă.

Trecuseră deja ore întregi de când mergea pe drumul de nisip. Picioarele i se așezau regulat unul în fața celuilalt, făcând să se ridice nori mici de praf. Dunele se întindeau nemișcate până la orizont, de fiecare parte a drumului. Nici măcar arbuști calcinați nu mai vedeai. Nimic în afara nisipului orbitor, cu miliarde de grăuncioare sfărâmicioase, și a pietrelor seci, striate, care se dezagregau în plăci. Uneori, pe marginea drumului, zărea capete de os, bucăți de cochilii; sau cutii de metal goale, mâncate de rugină, în care altădată fusese bere. Nici țipenie. Nu mai treceau camioane. Nu treceau oameni. Pe cerul imens nu se vedeau niciodată avioane. Insectele și șopârlele erau moarte, șerpii schimbaseră continentul. Nici singurătate nu mai era, fiindcă nicăieri nu se mai găsea nimic. Era ca și cum ar fi mers pe el însuși, ca și cum s-ar fi cățărat pe fundul unei prăpastii. Era ca și cum ar fi fost necontenit întins pe pământ sau alungit pe o esplanadă, în mijlocul deșertului mașinilor. Sau de parcă ar fi plutit deasupra unui ocean, la mii de kilometri de țărm, în vreme ce valurile minuscule înaintau unele în urma celorlalte. Însăși ideea de singurătate dispăruse de pe fața pământului, fusese înghițită de nisip, fusese băută ca o apă. Totul fusese umplut dintr-odată, de la un capăt la celălalt; cerul fusese lărgit, tavan de neînvins, mai dur decât oțelul. Munții negri fuseseră ridicați, dunele înghețate în mișcare; aproape de cer se odihnea linia orizontului, fir subțire și negru care se lățea, stăvilea necontenit. În înalt, soarele era un punct incandescent, nimic mai mult decât un punct. Nu mai puteai adăuga nimic. Era o lume ticsită, înțesată, ca un balon umflat, care refuza totul, care nu voia intruși. Nu mai era loc pentru nimeni. Mulțimea fusese îndesată în vagonul cu pereți ermetici și ușile fuseseră închise. Fiecare element al deșertului atârna greu, presa violent. Aerul fierbinte și vâscos era atât de dens că numai o secure ar fi putut să-l despice. Pământul era o uriașă stâncă sfărâmată, iar drumul mergea drept către orizont, ca un zid sau ca un dig.

Totul răsuna, totul vibra, totul era plin. Fără îndoială, erau tot aglomerația orașului, străfulgerările neoanelor și caroseriile mașinilor. Însă acum aveau alte măști și alte brutalități. Dar trebuia să fugi mereu de același loc, cu disperare, ca să poți respira.

J. H. H. își recunoscu trupul, arcuit până la orizont. Trupul lui care deja îl depășise. Recunoscu două sau trei dintre gândurile sale, furișându-se peste întinderea de nisip. Își auzi cuvintele care o luau la sănătoasa de-a lungul drumului, cuvintele care-și alungeau elipsele de jur împrejurul soarelui. Nimeni nu va ajunge niciodată la capăt. Nimeni nu va găsi niciodată un strop de băut, nici măcar o baltă de apă stătută pe fundul unei gropi, un scuipat.

Îi trebui ceva vreme ca să înțeleagă că se rătăcise. Mergea pe urmele lăsate de pneurile camioanelor, privind drept înainte, spre decorul sângerând. Şi, încetul cu încetul, îşi dădu seama că nu mai mergea în aceeaşi direcţie. Căută munţii negri: acum erau în spatele lui, îndepărtaţi, inaccesibili, plutind pe deasupra dunelor. Şi, de asemenea, *îşi schimbaseră forma*. J. H. H. se opri o clipă cu picioarele afundate în nisip. Se răsuci şi se uită la drum. Urmele de pneuri alergau de-a lungul şi de-a latul deşertului, cu buzunarele săpate de tălpile sandalelor. Probabil că, la un moment dat, existase o răscruce, iar J. H. H. o luase la dreapta, fără să-şi dea seama. Sub căldura soarelui, totul era egal, tăcut, cuprins de spaimă. Golul se întindea peste pământ, iar cerul era absent, fără adâncime. Nimic nu vorbea. Nu mai erau semne. La zenit, gaura de lumină vibra, îşi arunca săgeţile albe. Nu era nici urmă de nor. Puteai merge în orice direcţie, oricum n-avea nici o importanţă.

J. H. H. făcu cale-ntoarsă. Apoi se opri din nou. Căută munţii. Iată că apăreau şi dispăreau în toate colţurile orizontului. Crestele negre se iveau pentru câteva secunde din fluviul de nisip, apoi se scufundau din nou. În depărtare înota un rechin uriaş, descria cercuri din ce în ce mai strânse în jurul prăzii. O să-şi închidă încet capcana peste omul rătăcit, obligându-l să meargă în zigzag, să fugă fără să priceapă de ce. În ultimul moment, o să-i iasă în faţă, o să se năpustească asupra lui cu maxilarele larg deschise.

J. H. H. se mai întoarse o dată şi i se păru că vede culmile negre undeva printre dune. Porni din nou la drum, cu ochii arzând, cu picioarele bătând din ce în ce mai repede nisipul dur. Escaladă poticnindu-se un dâmb, ca să vadă cât mai departe cu putinţă. Privirea i se pierdea însă pe suprafaţa de piatră fărâmiţată, aluneca peste nisipul fierbinte fără să întâlnească nimic în cale.

Fără să înţeleagă ce făcea, cuprins de o amorţeală bizară, J. H. H. îşi urmă privirea. Merse vreme îndelungată prin nisipul roşu, gâfâind. Văzu pământul ridicându-se, umflându-se ca un talaz. Văzu dunele alunecând unele peste altele, valuri mari de cretă înspumată. Cerul însuşi devenise o mare de nisip, era uscat, întărit : ura. Aluneca peste marea cenuşie, înconjurat de un nimb de praf. Era un drum nemărginit, care se risipea peste lume, care înainta din toate puterile vidului său. J. H. H. privi la picioare şi văzu că urmele lăsate de pneurile camioanelor dispăruseră acum. Nu mai era decât nisip, un maldăr de nisip neted ca-n palmă, în care tălpile sandalelor se afundau scârţâind. J. H. H. îşi căută în rucsac bidonul de apă gol. Îl duse la buze, încercând să soarbă şi ultima picătură. Ceva umed îi atinse buzele arse şi se evaporă înainte de a-i ajunge pe gât. Totul era uscat aici, nu era apă nicăieri. Cerul, soarele, pământul, pietrele, toate mureau, dar de o sete atât de mare, de o sete atât de chinuitoare, încât ar fi fost nevoie de întregul Mississippi, de întreg Nilul sau măcar de o Vistulă pentru a o putea potoli. Firele de nisip nu mai erau plăcute la atingere : erau nişte ace nemiloase care pândeau din străfundurile fierbinţelii până şi cea mai măruntă picătură de apă, de urină sau de sânge, ca să bea în sfârşit. Cerul era de un albastru de nesuportat, albastru ca setea, iar soarele dogorea plin de cruzime, toată căldura lui violentă era îndreptată către pământ, ca o limbă de jaguar.

J. H. H. înaintă din ce în ce mai repede, cu ochii înceţoşaţi de oboseală. De când se îndepărtase de drum, nisipul îi pătrundea în veşminte şi în sandale şi trebui să se descalţe şi să meargă în picioarele goale. Pudra măruntă îi intra şi în gură, îi ardea gingiile şi cerul gurii, îi usca glandele. Curând avea să se prăbuşească, fără îndoială, pentru prima oară, cu fața în nisip, iar cercurile negre care pluteau de jur împrejurul soarelui aveau să se abată asupra lumii.

În după-amiaza celei de-a opta zile, Hiuen-Tsang înainta, cu desăvârșire singur, prin inima deșertului. Tovarășul lui plecase, într-o noapte, fără să spună o vorbă, fiindcă se temea de reproșurile Maestrului. Când a văzut că a rămas singur, Hiuen-Tsang a înțeles că discipolul său nu avusese curajul să continue, că nu putuse îndura o asemenea suferință și că preferase să se întoarcă în China. Oare avea să ajungă teafăr? La plecare, luase cu el jumătate din provizia de apă și jumătate din orez și din celelalte alimente. Hiuen-Tsang și-a dat seama atunci că Buddha avea nevoie numai de el, din moment ce-l lăsase singur în mijlocul deșertului. Iar gândul ăsta l-a ajutat să meargă mai departe.

Înainta către vest, fără să se oprească vreodată. De ceva vreme, veșmântul i se rupsese, iar soarele îi ardea trupul descărnat. Chipul îi căpătase culoarea cărămizii, iar ochii biciuiți de lumină și de praf îi erau încleiați de lacrimi. Nisipul îi jupuise încetul cu încetul pielea picioarelor, care îi sângerau acum în praful drumului. Uneori durerea era atât de puternică, încât se așeza gemând pe pământ și-și învelea picioarele în fâșii de pânză. Mâna dreaptă îi sângera de asemenea, din pricina toiagului pe care-l purta pe umăr, toiag la capătul căruia era agățată desaga cu provizii. Hiuen-Tsang mergea drept înainte, peste nisipul fierbinte, sub cerul pustiu. Trecuse mult timp de când luase ultima înghițitură de apă, lipindu-și buzele arse de gura ploștii. O păstrase zile în șir, fără să îndrăznească măcar să se gândească la asta, dar în cele din urmă setea fusese mai puternică decât el; acum nu mai rămânea nimic, nu mai rămânea absolut nimic în lume. Mergea pe o întindere nemișcată de nisip, aplecat înainte, împingând cu fruntea zidul de căldură. De fiecare dată când punea un picior înaintea celuilalt, din gâtlej îi ieşea un zgomot ciudat, un fel de rrran! rrran! de durere şi de efort. Şi în capul lui era vid, un vid insuportabil. Chipurile oamenilor dispăruseră. Cuvintele, cuvintele lungi, tandre se făcuseră nevăzute peste întinderea de nisip. Liniştea apăsa întreaga lume, ca un abur de piatră. Un nor lung, cenuşiu şi roz, ce se ridica din grăunţele de nisip, ce umfla aerul.

Hiuen-Tsang înainta pe o planetă străină. Trebuia să străpungă mereu acelaşi zid, cu trupul, cu braţele, cu picioarele zdrelite, acelaşi zid de apărare vertical care închidea lumea şi o făcea impermeabilă. De cealaltă parte nu era nimic, un hău, un abis întunecat poate, care l-ar înghiţi. Sau cealaltă parte nici măcar nu exista.

Deşertul era fără sfârşit, capcană de piatră uscată ce nu-l mai elibera pe acela care se aventura pe cuprinsul său. Hiuen-Tsang înainta către vest, iar soarele cobora încet în faţa lui, aruncând în urmă un întuneric tremurător. Când căzu pentru prima oară, Hiuen-Tsang se simţi cu totul uluit.

Apoi căzu a doua oară, a treia, a patra oară, şi încă, şi încă. Atunci înţelese că picioarele nu-l mai puteau purta şi simţi o undă îngheţată coborându-i spre inimă. Privi cerul de culoarea fildeşului şi crusta pământului. Acum zidul nu se mai trăgea înapoi, se înălţa de la un capăt la celălalt al deşertului, calm, uriaş. Hiuen-Tsang nu-l mai spărgea. Îl zgâria doar, deschizându-şi câte o breşă din ce în ce mai strâmtă printre cărămizile de pământ şi smulgând din ce în ce mai greu doar bucăţi de cărămidă. La un moment dat, Hiuen-Tsang se prăbuşi cu toată greutatea. Pieptul i se izbi de pământul tare şi oasele îi trosniră. Vreme de minute bune se strădui să se ridice, fără să reuşească. Simţea o greutate teribilă apăsându-i umerii şi ceafa, o greutate care-l strivea de nisip. Vălul roz se înnegri deasupra deşertului.

Orb acum, Hiuen-Tsang îşi căută pe dibuite toiagul, se sprijini în el şi se ridică în genunchi. Fiindcă nu mai putea să meargă, începu să se caţere în genunchi şi în mâini, privind hăul negru care acoperea deşertul. Încercă să vorbească tare, să implore ajutorul lui Buddha sau să strige din toate puterile lui către pământurile vestului. Însă gâtlejul îi era uscat precum un copac bătrân de mii de ani, iar cuvintele nu-l mai puteau străbate. Încercă să se gândească la ceva, la apă, la vânt, la vuietul vântului prin pini, la cântecul păsărilor. Dar creierul îi era precum o piatră veche de două mii de ani şi nimic nu trecea prin el. Doar imagini fulgurante care-l străbăteau dintr-o parte în cealaltă şi care apoi se stingeau: imaginile unei goane nebune, ale valurilor de lavă sau de sânge, imagini care-l purtau cu ele peste furtunile nisipului. Zboruri de păsări răpitoare îi risipeau zdrenţele de piele prin spaţiu, cai maro cu coama lungă îi târâiau oasele prin praf, de-a lungul unui drum necunoscut. Se auzeau şi zgomote, zgomote acoperite de o muzică subterană, care vibra prin aer. Era, fără îndoială, vântul, care făcea dunele să cânte sau poate erau armatele de femei ale deşertului, cu vaietele lor prelungi şi înalte. Şi toate glasurile astea supranaturale îl chemau la ele, îi făceau trupul însângerat să alunece pe nisip, către vest, mereu către vest. Mulţumită lor, mulţumită cailor sălbatici care galopau către orizont, Hiuen-Tsang mergea înainte. Se căţăra, zi şi noapte, agăţat de toiag, cu ochii închişi de lacrimi întărite, abia respirând, cu picioarele preschimbate în cioturi sângerânde. Hiuen-Tsang devenise de culoarea nisipului, crud şi neîndurător ca el, gol precum cerul şi soarele.

Hiuen-Tsang era o parte a deşertului, nimic mai mult decât o parte a deşertului, care aluneca înainte pe direcția vântului, subțire, strecurat în cântecul femeilor subterane, către vest, către vest, către *apă*. Când camionul trecu pe lângă el, nici măcar nu-l auzi. Când bărbatul gras, roșcovan îi împinse gura bidonului între dinți, descleștându-i cu forța, bău minute în șir, ore, poate ani. Apoi vomă. Camionul înainta într-un nor de praf și țeasta i se lovea de podeaua de tablă, dar nu simțea nimic.

Toate astea s-au întâmplat în Libia sau în deșertul Gobi, prin anul 630 sau 1966, ceva de genul ăsta.

Vreau să evadez în timp și în spațiu. Vreau să evadez în străfundurile conștiinței mele, să evadez în gândire, în cuvinte. Vreau să-mi trasez calea și-apoi să o distrug fără încetare. Vreau să distrug tot ce am creat, ca să creez alte lucruri, și-apoi să le distrug la rândul lor. Această mișcare e mișcarea adevărată a vieții mele: să creez și să distrug. Vreau să-mi imaginez pentru ca imediat să șterg imaginea. Vreau, ca să-mi risipesc mai repede dorința în cele patru vânturi. Când sunt unul, sunt toți. Am ordinul, *contra*ordinul, de a-mi distruge distrugerea, chiar din clipa în care se produce. Adevărul nu e cu putință, dar nici îndoiala. Tot ceea ce este deschis, curând se închide, iar oprirea asta e sursa a mii de resurecții. Revoluție fără profit, anarhie fără satisfacție, nefericire fără fericirea promisă. Vreau să alunec pe șinele altora, vreau să fiu mișcare, mișcare continuă, mișcare ce nu înaintează, ce nu face decât să enumere bornele.

O frontieră se deschide, apare o nouă frontieră. Un cuvânt rostit e un alt cuvânt. Spun *femeie*, adică *statuie*, adică *sepie*, adică *roată*. Spun Transvaal, adică Jupiter. Yin, adică Yang. Nu spun nimic. Spun aceasta, acesta, aceasta. Vreau să-mi iau avânt. Cine a întins toate câmpiile astea? Cine a ridicat munții? Cine a netezit marea? Suprafețe mereu pline, suprafețe încercate, apoi părăsite, suprafețe inepuizabile.

Mişcarea m-a prins într-o bună zi, iar beţia ei nu e deloc pe sfârşite. Motorul mă împinge înainte şi întotdeauna mai sunt kilometri de parcurs. Glasul meu m-a aşezat pe un drum cuminte şi sunt mereu alte şi alte limbaje. Trec prin uşi. Sparg ferestre. Arunc în lături zidurile precum cineva care moare în patul lui. Şi nu pot uita nimic niciodată.

LUMEA E MODERNĂ   BEŢIA MECANICILOR
                                  A ELECTRICITĂŢII
                                  A AUTOMATELOR

Lumea modernă : beţie a metalelor şi a pereţilor
de sticlă
Palizi pereţii
Palide
frunţile late, înalte, de beton
în faţa oceanului de zgomot şi lumină.
Acesta e războiul, războiul tăcut
care se dezlănţuie în lovituri de linii şi de curbe.
Războiul plasticului şi al linoleumului
neonului nailonului şi al dralonului ®
Războiul gurilor sălbatice.
Astăzi
armatele au pătruns înăuntrul zidurilor
sub încălţările lor tari pământul răsună
şi aerul tremură.
Sunt moderne
Au nume
HLM, AUTOSTRADA SUDULUI,
TURNPIKE, TORRE DE AMERICA LATINA,
TREN LUMINĂ
TREN ECOU
MAFEKING SEMENT MAATSKAPPIJ BEPERCK.
Aşa se numesc, e-adevărat.

Poartă toate numele astea extraordinare și
retractile
Au unghii, colți, cuțite și pumni
Au armuri de argint.
Uriașe blocuri albe și bare negre proiectate
pe cer
Scot din gâtlejuri chemări misterioase,
FISURĂ FISURĂ
FULGER
(Prrfiuitt-clac!
BOM! BODOM!)
Șosele poduri parcări
Clădiri înzăpezite
Deșerturi, o, deșerturi!
Te izbesc, iar loviturile lor de bâte
nasc în tine o dulce beție.
Sfâșie,
iar rănile nu sângerează, ci exultă.
Strivesc totul sub cele patru pneuri negre
și-ți tatuează pe piele taina drumului
spiritul războiului împotriva morții
toate zigzagurile secolului care nu știe cine este.

Fug. Spăl putina ca un șobolan. Cobor pante abrupte,
urc povârnișuri, mă poticnesc de pietre, îmi zdren-
țuiesc pielea în ghearele mărăcinilor. Fug. Picur meca-
nic, iar fiecare fragment care se desprinde urmează
același drum prin spațiu. Picătura strălucitoare cade
ca și cum ar fi de plumb, se sparge de pământ, ridică
praf, bule, stropi. Fără zgomot. Fără greutate. Fără
strigăte, cuvinte, gesturi. Fuga mea e alunecarea unei
avalanșe, fuga mea e curgerea înceată a lavei sau
fisura albă, atât de rapidă că rămâne, fotografie ne-
pieritoare, crăpătură neagră pe imensa bucată de zid
de culoarea cretei, de culoarea fulgerului.

Fug înainte şi înapoi, fug în sus şi în jos, fug înăuntru. Abandonez tone de amintiri, aşa, pur şi simplu, şi le las în urmă. Traversez serii întregi de decoruri, pereţi înalţi de carton, pe care sunt pictate minciunile vieţii, aşa cum o văd oamenii:

pajiştile cu iarbă verde peste care trece vântul

casele cu obloane închise

oraşele albe în soare

serpentinele luminilor magice

străzile goale

parcurile, grădinile, junglele, mlaştinile pe deasupra cărora pluteşte un abur subţire, cafenelele pline de mâini şi de picioare, templele, turnurile de fier, hotelurile de douăzeci de etaje capitonate cu fetru, autostrăzile pe care gonesc maşini oarbe, spitalele, fluviile, plajele pietroase, falezele negre pe care stau aşezate păsările şi.

Plutesc. Înot de-a-ndăratelea. Sunt vaporul cu elice şi elicopterul ale cărui palete decapitează. Sunt pasărea feroce care coboară scara aerului, sunt peştele cu aripi transparente. Sunt zborul muştelor, zigzagul nervos al ţânţarilor. Sunt planta mare, prizonieră a vazei roşii, care nu va înflori niciodată. Sunt mişcarea imbecilă, vibraţia surdă, gesticulaţia dorinţei, momentul setei, foamei, coitului, cuvântului. Sunt întinderea şi-apoi contracţia. Muşchiul şi, la capătul braţului cu vene dilatate, sunt pumnul care strânge arma ce-şi scuipă glonţul care străpunge gâtul. Sunt căldura soarelui, dâra lăsată de picăturile de sudoare pe curba şoldurilor. Spatele femeii se îndoaie în timp ce mâna atinge vârfurile degetelor de la picioare şi vopseşte unghiile în sidefiu. Părul de înecată pluteşte pe apa care curge fără încetare, inele de mătasea-broaştei, iarbă a uitării.

Sunt cel care merge şi nu ştie încotro. Pământul e mic, drumurile sunt scurte, întotdeauna ajungi undeva.

Marea nesfârşită nu e cu mult mai mare decât un lac, se văd ţărmuri, ţărmuri pretutindeni. La capătul orizontului, în ceaţă, se târăşte o dungă neagră, subţire, semănând cu o spinare de peşte. De acolo vin, într-acolo mă îndrept. Sunt copaci, ierburi uriaşe, tufişuri populate de insecte. Sunt râuri, care coboară încet, strivindu-şi meandrele. Sunt hăuri de întuneric, pete de mâl, dansuri ale ploii, stânci, câmpii de zăpadă. Eu trec peste toate, îndelung, stângaci. Recunosc acum fiecare cută, zăresc urmele paşilor mei, care mă precedă.

Nu de nou mi-e sete, puţin îmi pasă de pământurile virgine. Nu, nu sunt obsedat de noutate. Tânjesc după locul pe care o să-l recunosc ca fiind dintotdeauna al meu, fără s-o ştiu. Să aleg un pământ, cu grijă, cu patimă. Aş vrea ca toată călătoria mea să-mi servească la asta, să-l găsesc, să-l moştenesc. Aş vrea atât de mult ca mişcarea să înceteze şi să pătrund într-o alta, una care, întocmai ca firul unei poveşti frumoase, să mă poarte bucuroasă de la un punct la altul al vieţii mele.

Semnat :

John Traveller

Ben mi-a spus într-o zi, în fața unei farfurii de spaghete cu sos de roșii, într-o grădină în care se aflau mama lui și o grămadă de furnici: „Aș face orice ca să mă exprim. Dacă mi s-ar spune: fă compot, aș încerca să mă exprim făcând compot".

Bând ceai, în căldura înăbușitoare, Locke Rush vorbea despre Zen. Maestrul de la Ryutaku-ji[1] îl învățase ceva: să facă liniște înlăuntrul său, să se golească în întregime, să nu mai fie absolut nimic. Atunci i-am arătat grădina, tot ce era în ea, milioanele de frunzulițe pe care le vedeți mereu, pe care nu ai cum să le uiți. Locke Rush nu era mulțumit: nu-i plăcea să se gândească la frunzulițe.

---

1. Templu budist din Mishima (Japonia), întemeiat de maestrul zen Hakuin Ekaku în 1761.

AUTOCRITICĂ

E-adevărat că nu mai există limite. Totul scapă de
sub control, se fragmentează, se risipeşte în toate
direcţiile. Când începi să deschizi uşile fugii, când
ţi-ai eliberat spiritul sau braţele... Până unde să te
laşi purtat? Când stau întins în pat, pe întuneric, cu
capul culcat pe pernă, ideile se nasc fără încetare,
erup, îşi trasează dârele de foc. Vreau să mă opresc.
Vreau să înţeleg. Însă e imposibil. Poate că nu m-am
îndepărtat îndeajuns? Va trebui să încep să prind din
nou sensul unei idei, al unei jumătăţi de idee. Unde
mă va purta oare? Spre ce cunoaştere a viitorului,
spre ce revoltă, spre ce determinare? Să scrii pentru
tine, iată blestemul! Să scrii ca să-ţi reciteşti, cu
vibraţia satisfacţiei, jocurile de cuvinte, jocurile me-
moriei, aluziilor: toate astea trebuie ucise o dată pen-
tru totdeauna! Ce importanţă au maică-mea, viaţa
mea, naşterea mea, problemele mele gastrice! Să le
faci pe toate să fie adevărate! Cea mai mare ne-
ghiobie! Să vorbeşti despre problemele timpului, să
rânjeşti laolaltă cu hienele, să faci roată în jurul guri-
lor fericite! Drăguţă meserie! Sau să minţi: să minţi
ascunzându-ţi metehnele, să dai în vileag zece slăbi-
ciuni ca să ascunzi una ruşinoasă... Iar stilul, stilul
ăsta tâmpit. Cel care îţi domoleşte dintr-odată tresă-
rirea când îndoi colţul paginii. Iată, ăsta-i, chiar ăsta
e, el însuşi. Era de aşteptat: n-a dezamăgit. Ha! Văd o
linie directoare, întrezăresc un sens al operei. Seamănă

cu duhoarea filozofiei. Acum, repede, eticheta : roman negru, peliculă tezistă, western, suprarealism, teatru absurd. Şi dacă, din întâmplare, se deschide o portiţă, nu, nici măcar, o ferestruică, pe unde să scape un strop de substanţă : cum ? Ce ? Nu, nu, acolo nu e deloc el, e prost scris, pur şi simplu nu seamănă cu el ! Ce-a vrut să spună cu asta ?

Cărţi, caverne de ecouri sonore. Şi voi, carcane care mă sugrumaţi, cămăşi de forţă care mă sufocaţi. Peste tot înflorituri, ciorchini, frunzişuri baroce care camuflează piatra. În definitiv, lucrurile astea se petrec foarte departe. Cel care joacă, cel care refuză, cel care trădează. Cel care speră, cel care vede aerul alb al purităţii, al depărtării : ochii flămânzi n-au niciodată destule lupe ca să-l vadă.

Tai tot ce-am scris. Tot ce surprind, cu brutalitate, şi aştern pe foaia de hârtie, cu o cerneală mai rea decât cleiul, totul e negat în chiar clipa aceea de un altul ; o fantomă ascunsă care scutură din cap şi neagă neîncetat. Mărturiseşte ! Mărturiseşte ! Aprind reflectorul orbitor şi i-l apropii de faţă. Zgâlţâi acuzatul de umeri, îi şoptesc cu glas scăzut, între doi pumni zdraveni peste gură, ce trebuie să spună. Toată lumea ar fi aşa de fericită dacă ar spune da. Dar el, fără să spună nimic, clatină din cap şi refuză.

Ştiţi ? Cărţile n-ar mai trebui să aibă nume, niciodată.

Toată lumea ar trebui să lucreze, cu idei de furnică, la o singură carte uriaşă, şi anume dicţionarul lumii. Ar trebui să nu mai existe decât cântece. Sau ca totul să fie ars regulat, la date fixe. O dată la douăzeci de ani ar urma anul exterminării. Picturi, filme, muzee, catedrale, case, temple, cazărmi, arhive, biblii, veşminte, închisori, spitale, uzine, recolte, totul o să sfârşească în flăcări, în cenuşă, sub o spumă vâscoasă.

Nici statui, nici medalii, nici cărţi de telefoane, nici monumente funebre şi nici exegeze.

Cum să te mişti în toate direcţiile? Cum să-ţi ştergi urmele pe măsură ce înaintezi? Ce mască să-ţi pui, ce nas fals, ce gând mincinos, ce viaţă măsluită? Să-i înşeli pe ceilalţi înseamnă să te cunoşti pe tine însuţi & viceversa.

N-ajunge să huleşti literatura. Trebuie s-o faci cu altceva decât cu cuvintele. Să-ţi abandonezi conştiinţa, să dispari în lume. Să devii marţian. Să ajungi într-o bună zi pe pământ şi să intri într-un restaurant imens, să-i priveşti pe cei care mişună printre mese şi să spui:

* zkpptqlnph!

Ceea ce s-ar traduce cam aşa:

„E amuzant să te uiţi la toţi oamenii ăştia care se pliază în două şi se aşază pe scaune!".

Dar cum să fii marţian?

Trebuie să uit de mine. Trebuie să-mi pierd numele. Trebuie să mă fac mic, mai mic, atât de mic încât să nu mă mai vadă nimeni. Trebuie să învăţ să merg pe muchiile cărămizilor, printre furnici, spre munţii de mirosuri ridicaţi sub soare dintr-o pubelă care dă pe-afară. Trebuie să învăţ să scrijelesc, să crestez. Trebuie să scot din funcţiune maşina de teorii, maşina frumoasă şi sclipitoare, cu pistoane de crom, care-şi fabrică fără încetare teoremele. Există atâtea figuri de retorică, atâtea sisteme, postulate, evidenţe, atâtea maşini:

maşini de trăit

maşini de mers

maşini ca să nu mai fie atâtea războaie

maşini ca să iubeşti o femeie

maşini ca să uiţi de moarte.

Fiecare cu a lui, atunci la ce bun? Sunt unii care gândesc în Cadillac şi alţii care gândesc în Volkswagen.

Trebuie s-o regăsesc într-o bună zi pe fata care
e aşa :

PROPRIETATEA : VEDE UN MĂR
ŞI CREDE CĂ FRUCTUL
ÎI APARŢINE DE DREPT
ÎL IA DE PE TARABĂ
ŞI-L MĂNÂNCĂ
FĂRĂ SĂ-I TREACĂ PRIN CAP
CĂ FRUCTUL A FOST CULTIVAT ÎNGRIJIT CUMPĂRAT
CĂ A COSTAT BANI
ŞI CĂ ESTE DE VÂNZARE

Mai departe, mai târziu. Zilele pe care ți le petreci în tren sunt nesfârşite, se scurg în urma ta cu toată viteza și multe orașe, mulți munți sunt încă îngrămădiți la orizont. Drumurile nu se opresc, nu se opresc niciodată. Pe bulevardele largi și prăfuite, care merg drept înainte, nu e nimeni. Vântul suflă cu putere pe deasupra câmpiilor, iar soarele e necruțător în mijlocul cerului albastru. Pe marginea drumurilor zărești câini striviți și carcase de vite din care se înfruptă ulii.

Camionul roşu pe care scrie SATCO rulează cu cea mai mare viteză, iar J. H. Hogan stă pe platforma din spate, sub prelată. Privește. Uneori vede intersecții largi, pustii, cu oameni aşezaţi pe pământ, aşteptând. Câmpiile se întind până la capătul lumii, munții stau nemişcaţi, purtând agăţate de creste filamente de nori. Fluviile putrede coboară în albiile lor, stâlpii de telegraf rămân în picioare.

Faci uneori cunoştinţă cu benzinării imense, un fel de pagode de ciment murdar, singure în mijlocul acelui spaţiu. Sub acoperişul înclinat, pompele verzi și galbene, cu geamurile sparte, răsună în timp ce lichidul roşu curge în rezervor. Urinezi în latrine înfundate, te speli pe mâini sub un robinet, îţi piepteni părul în faţa unei oglinzi slinoase şi bei o sticlă de suc rece, cu gust de sulf. La nevoie, îi arunci şoferului câteva cuvinte, privind de cealaltă parte a platformei de ciment, la drumul plin de praf, la pancartele de lemn, la soare, la cabanele de tablă. Spui întotdeauna aproape aceleași lucruri :

„Cât mai e până la Habbaniya?"

„Câte ore mai facem până la graniță?"

„Nu știți pe nimeni care să meargă la Rohtak?"

„Ca să ajungi la Cuttack, trebuie să treci prin Raipur?".

În porturi erau ambarcațiuni de lemn care te purtau pe mare vreme de două zile și două nopți. J. H. Hogan stătea jos, pe punte, și privea masa de apă neagră care creștea și descreștea fără încetare. Zărea în depărtare dunga subțire de pământ pe care sclipeau luminițe. Apoi adormea întins pe punte, la adăpostul unui colac de frânghie, iar trepidațiile motorului îi scuturau trupul, îl zgâlțâiau, îl izbeau cu mii de lovituri ușoare de pumn.

Se trezea pe la miezul nopții, scăldat în sudoare, și cobora pe puntea inferioară să bea niște apă. Mergea pe dibuite până la un bidon ruginit și, cu căușul mâinii, scotea apa neagră, cu gust de benzină. Gândacii, cu reflexe roșii bizare pe elitre, îi fugeau printre picioare. Lângă scară stătea un marinar, cu spatele la perete și cu ochii închiși. Îngâna din gâtlej o melodie nesfârșită, în care nu erau cuvinte, ci doar note nazale,

Mmmmmnn, mmmm, mmmnnn, mmmm, mmmm...

Când J. H. Hogan trecea prin fața lui, marinarul deschidea o secundă ochii cu luciri neliniștitoare de oțel în pupile. J. H. Hogan urca din nou pe punte și fuma încă o țigară, contemplând unduirile mării care creștea, descreștea.

Nu mergea nicăieri. Se oprise în timp, undeva între două secole, fără să aștepte nimic. Plutea pe valuri nevăzute, purtat de corabia de lemn, nu foarte departe de dunga subțire a țărmului, la întâmplare. Cei care știu ceva spun. Cei care au dezvăluiri de făcut le fac. Acum e momentul, chiar e momentul.

Dar poate că nu e nimic de spus, nimic de dezvăluit? Poate că nu e nimic adevărat în afară de asta, de mișcarea asta de balansoar, de această alunecare monotonă pe fluviul Amazon, de acest camion devenit corabie, de această corabie devenită avion, de acest avion devenit plută. Motorul duduie și nu știi niciodată unde se află. Când în față, răsunând departe, de partea cealaltă a capurilor și a peninsulelor. Când împingând din spate, lovind apa ca două picioare mecanice. Motorul se înclină pe părți, se afundă în apa închisă, plutește foarte sus în aer. Sau poate pământul întreg e cel care-i poartă motorul; cu trepidația lui domoală, înaintează prin spațiu, plutește de-a curmezișul, lasă drumul moale ca mătasea să se îndrepte spre ținuturi de neînțeles.

J. H. Hogan se trezea când soarele se ivea la răsărit și urca deja puțin deasupra orizontului. Mergea până la prora vaporului și privea peisajul extraordinar, insignifiant. Se uita cum cerul devenea roșu, cucerind încetul cu încetul petele de întuneric. Se uita la marea netedă, pe care alergau valuri cu creste ascuțite, semănând cu niște șiraguri de lame de ras. Coasta era mereu acolo, la stânga, bandă subțire, gri-verde, cu colibe și plaje. Botul vaporului despica șirurile de lame de ras, unele după altele, scoțând scrâșnete stridente. Motorul duduia în spate, iar coșul scotea pale de fum. Curând, în trei sau poate patru ore, aveau să ajungă la destinație, se vedea după limpezimea aerul, după claritatea copacilor verzi de pe coastă și după două sau trei alte semne de genul ăsta. Mirosurile mării nu sunt aceleași dimineața și seara. Era momentul să se gândească la ceva. J. H. Hogan se gândi:

Gândurile lui J. H. Hogan
la bordul vasului Kistna
în largul Vishakhapatnamului
ora 6 și 10 dimineața

„Poate c-ar trebui să mă opresc. Da, poate c-aş face mai bine dacă m-aş opri, nu ştiu. Poate c-aş face mai bine să procedez astfel : când va ajunge vaporul, mă voi opri. O să merg cu rucsacul pe cheiuri, o să mă duc să beau o ceaşcă de ceai în piaţa târgului. Voi sta la umbră. Voi locui într-o casă, la umbră. Voi avea sandale cu talpa făcută dintr-un pneu de camion, o pereche de pantaloni albi şi o cămaşă de bumbac fără nasturi. Voi putea să trăiesc în sat, să mănânc orez şi peşte uscat, să beau ceai rece. Voi aştepta. Anii or să treacă şi eu o să fiu, în sfârşit, într-unul dintre ei. Niciodată afară. Niciodată departe. Voi învăţa pe de rost numele oamenilor, amplasarea străduţelor. Voi cunoaşte toţi câinii. Voi avea poate o nevastă, şi copii, şi prieteni, şi toţi oamenii ăştia îmi vor spune lucruri care nu se vor şterge. Sau voi scrie un poem foarte lung, adăugând în fiecare zi câteva cuvinte, un poem care va fi foarte frumos şi care va spune în sfârşit ceva. Într-o zi voi scrie : astăzi, conştiinţa e mai limpede şi mai sensibilă. În altă zi, soarele este o roată roşie pe cer. A doua zi, soarele e o spirală neagră pe cerul roşu. În ziua următoare, soarele este o monedă. Iar apoi, soarele este un ochi. Vor fi poate şi zile în care voi putea să scriu lucruri lipsite de interes, precum, după trei luni : cerul e o culoare fugară, pentru că n-o vedem. Sau lucruri profunde ca : starea de *lobha* şi starea de *dosa* sunt întotdeauna însoţite de *moha*, fiindcă *moha* este rădăcina originară a răului. Iată ce-aş putea scrie, dacă m-aş hotărî să mă opresc. Şi aş mai putea să vin în fiecare seară pe plajă, să privesc corăbiile care plutesc. Câteodată, aş merge pe plajă devreme de tot, dimineaţa, ca să văd venind vaporul acesta, chiar acesta, cel pe care l-am părăsit. Ar fi o viață ciudată, ar fi o viață cu adevărat incredibilă. Vaporul va ajunge în curând. Vaporul traversează fluviul Styx. N-aș fi crezut că fluviul Styx e atât de mâlos și atât de lat. Nu mi-ar fi trecut prin cap că Acheronul e așa. Când o să ajung, o să mă duc pe plajă, o să fac o baie și-apoi o să mă opresc. Poate. Dacă am bani destui, dacă e vreun loc pentru mine. O să mă opresc. O să mă opresc".

La asta se gândea J. H. Hogan la prora vaporului. Și fiindcă un pescăruș tocmai trecea, foarte aproape de suprafața apei, adăugă:

P.S. „Nu știam că aripile pescărușilor sunt transparente. Un pescăruș care zboară pe deasupra mării, dacă îl privești cu atenție, are aripile *albastre*".

Când e noapte, corăbiile înaintează în taină. Când e lumină, totul strălucește. Iată cum Jeune H. Hogan a fost respins de un oraș. Ajunsese acolo după zile, după luni de călătorie. La capătul șoselelor pustii, căilor ferate, drumurilor de nisip, la capătul dârelor lăsate de vapoare, se afla orașul acesta cu mai mult de 2 000 000 de locuitori, cu case joase, cu bulevarde largi și simetrice, unde se îngrămădeau mii de mașini, cu piețe uriașe, tapițate cu peluze false, cu clădiri de optsprezece etaje, albe în întregime, cu o mulțime de picioare mecanice.

Era un oraș gigantic, pe care Jeune H. Hogan îl traversa de multă vreme și care-l respingea.

Ajunsese acolo planând, ca un avion, sau călătorind într-un autobuz supraîncălzit.

Puțin câte puțin, satul fusese înfrânt, sub loviturile caselor de ciment, ale terenurilor virane, ale cartierelor sărăcăcioase. Cuburile albe se strânseseră din ce în ce mai tare, se îngrămădiseră unele peste altele și, de fiecare dată, o povară îi creștea în suflet. Clădirile crescuseră din iarbă, mașinile strălucitoare apăruseră, cu toate calandrele afară. Chipurile oamenilor se iviseră pur și simplu, din nimic, chipuri negricioase, cu ochi care priveau. Apăruseră din ce în ce mai multe femei, copii; curând, Jeune H. Hogan nu mai izbutea să le numere picioarele și mâinile. Era obligat să le evalueze cu zecile, în grabă, cu riscul de-a se înșela.

Căldura era sufocantă. În lumină, cuburile de angoasă se multiplicau fără încetare, cutii albe, cu acoperișuri de tablă, ziduri străpunse de ferestre fără geamuri. Zgomotele deveneau din ce în ce mai puternice, strigătele, mormăielile, răsuflările aspre care-și aruncau năvoadele înspăimântătoare. Toate astea fără întrerupere, defilând, până când nu mai rămăseseră nici iarbă, nici dealuri, nici râuri, nimic altceva decât oraș, oraș.

Jeune H. Hogan fusese aruncat în arșiță. Totul ardea în jurul lui, totul tremura de căldură, totul se bășica. Era ca și cum ai fi mers prin deșert, dar de data asta setea nu mai era aceeași. Nu apa îi lipsea acum, nici pulpa lămâii. Nu mai avea un bidon de apă ca să lupte împotriva ei. Ce-i trebuia acum era uitarea, liniștea, ochii închiși.

Către ora două după-amiaza, Jeune H. Hogan mergea pe o stradă care se numea Paitai. Se întindea de la un capăt la celălalt al pământului, perfect dreaptă, fluviu de macadam și de ciment, mărginit de case. Nu i se vedea nici începutul, nici sfârșitul. La orizont, liniile se întâlneau, liniile ferestrelor, liniile mașinilor și ale trotuarelor, liniile cerului. La infinit, exista un punct în care totul era amestecat, acel punct al tăcerii și al morții. Jeune H. Hogan se îndrepta către el.

Se făcuse cald. Pe cer, norii pluteau foarte jos, mici ghemotoace de câlți care alunecau încet. Pe fluviul de ciment al drumului, mașinile se succedau fără întrerupere, iar în cocile lor de metal clocotit erau purtați oameni. Zgomotul era și el neîntrerupt și violent. Huruia din toate motoarele, din toate claxoanele, din toate gurile și din toate picioarele. Mulțimea șovăia în fața lui Jeune H. Hogan, trepida, tropăia pe loc. Pe chipuri se mișcau ochi inchizitoriali. Gurile fumau, mestecau gumă, scuipau. Copiii alergau furișându-se ca niște șopârle. Însă peste tot erau ziduri : respingeau violent, striveau, erau albe. Scăldat în sudoare, Jeune H. Hogan înainta de-a lungul zidurilor, evitând mulțimea. De fiecare dată când trecea prin fața unei uși, o mașinărie vibratilă îi sufla în față aer cald, încărcat de mirosuri. Magazinele aveau vitrine de oțel pline de cifre roșii, acoperite de semne de exclamație. Tuburile de neon sfârâiau în soare, iar muzica electrică mugea.

Jeune H. Hogan merse multă vreme pe stradă, fără să-i vadă sfârșitul. Departe, la celălalt capăt al pământului, se afla întinderea aceea cețoasă, făcută din gaz și din lumină, în care se afunda strada. Fără îndoială, i-ar fi trebuit zile întregi ca să ajungă acolo. Caroseriile mașinilor dispăreau de-a lungul șoselei, alergau către punctul mort. Poate că n-or să se mai întoarcă niciodată...

Jeune H. Hogan schimbă strada. O apucă pe alta, apoi din nou pe alta. Și toate mergeau, perfect drepte, încărcate de mașini și de insecte, până-n veșnicie. Uneori dădeai peste un pod care se arcuia peste un singur jgheab sau peste un canal de scurgere. Alteori, zăreai un turn alb, o clădire ridicată deasupra celorlalte, plutind nepăsătoare. Sau o fântână de ciment, din care apa țâșnea în trombe. Însă strada ocolea obstacolul și-și continua drumul. Era o prerie de pietre, o plajă de stânci gigantice şi fiecare pietricică era mâncată, găurită, locuită de colonii de larve. Taxiurile treceau claxonând, şoferii se aplecau spre tine ca să strige. Autobuzele cenuşii, fără geamuri, goneau la câţiva milimetri de trotuar, făcându-şi să urle ţevile de eşapament sparte. Motocicletele cu trei roţi se hurducau de-a lungul şi de-a latul străzii ca nişte gândaci. Din când în când un avion străbătea greoi cerul, acoperind oraşul cu umbra şi cu zgomotul lui tunător.

Erau ani buni de când Jeune H. Hogan locuia în oraşul ăsta. Poate că se născuse aici. Lucrase într-o agenţie imobiliară, în redacţia unui ziar. Se sufocase între ziduri, respirase vaporii de benzină, ascultase murmurul aparatelor de aer condiţionat. Luase vapoare cu motoare asurzitoare, mâncase în restaurante luminate de tuburi de neon galbene şi roşii, cu muzică de *juke-box*, care urla *Evergreen*, *Mai Ruchag* ori *La Raspa*. Vorbise cu bărbaţi, Wallace, Chayat, Jing Jai, F. W. Hord. Cu femei, Suri, Janpen, Doktor, Laura D. Dormise în tot soiul de camere, în celule de beton fără lumină, unde aerul era un bloc infect, în încăperi cu aer condiţionat şi covoare albastre, cu ferestre ce dădeau spre piscine, în camere de lemn în care aerul se strecura încetişor şi prin care fojgăiau gândaci roşii.

Toate astea le făcuse foarte repede, aproape fără să-şi dea seama.

Iar oraşul, încetul cu încetul, îl izgonea.

Îl respingea cu cruzime, îl încolţea cu toate zidurile, îl epuiza cu huruitul lui de vulcan, îl înnebunea cu străzile sale drepte, cărora nu li se zărea capătul. Prin mijlocul oraşului, fluviul imens curgea fără încetare, ducând cu el crengi şi hoituri de câini. Asta pentru a-i spune să se care, pentru a-l împinge spre mare.

Jeune H. Hogan ajunse într-o zi într-un loc care era bulevardul răului. Era o stradă ca oricare alta, dreaptă, lată, unde se înghesuiau maşinile, unde cuburile albe erau toate la fel. Însă în mijlocul cuburilor, jos, erau serii de deschizături, în genul gurilor de peșteră. În fața ușilor închise, nimeni. Dar când intră, Jeune H. Hogan se simți ca și cum ar fi închis ochii dintr-odată. Un suflu înghețat îi biciui obrajii și o lucire roșie și neagră îl învălui. Înaintă pe dibuite și simți niște corpuri jilave lipindu-i-se, agățându-i-se de trup. Încăperea era foarte mare și avea un tavan din care atârnau stalactite de carton. În centru se aflau o pată mare, roșie, și o orchestră care cânta jazz. Nu auzea nimic și nu vedea nimic. Îi era frig. Se așeză la masă și se apucă să bea bere. Nu se întâmpla nimic în încăperea aceea întunecoasă: femei îmbrăcate în rochii sclipitoare o traversau încet. Un soldat negru dansa. Prin unghere erau stranii baloturi umane care nu se mișcau. Muzica urla în toate părțile, fără să găsească vreo ieșire. Jeune H. Hogan rămase acolo mai multe ore, bând bere. Apoi ieși. Afară, lumina soarelui era și mai albă, iar căldura pârjolea totul. Jeune H. Hogan intră în grota următoare, apoi într-o alta, în multe altele. De fiecare dată se întâmpla același lucru. Trupurile se lipeau de al lui, îl cercetau, îl târau spre o masă. O fată îl privi cu ochii ei acoperiți de cărbune. Bău bere, îi vorbi cu voce cântată. Muzica stridentă țâșnea în cavernă, printre loviturile înfundate, foarte grave, care făceau pământul să se cutremure. Un soldat american se aplecă spre el, peste masă, și începu o frază pe care nu mai reușea s-o termine. În timp ce vorbea, vărsă un pahar de bere, lichidul traversă foarte repede toată masa, deși îi puteai urmări fiecare detaliu al traseului, apoi picură pe podea. Muzica le ridica umerii, capul, aruncându-le fără încetare spre tavan. Jeune H. Hogan îi dădu soldatului o lovitură de cot în stomac. Fata cu ochii plini de cărbune își depărtă buzele și începu să râdă. Avea doi dinți de aur. Jeune H. Hogan o întrebă de ce. Ea îi spuse că fusese bătută. Îi spuse că avusese un accident de motocicletă. Îi spuse că fusese dentistul. Apoi nu mai spuse nimic. Jeune H. Hogan nu mai avea bani. Îi ceru soldatului american, care îi dădu câteva bancnote. Toată lumea era beată pulbere. Muzica străbătea paharele de bere, se contopea cu bulele de gaz, făcea pereții de sticlă să strălucească, curgea în gâtlejuri. În fundul peșterii, un negru îmbrăcat într-un costum gri lovea o tobă, dar nu se auzea nimic. Chitara electrică scârțâia, dar nici ea nu se auzea. Ce se auzea era huruitul mașinilor, vibrațiile luminii, trepidațiile picioarelor pe ciment. Erau sub pământ, da, coborâseră de-a lungul canalului unui puț de foraj și acum se plimbau prin pântecul lumii. Orașul fierbea deasupra capetelor, fără motiv, numai ca să facă zgomot. Jeune H. Hogan îi oferi fetei fără dinți o țigară și alta soldatului american, care adormi cu capul pe masă, în băltoaca de bere. Apoi vru să spună ceva. Însă vacarmul îi acoperea cuvintele. Atunci își puse mâinile pâlnie la gură și strigă, aplecându-se spre urechea fetei:

— NU ÎNȚELEG!

Fata țipă:

— CE?

Trase din nou aer în piept și strigă:

— ASTA! NU ÎNȚELEG! DE CE! TOTUL E AȘA! TĂCUT!

Fata țipă:

— AȘA CUM?

— AȘA TĂCUT!

Fata crezu că glumește și începu să râdă.

— NU! strigă Jeune H. Hogan. Și ceva mai târziu:

— E-ADEVĂRAT! E ZGOMOT! DAR NIMENI! NU SPUNE NICIODATĂ NIMIC!

Luă o gură de bere să-și dreagă vocea.

— DE CE TOATĂ LUMEA! E TĂCUTĂ! ÎNĂUNTRU! NU ÎNȚELEG!

Fata râse cu dinţii ei de aur şi ţipă:

— ASTA! NU ÎNSEAMNĂ NIMIC!

Jeune H. Hogan îi strigă în ureche:

— ŞI ORAŞUL! NU ÎNŢELEG! DE CE TOŢI OAMENII ĂŞTIA! SUNT ÎMPREUNĂ! IERI! AM URCAT! SUS, ÎNTR-O CLĂDIRE! SĂ VĂD! ŞI NU ÎNŢELEG! DE CE! SUNT TOŢI OAMENII ĂŞTIA ACOLO! VREAU SĂ SPUN! CE-I REŢINE! CE FAC! DE CE SE AFLĂ AICI! TOATE CAZEMATELE ASTEA! ŞI TOATE MAŞINILE! ŞI TOATE BARURILE ASTEA! CHIAR AICI! AICI! ŞI NIMENI! NU VREA SĂ-MI SPUNĂ! OAMENII NU SPUN NIMIC! NIMIC NU SPUNE NIMIC! STRĂZILE NU SPUN NIMIC! TOTUL E ÎNCHIS! NU EXISTĂ NICI O EXPLI! EXPLICAŢIE! NU IZBUTIM NICIODATĂ! SĂ AFLĂM!

Fata îşi aşeză şi ea mâinile în chip de portavoce:

— DE CE VREI! SĂ ŞTII?

— PENTRU CĂ! MĂ INTERESEAZĂ!

Jeune H. Hogan mai luă o gură de bere direct din sticlă.

— AŞ VREA SĂ ŞTIU! DE CE TOŢI OAMENII ĂŞTIA! SE AFLĂ AICI! NU ÎNŢELEG! CUM FAC! SĂ NU SPUNĂ NIMIC NICIODATĂ! CA ŞI CUM! AR FI CU TOŢII DE LEMN! SUNT TOŢI! SUNT TOŢI EXTERIORI! N-AI CUM SĂ AFLI CE AU! ÎNĂUNTRU!

Fata îşi ţuguie buzele. Ochii ei erau două bucăţi de cărbune.

— N-AU NIMIC!

— NU-I ADEVĂRAT! DACĂ N-AR AVEA NIMIC! N-AR MAI RĂMÂNE! ÎMPREUNĂ!

Urmă:

— CE-I ŢINE! ÎMPREUNĂ?

Făcea bine să urli în felul ăsta, peste tot vacarmul muzicii. Era ca şi cum ai fi stat în picioare pe creasta unui munte şi ai fi strigat o femeie care s-ar fi aflat pe muntele din faţă.

— NU ÎNŢELEG! CE-I AIA O ŢARĂ!

— HABAR N-AM!

— DE CE! OAMENII NU VORBESC NICIODATĂ?
— N-AU NIMIC DE SPUS!
— SE ASCUND!
— LE E TEAMĂ!
— TEAMĂ DE CE?
— NU ȘTIU!
— NICI NU TE INTERESEAZĂ!
— NU! MĂ OBOSEȘTE! SĂ ȚIP!
— VREI! BERE?
— DA!
— SPUNE-MI! DE CE OAMENII! NU VORBESC!
Jeune H. Hogan mai strigă o dată:
— NU ÎNȚELEG! DE CE! CÂND ÎNLĂTURI! TOATE
ZGOMOTELE! TOTUL DEVINE! ATÂT DE TĂCUT! NU E
NIMIC! DEDESUBT! OAMENII TRĂIESC AȘA! ÎMPRE-
UNĂ! NU ȘTIU PENTRU CE! NU VOR SĂ ȘTIE! DE CE!
NU SPUN NIMIC! SUNT! ȚEPENI! SUNT! MUȚI! NU
SPUN NIMIC! NICI MAȘINILE! NU SPUN NIMIC!
ASTA-MI FACE! RĂU! TĂCEREA! NU AI CUM! SĂ AUZI
VREUN CUVÂNT! NU E! NIMENI! NIMENI NICIODATĂ!
NU ÎNȚELEG.
Vocea lui se opri din strigat. Se ridică clătinându-se
și căută ieșirea prin zgomot și prin mulțime. Fata cu
ochi de cărbune i se agăță de braț și intrară împreună
în altă peșteră, încă și mai mare, de pe strada înco-
voiată sub povara luminii soarelui. Așa, nu mai aveau
nici măcar timp să pună întrebări. Trebuia să mergi
foarte repede și să fii foarte atent, fiindcă strada te
respingea din toate părțile, cu nenumăratele sale ziduri.

Răspunsul era poate următorul : o insulă plutitoare, deasupra masei mâloase a apei, în mijlocul râului, sub o căldură apăsătoare, iar pe insula asta copacii şi ierburile crescuseră de-a valma. Frunzele mari, cu marginile rotunjite, florile cu miros puternic, rădăcinile înfipte în pământul roşu, crengile drepte, crengile rupte, praful blând care acoperă scobiturile, pietrele, fosilele ascunse la un metru şi jumătate adâncime, aburul care urcă încet din pământ către ora trei dupăamiaza, când soarele aflat în mijlocul cerului dogorăşte cumplit.

Pe insulă, aproape pretutindeni, dârele animalelor minuscule, drumurile insectelor şi ale seminţelor călătoare, adierile vântului, răcoros, fierbinte, îngheţat. E un punct subtil al pământului, cum sunt milioane de alte puncte foarte puţin asemănătoare, foarte puţin diferite. În mijlocul fluviului cafeniu, insula pluteşte domol, ca şi cum ar fi suspendată de sute de resorturi imperceptibile şi silenţioase. Un pat, poate, un pat mare, de două persoane, cu perdele foarte albe, în care sunt întinşi un bărbat şi o femeie, dezbrăcaţi, dormind. Un pat al dragostei, cum se spune, o platformă pe care se zbat două trupuri furioase, care transpiră şi gâfâie. Sau poate un pat al morţii, tare şi rece, care-şi înfige acele ascuţite în carnea spinării unei femei bătrâne.

Ăsta e punctul în care trebuie să alegi să cobori, pentru o zi, ca un zeu care vine să-i viziteze pe oameni. Trebuie să priveşti câteva clipe bune pata verde a acestei insule, să cercetezi fiecare desen care-o închide în mijlocul fluviului ei, să încerci să-ţi însuşeşti peisajul acestui loc, să-l cumperi, să te laşi cucerit. După aceea nu mai ai de ce să eziţi. Unduirea fluviului te poartă tihnit spre mal, un odgon nevăzut te trage uşor.

Fluviul continuă să curgă în jos, iar alunecarea lui indiferentă îşi sapă drum prin pământul arid. Vine de la munte, de undeva din nord, şi curge către mare, undeva în sud. E lung. E liniştit. Nu are inteligenţă, iar puterea lui nu înseamnă nimic altceva decât a curge.

Duce cu el, în masa umflată, opacă, bucăţi de pământ, trunchiuri de copaci, cadavre, bulbuci. Coboară. Calm, fără ură, fără dorinţă, săpându-şi mereu, mai adânc şi mai larg, albia în malurile nămoloase.

Şi, fără să se mişte, insula urcă pe cursul fluviului, înfigându-şi etrava în mijlocul apei, pur şi simplu, totodată uşor şi dureros, în genul unui submarin care nu izbuteşte să se scufunde. Aceasta este povara singurătăţii, izolarea încăpăţânată a acestui bloc de pământ, munte străvechi pe care apa l-a redus la o bucată de glod acoperită de copci. Aluneci încet în trupul acesta bătrân, iei forma lui ovală, te lungeşti pe masa lichidă şi te zbaţi împotriva mişcării care coboară, fără motiv, fără regrete. Valurile se sparg fără încetare de-a lungul flancurilor insulei, formând un şir de vârtejuri.

Acesta era însuşi ochiul ciclopului, craterul vulcanului stins sau carcasa eşuată a balenei gigantice cu oase negre. Te apropiai de monstru, alunecând pe barca plată, îndepărtând unul câte unul talgerele nuferilor. Urmai traiectoria curbată a curentului, patinând tăcut pe şuvoiul imens de mercur în care se oglindea cerul. Coborai. Căldura tremura în stufăriş, erau păsări şi adieri ale vântului răcoros, fierbinte, înghețat. În mijlocul închisorii acvatice, masa bombată a insulei era perfect liniștită. Doar fiori imperceptibili o străbăteau în toate direcțiile, urmele picăturilor de apă asudate și sorbite neîncetat. Scârțâitul scos de spinii mărăcinilor, striațiile arbuștilor și ale copacilor înalți, toate pătrățelele, punctele, pișcăturile, pletele care înaintau cu repeziciune, întinzându-și nedefinit ramificațiile peste pământ. Și apoi dispăreau imediat înghițite de liniște, de întuneric.

Aceasta era viața, insula vieții, cu mii de gusturi și de duhori; chiar nu mai era nimic de spus. Ar fi trebuit să se concentreze și să scrie pe un capăt de hârtie, cu un pix, fumând o țigară, câteva cuvinte și câteva cifre:

KOH PEIN' TUA
ME PING
18° 50 N.
99° 02 E.

Ceea ce trebuia scris, de asemenea, pe aceeași bucată de hârtie, era:

frumusețe
căldură
apă murdară care curge
și
țipete de păsări
și
nuferi
și
oglindire a soarelui
insecte cu pântece negre
șerpi
cer pustiu

orăcăitul broaştelor râioase
frumuseţe
frumuseţe

luând aminte la fiecare termen, terminus, terminus, terminus, terminus. Era atâta frumuseţe pe insula asta, atâta linişte şi atâta seninătate pretutindeni. Unde era? De ce prinseseră rădăcini aici toţi copacii aceştia, de ce crescuseră, îmbătrâniseră? Acum te aflai la bordul vaporului, plutind orbeşte. Drumurile de nisip erau trasate în toate direcţiile, se zăreau urmele de paşi care duceau spre locuri misterioase. Semnele fuseseră lăsate acolo, nu contează cum, ca să te înşele, ca să te facă să crezi că viaţa există, că freamătă undeva. Mergeai înainte. Mergeai de-a lungul drumului, traversând fără încetare zidul căldurii. La stânga, la dreapta, frunzele copacilor erau agăţate, ca nişte etichete, de ramuri. Tot soiul de etichete, da, pe care nu era nimic altceva în afara unui ochi care te privea. Nu puteai uita nimic. Primejdia era acut prezentă, invizibilă şi inaudibilă. Nimic altceva decât ţipetele unor păsări bizare, bâzâiturile insectelor, fuga şopârlelor cu cefe ţepene şi apa care te înconjura, care-şi strângea corsetul de plumb. Soarele, dar nimeni nu înălţa capul ca să-l vadă.

Sub el, petele de umbră se mişcau imperceptibil. Creşteau pe suprafaţa cenuşie a pământului, se întindeau, îşi etalau membranele transparente. Era aproape ca şi cum un vânt ar fi bătut mereu în aceeaşi direcţie, culcând firele de iarbă unele lângă celelalte. Nimeni nu băga de seamă. Undeva, dincolo de fluviu, noaptea înainta şi nimeni nu era atent. Luna ieşea dintr-un tufiş de mărăcini şi se umfla ca un balon, dar nimeni nu se gândea la asta. Toate se petreceau mecanic, oră de oră, zi după zi, şi s-ar fi putu la fel de bine petrece pe o planetă străină.

Cu toate astea, pe insulă, unele lucruri deveneau mai evidente. Acum, acolo era un sat, un sat ca toate celelalte, cu străzi mărginite de case mici, toate la fel, cuburi de ciment alb, străpunse de două ferestre și de o ușă. În fața fiecărui cub se afla o grădiniță cu flori și cu frunze, iar deasupra fiecărei uși era scris un nume. Numele se succedau, fiecare diferit, WARAPHOL, T. E. SIMMONS, CLARKE, BRUCKER, NIELS, YOUNG, HOKEDO, și fiecare spunând același și același lucru. Era un câmp, un labirint ordonat și prosper. Din mijlocul insulei plutitoare plecau străzi perfect drepte, culoare prăfoase, mărginite de cuburi albe, pe care înaintai fără zgomot. Înaintai ca un prizonier într-o bulă de aer, pe fundul mării, de-a lungul rămășițelor unui oraș uitat. Nu te opreai. Unde te puteai opri? Dădeai mereu de aceleași blocuri de ciment, de aceleași găvane goale ale ușilor, de aceleași uși, de aceleași buchete de flori roșii și aurii, de aceleași nume scrise pe plăcuțe de lemn, MATTHEWS, AH SONG, DORIAN, ca și cum ar fi fost întotdeauna același cuvânt scris cu litere negre, în mijlocul spectacolului de frumusețe, de tăcere, de viață cu uneltiri delicate : DESTIN, DESTIN, J. E. DESTIN, DESTIN & CO, DESTIN, GEORGE F. DESTIN. Așadar, trebuia să mergi în continuare pe străduțele alea, să-ți adâncești privirea în măruntaiele acestor case goale, pentru a încerca să zărești o imagine, un chip, o mână.

Praful se așeza pe petalele florilor roșii și aurii, petele de umbră se plimbau pe pământ, era cald. Insula era mare cât un continent, puteai s-o străbați ani întregi fără să te oprești.

Fețe fără nas, mâini fără degete, degete fără unghii, ochi fără pleoape, urechi smulse, guri fără buze și fără dinți, picioare tăiate, gambe tăiate, brațe tăiate, cioturi, trupuri ciopârțite, deformate, șterse, de culoarea pământului, iar petele de umbră se opriseră pe ele, continuându-şi mersul de la stânga la dreapta, cu nemaipomenită lentoare.

Nu spuneau nimic. Se opriseră la soare, în picioare sau aşezaţi pe vine în nisip, aşteptând. Pe chipurile lor nu era nici urmă de spaimă; bătrâneţe şi tinereţe amestecate, sărăcie, prostie, neputinţă. Se adunaseră cu toţii într-o piaţă prăfuită în faţa unui hangar de tablă, locuitorii, singurii locuitori ai insulei. Nu vorbeau decât cu voce scăzută. Nu se uitau unii la alţii. Erau cu toţii acolo, fără să fie nevoie, prizonieri ai cercului fluviului, prizonieri ai mirosului de iasomie, ai florilor roşii şi aurii, ai cuburilor de ciment ale caselor. Poate nici nu mai aveau nume; aparţineau cu toţii de MEREDITH, DRAD, KOLHER, DELACOUR, care cumpăraseră plăcuţele de lemn ca să-şi sculpteze numele pe ele.

Ceva îi adunase totuşi acolo, ceva de neînţeles, o maladie cu mască leonină, cu mâini umflate ale căror degete putrezeau fără nici o durere. Acel ceva trebuie să se fi petrecut cu multă vreme în urmă, iar acum nimeni nu-şi mai amintea nimic. Labirintul de cuburi albe era pregătit, fiecare celulă întunecoasă îşi aştepta trupul, fiecare vas de pământ ars îşi aştepta gura. De fapt, fusese foarte simplu. Fusese de-ajuns să treci râul. Pe insulă, blocurile compacte de frunze verzi, articulaţiile ramurilor şi ale frunzelor, florile, ţipetele aspre ale păsărilor, toate erau la rândul lor pregătite. Îşi întinseseră capcana de frumuseţe şi suavitate, îşi deschiseseră gurile cu răsuflări îmbătătoare, îşi oferiseră liniştea şi pacea; iar oamenii se hotărâseră să locuiască acolo. Se aflau acolo, acum, pentru un soi de eternitate. Munceau. Aveau pasiuni, iubiri, copii. Vorbeau. Mâncau. Seara, beau câte ceva, apoi se culcau. Mergeau să-şi ia apă din râu, îşi găteau mesele la foc de lemne, fumau ţigările americane care li se dădeau. Din când în când, intrau într-o clădire mare şi albă, unde li se făceau injecții și analize. Toate astea erau simple, nu exista deloc teamă. Tot din când în când, se opreau, fiindcă pe drumul de nisip se apropiau un bărbat îmbrăcat în haine de nailon și o femeie cu părul lung și cu trupul ars de soare. Tânăra femeie mergea sucindu-și gleznele din pricina tocurilor înalte, iar bărbatul purta ochelari negri. Se oprea la soare, ținând-o pe femeie de braț, și spunea cu voce joasă :

— ...Da' pe ăla, pe ăla l-ai văzut?

— Înspăimântător, da, oh, e înspăimântător.

— Da' pe femeia aia bătrână de colo, nu mai are nas, așteaptă, nu te întoarce chiar acum.

Sau era un grup de bărbați cu fețele asudate, care căutau un loc pentru amplasarea unui nou cub de ciment cu găvane goale și care își strângeau mâinile și se felicitau, CAMPBELL, THORNTON, vă rog, da, W. C. ZIEGLER, foarte interesant, într-adevăr, PIENPONG SANG, magnifică lucrătură, LEOPOLD GALLI, PORTER, GEORGE F. DESTIN. Uneori chiar, era un bărbat cu fața suptă, cu ochi luminoși, care venea alergând până în sat și care voia cu tot dinadinsul să îmbrățișeze pe toată lumea, bărbați, femei, bătrâni, copii. Strângea îndelung între mâini cioturi diforme, acoperite de cruste albe, și avea ceva absolut respingător, o exaltare obscenă în adâncul ochilor.

Iată. Între timp umbra a alunecat puțin de la stânga la dreapta. A pătruns înăuntrul cabanei de ciment și o vedem umflându-se încet în orbitele goale. Căldura e cenușie și ternă, seamănă cu pulberea de cenușă. Pe vaporul ce călătorește pe loc va veni curând somnul. Va cuprinde unele după altele fețele strivite, va culca la pământ trupurile însemnate de cicatrici. Aici, ca oriunde în altă parte, nimeni nu stă pe gânduri. Doi copii aleargă în picioarele goale pe pământul care păstrează amprenta stranie de unde lipsesc două sau trei degete. O femeie tânără a ridicat capul, iar pe masca plată, fără nas și fără gură, cei doi ochi ai ei sunt foarte liniștiți. În privirea ei nu e nimic altceva decât ceea ce vede. Taina catastrofei s-a pierdut în timp, nici nu mai există. Nici uitată, nici înfrântă, taina a devenit ilizibilă în carnea cicatrizată. Rana și-a apropiat buzele, nu se mai poate vedea ceea ce fusese expus pentru atât de puțin timp. Sacul trupului. Toată pielea este bine închisă, nu mai există scăpare pentru sânge.

Altădată, în altă parte, a existat această viziune a crimei, a războiului, a violenței împotriva rasei umane. Un picior gigantic, încălțat cu un pantof gigantic s-a abătut asupra pământului și a strivit totul. Apoi insectele au strâns rămășițele, și-au netezit aripile și labele, și-au întins antenele. Piciorul monstruos s-a ridicat și s-a făcut nevăzut.

Pe insulă, frumusețea continuă să lovească. Lovește cu frunzele, cu florile roșii și aurii, cu căldura ei, cu țipetele păsărilor. Șopârlele aleargă prin luminișurile de nisip, ridicându-și cefele țepene. Viespile zboară razant cu pământul. Micile pete de umbră se unesc puțin câte puțin și noaptea începe de la stânga la dreapta. Atâta frumusețe care nu servește nimic, atâta frumusețe, atâta putere, atâta

Atâtea miresme înțepătoare care urcă din țărână, atâta suplețe în pământ, atâtea culori, atâtea semne, atâtea nume pretutindeni. Toate au venit să se înscrie aici. Marile convulsii ale vieții, bucuriile, amintirile. Într-o zi, o pâlnie s-a ivit aici, deasupra acestui punct al lumii, și toată puterea s-a vărsat în ea. Cum e cu putință? Cum de mai rezistă meterezele acestui loc? E poate ultima salvă trimisă spre pereții arcei care plutește peste ape. Vaporul nu merge nicăieri. Nu are destinație. Navighează doar pe apele uitării, cu toată încărcătura lui de frunze, țărână, insecte și oameni.

Frumusețe putredă, însă mirosul putreziciunii e o frumusețe nouă. Plenitudine, primejdie, moarte pretutindeni, în fiecare dintre crengile astea, în fiecare dintre flori. Ochi ascunși, care te pândesc când treci și care nu sunt ochii conștiinței. Sunt milioanele de oceli ai vieții, toate antenele tremurătoare, toate celulele orientate; fără îndoială, aici ar trebui să trăiești, dacă ai o față cu nas mâncat și cioturi în loc de picioare și mâini. Să locuiești într-un cub de ciment cu un nume scrijelit deasupra ușii: Geroge F. Destin. Ar fi o modalitate de-a te lăsa cuprins de febra lumii, un fel de-a te opri din alergare. Ziua ai merge să tai vreascuri cu cuțitul, iar când ar veni seara, ai privi soarele apunând peste râul noroios.

Și ai pluti tot timpul. Sau ai asculta țipetele înfuriate ale păsărilor din copaci, te-ai uita cum trăiesc gândacii. Și-ai fi mereu prizonierul unei extraordinare frumuseți, al liniștii și al unui fel de fior, iar pretutindeni s-ar simți prezența dramei. Și-ar fi ca și cum ai locui într-un cimitir de pe o insulă, plimbându-te prin mijlocul mormintelor, citind numele, fumând câte o țigară, adăpând muștele cu sudoarea ta. Ar fi acolo femei și copii, și copiii copiilor, și nimic n-ar sta pe loc. Viața ar trece foarte repede sau foarte încet, cum să spun? Dar ar trece, s-ar scurge.

Aproape se sfârșise. Trebuia să părăsești insula sau camera; acum umbra cuprinsese totul. În ochiurile frunzișului izbucneau explozii de țipete, urmate de tăceri. Deasupra ușilor, numele deveneau din ce în ce mai greu de descifrat și se ștergeau. Cerul era găunos. Se afla la mii de kilometri de orice, ermetic, nepăsător. Singur. Era o plută ce aluneca pe apele memoriei, înconjurată de meterezele căldurii jilave, sau un vulcan ce fumega în mijlocul unei câmpii. Nu plecai. Te întorceai în urmă, te rătăceai pe culoarele timpului şi, chiar în capăt, uşa albă se făcea din ce în ce mai mică.

Vedeţi acum? Un cap de femeie cu o faţă lipsită de trăsături, cu doi ochi negri strălucind nemişcaţi, iar capul acesta pluteşte singur în mijlocul fluviului cenuşiu şi din gura deschisă ce soarbe aerul nu iese niciodată vreun cuvânt, vreo vorbă, vreun fel de strigăt, rugăminte, înjurătură, numai tăcere, tăcere, tăcere?

Să călătorești, să călătorești mânat de ură. Astăzi înaintez de-a lungul fluviului. În barca aceasta care alunecă, merg de-a lungul fluviului. Apa e nemișcată, de culoarea metalului, cu uriașe reflexe albe. Aud departe, în spatele meu, duduitul motorului. Apa curge de-a lungul etravei, se despică formând valuri mici, tremură. Vaporul alunecă prin stufărișul care se trage de o parte și de alta. Căldura cerului reverberează pe oglinda apei, iscând fulgere uriașe. Lumea nu mai e decât apă, apa feerică pe care cade lumina. Merg de-a lungul acestei oglinzi fără sfârșit, privesc imaginile duble care dansează. Sunt stupefiat. Apa spală malurile, spală bivolii, spală trupurile femeilor. Apa e întinsă sub cerul alb, e fină ca o pânză de păianjen, densă ca marmura. Căldura e atât de puternică încât totul pare înghețat. Aerul nu se mișcă. Pe apa fluviului plutesc tot soiul de putreziciuni, alunecă odată cu vaporul. Apa, apa mișunând de șerpi. Lacul e lung, torent de cauciuc, șuvoi de salivă. Totul se târăște. Zgomotele sunt îndepărtate, zgomotele dorm încolăcite, cu solzii lor strălucitori. În apă sunt milioane de înecați care vor să li te alături. Fluviul coboară către mare, șerpuiește încet pe pământul verde. Câteodată, meandrele se întretaie și-acolo se formează bălți ciudate, în formă de semilună, care se evaporă în bătaia soarelui. Insectele zboară foarte aproape de suprafață, țânțari, libelule, păianjeni tandri. Barca înaintează, plutește, înaintează.

Alunecă prin mijlocul cuptorului invizibil, se rătăcește. Sunt insule și capuri. Apa e o lentilă de ochelari fumurie, nu se vede nimic de cealaltă parte. Pe fluviul de culoarea argintului, cu cerul alb, cu reflexe, cu ceață de cretă, pe toată pilitura asta de fier, pe picăturile de argint-viu, pluta neagră alunecă, plutește și se face nevăzută. Sunt prins într-o fotografie orbitoare, câteva linii cenușii și negre care vor dispărea în curând.

As vrea atât de mult ca nimic să nu fie diferit de mine, ca nimic să nu mai fie îndepărtat.

Exotismul e un viciu, fiindcă e o modalitate de a uita scopul veritabil al oricărei căutări, conștiința. E doar o invenție a omului alb, legată de concepția lui mercantilă asupra culturii. Dorința asta de proprietate e sterilă. Nu există compromis: cel care caută să se înstăpânească peste sufletul unei națiuni smulgând frânturi din ea, colecționând senzații sau idei, acela nu poate cunoaște lumea; nu se poate cunoaște pe sine. Realitatea are alt preț. Ea pretinde smerenie.

Altfel trebuie iubită patria asta. Trebuie iubită nu pentru că e diferită sau îndepărtată (îndepărtată de ce?), ci pentru că e o țară care nu se lasă ușor cucerită; pentru că e o țară care se apără împotriva intruziunilor, pentru că deține un adevăr lăuntric pe care eu, fără îndoială, n-o să-l cunosc niciodată. Pentru că e, întocmai ca țara *mea*, un loc din această lume, o clipă din acest timp ireductibil la teorii și la scheme. Nu e alcătuită din nici un artificiu. Tot ceea ce se găsește acolo îi aparține. Cum să nu vorbești liber despre o țară liberă? Cum să nu fii mișcat de atâtea contradicții firești, de serenitate și de brutalitate, de murdărie și de frumusețe? Contradicțiile sunt reale. Pământul nu e nici fabulos, nici paradiziac. Așadar, nu aici e infernul.

Nu, ceea ce e interesant, ceea ce e înălțător, ceea ce destramă în sfârșit vălul care-l separă pe fiecare

individ de lume e un pământ ca acesta, un pământ
străvechi, locuit de oameni care vorbesc aceeași limbă
și care se îndeletnicesc cu aceleași lucruri. Nu un
pământ legendar, ci unul adevărat, pe care există ființe
cu chipuri reale, un vechi popor tânăr, care a prins
încet rădăcini și care a ales acest ținut ca să fie al lui.

Care este zidul invizibil ce protejează acest popor,
care este dragostea tainică ce le unește pe aceste
ființe, care este numele ce le apără și le ocrotește?
Spuneți-mi numele acesta, măcar o singură dată, ca
să nu-l uit nicicând, eu, care sunt tot timpul pe fugă...
Dinaintea acestui pământ întins, amestecat cu apă,
sub cerul acesta cu nori joși, în căldura apăsătoare
care coboară din soare sau chiar în mijlocul furnica-
rului teribil al acestui oraș gigantic, revine mereu
aceeași întrebare. Iar întrebarea asta, pe care viața
agresivă o camuflase, devine acum clară. Ca din înal-
tul unui far, vezi spectacolul, deja schițat, al uimitoru-
lui destin al oamenilor, care-i adună și-i ține laolaltă.
Acolo ești tu însuți, un punct printre celelalte puncte,
fără nici o nevoie și fără nici un sprijin, prizonier al
propriei limbi și al propriei rase, prizonier al timpului
tău și totuși, totodată, dincolo de orice expresie, cu
desăvârșire LIBER!

Aș vrea mai cu seamă să vorbesc despre tăcere. O
tăcere care nu e nici absență a cuvintelor, nici blocaj
al spiritului. O tăcere care este accederea la o sferă
exterioară limbajului, o tăcere însuflețită, ca să spun
așa, un raport de egalitate activ între lume și om. Uni-
versul distrus de semnificația imediată a cuvintelor și
a gesturilor utile nu mai are prea multă importanță.
Ceea ce contează e această armonie a ritmurilor. Nu
putem uita această călătorie, această insinuare a gân-
dirii în viața materială.

În mijlocul câmpiei plate, pe drumul spre Ayutthaya,
de pildă, când se înstăpânește căldura cumplită a

amiezii. Aburul se ridică din pământul supraîncălzit. Privesc în jur. Nu văd decât întinderi de pământ muiat de sudoare, care se înalță direct până la cer, fără orizont. Nu se aude nici un zgomot, iar lumina se avântă din nou deasupra bălții imense. Nu există mișcare. E imperceptibilă. Atunci, firesc, fără nici o ruptură, cuvintele încetează să mai existe, la fel și ideile, la fel și gesturile. Nu mai rămâne decât elongația aceasta a timpului asupra spațiului. Undeva, pe pământul acesta al cunoașterii, oamenii trăiesc, muncesc în orezării. Gândurile lor, cuvintele lor sunt acolo, amestecate cu pământul acesta și cu apa aceasta. E ca și cum, ușor, fără nici o piedică, vălul care mă izola de lume s-ar fi subțiat, și-ar fi rărit țesătura, gata acum să se destrame pentru a lăsa să treacă prin el toate marile puteri. Văl transparent, aproape transparent. În imobilitatea lui ghicesc semnele nehotărâte ale răspunsurilor care vor veni. Asta e tăcerea.

Sau stând la prora bărcii, pe fluviu. Căldura pâlpâie deasupra valurilor cu muchii de metal. Pe șuvoiul umflat, care curge printre șirurile de case din lemn, pirogile cu etrava pătrățoasă merg împotriva curentului. Motoarele lor te asurzesc. Și asta e tăcerea. Fiindcă fluviul acesta greu este un glas; și ce spune glasul acesta e mai important și mai frumos decât un poem.

În noaptea fierbinte, plină de gândaci, în incinta templului sunt ridicate barăcile pentru târg. În fața uneia dintre ele, bărbați, femei, copii, așezați direct pe pământ, privesc spectacolul actorilor mascați, încremeniți în ipostazele lor fremătătoare, în timp ce muzica răsună în difuzoare. Ritmurile accelerate din *Auk Phassa*, cântările nazale din *Rabam Dawadeung*, psalmodierile din *Ramayana*. Vechi tablouri violente sub lumina neoanelor, scene din viața care n-a încetat, muzică ce s-a născut din zgomotele lumii, ritmuri magice pe care nu le mai auzi, tăcere care îmi cere să ascult, să nu mai întrerup ceea ce-mi este fără încetare comunicat.

Ritm al zilei şi al nopţii, ritm al îmbăierii, ritm de Ja-Ke, ritm al limbajului tonal, al versurilor Klong, Kap, Klon. Ritm al luminii, al ploilor, al arhitecturilor cu acoperişuri pline de gheare. Ritm al caselor de lemn cu balcoane joase, pentru ca vântul serii să poată, strecurându-se uşor, să se apropie de trupurile celor care dorm. Toate ritmurile acestea sunt tăcere, pentru că sting în mine alte ritmuri, pentru că mă obligă să tac.

Tăcerea de dincolo de cuvinte nu e indiferentă. Pacea aceasta nu e un somn. Ele sunt un zid de apărare împotriva violenţei soarelui, împotriva vacarmului, împotriva războiului. Pe chipul acestei femei care stă în picioare în mijlocul pirogii se citeşte orgoliul şi voinţa. Pe masca ei de neclintit, modelată după trăsăturile străvechi ale rasei sale, este înscris textul unei carte arhaice : când poporul acesta şi-a schimbat sufletul cu cel al pământului ăstuia. În fiecare zi, din mijlocul fluviului, chipul acesta înfruntă duşmanii nevăzuţi. Ea nu ştie, nimeni nu se îndoieşte cu adevărat de asta, însă lupta se dă în fiecare zi, în fiecare minut, şi este o luptă mortală. Oare ştie că e biruitoare ? Oare cunoaşte puterea şi violenţa care o însufleţesc când, cu o legănare domoală, trage la vâsle, împingând spre mijlocul fluviului barca fragilă sub picioarele ei ? Nici n-o ştie, nici n-o ignoră, fiindcă ea este ea, şi fluviul este ea, şi fiecare dintre gesturile ei este nobil, fiindcă nu e gratuit. Ea îşi trasează destinul, civilizaţia.

Zgomotului teribil care îl ameninţă pe fiecare om, urii şi angoasei, ea le opune armonia şi pacea tăcerii sale. Şi în unele momente, sub apăsarea acestui soare, în faţa acestui pământ întins, amestecat cu apă, de unde orizontul a dispărut, sau în faţa vârtejului acestei mulțimi cu chipuri identice, cu gânduri identice, pe care o animă instinctul tainic de reproducere, tăcerea îngăduie acest miracol rar, privilegiu al tărâmurilor conștiinței, de a zări prin perdeaua subțire de tul care separă de realitate, planul exact al aventurii.

Toate lucrurile acestea s-au petrecut cu puțin timp în urmă, la Bangkok, la Bang Pa-In sau Djakarta.

FLAUTISTUL DIN ANGKOR

Hogan îl zări pe băiețelul care, așezat pe pământ în mijlocul ruinelor, cânta din flaut. Era acolo un cerc larg de ierburi și de praf, înconjurat de fragmente de ziduri putrede și de copaci piperniciți. Nu mai plouase de multă vreme și totul era uscat, sfărâmicios. Către ora patru după-amiaza, soarele era încă sus pe cer. Din când în când, dispărea în spatele baloanelor de cirocumulus. Pete de umbră gri, ca niște nori de cenușă, se lățeau pe pământ și alunecau tăcute de-a lungul cercului de iarbă. Zidurile își schimbau culoarea, devenind negre, apoi roșii, apoi din nou negre. În crăpăturile lor, aproape de grămezile de pietriș, trebuie să fi fost o mulțime de șopârle care își schimbau și ele culoarea.

Băiețelul era așezat pe pământ, în mijlocul cercului acoperit de ierburi și de praf, și nici nu-i păsa de ruine. Nu era chiar așezat: stătea pe vine, proptit în călcâie, cu picioarele goale strânse, cu partea de sus a trupului aplecată puțin înainte. Sufla într-un flaut lung, din lemn de bambus, pe care era pirogravat un șarpe ce se răsucea în jurul tubului. Sufla în flaut fără să se uite în stânga sau în dreapta, cu chipul indiferent, cu ochii ațintiți drept înainte. Antebrațele i se odihneau pe genunchi. I se mișcau doar mâinile. Degetele maronii, cu unghii murdare, se ridicau și se lăsau în jos cu repeziciune, fără să-și schimbe locul. Flautul era îndreptat în jos, iar gura copilului îi atingea

ușor extremitatea superioară. Din când în când, băie-
țelul se oprea din cântat și trăgea adânc aer în piept.
Apoi punea gura pe muștiucul flautului, iar obrajii i
se umflau și palpitau imperceptibil. Aerul cobora prin
canalul de bambus, creând stranii noduri invizibile,
fascicule, interferențe. De-a lungul flautului era un
șir de găuri: șapte găuri pe partea de deasupra, una
pe partea dreaptă și alta dedesubt. Erau niște găuri
mici și perfect rotunde, scobite în lemn, aliniate una
după alta, minuscule puțuri cărora nu li se vedea fundul.
La capătul de jos al flautului atârna o panglică roșie.

Băiețelul cânta liniștit. Când era soare, cânta pentru
soare. Umbra lui stătea ghemuită în spate, în iarbă.

Când Hogan se apropie, se opri din cântat și-l privi.
Mâinile lui lăsară flautul spre pământ, acoperind toate
găurile. Copilul ezită o clipă și se uită la Hogan cu
ochi neîncrezători. Hogan se așeză și el în iarbă și-și
aprinse o țigară. Pe cerul albastru, norii cirocumulus
pluteau foarte sus, ca niște cristale de sare aruncate
acolo cine știe cum. Asta făcea ca soarele să se aprindă
și să se stingă neîncetat. Copilul privi spre cer ca să
vadă ce se întâmplă. Apoi nu-i mai dădu atenție lui
Hogan, ca și cum acesta n-ar fi fost decât un câine
care venise să se așeze lângă el. Își luă flautul și
începu din nou să cânte.

Numai muzica vorbea în mijlocul cercului de ruine,
acolo, în iarba prăfuită. Din flaut ieșea întotdeauna
aceeași melodie, o serie de note ascendente, o ezitare,
o nouă serie de note ascendente, o ezitare, apoi patru
sau cinci note grave, o ezitare, o serie de note descen-
dente. Însă îți dădeai seama imediat că era o melodie
nesfârșită. Nimic nu o făcea să izbucnească, nimic nu
o putea opri. Sau, mai degrabă, putea fi oprită oricând,
în mijlocul ezitării, de pildă, ori chiar în mijlocul unui
tril jos, sau, după suita aceea de trei note în semiton.
Sunetul flautului era pătrunzător, limpede, despica

aerul dens la fel de drept precum zborul unei păsări și nu se abătea niciodată din drumul lui. Și asta era ceva dificil, inaccesibil, ceva asupra căruia spiritul nu avea nici o înrâurire.

Hogan stătea ghemuit în iarbă și-l privea pe băiețelul care cânta la flaut uitându-se drept înainte. O clipă, îi veni să se ridice și să-l întrebe pe copil cum făcea să cânte astfel la flaut. Îi veni să încerce și el să sufle, să acopere cu degetele cele nouă găuri de pe tubul de bambus, așezându-și degetul mare pe gaura de dedesubt, arătătorul îndoit pe gaura din lateral, degetul mijlociu și celelalte degete ale mâinii drepte pe cele șapte găuri de deasupra. Ar mai fi fost și șarpele pirogravat, care i s-ar fi încolăcit până la buze, și panglica roșie care i s-ar fi unduit între genunchi. Însă îndată nu se mai gândi la asta și continuă să asculte și să privească.

Nu era nimeni în cercul de ierburi. De cealaltă parte a zidurilor în ruină, turiștii se plimbau și își făceau fotografii. Citeau din cărți în care era vorba despre basoreliefuri, despre dansatoarele Apsara[1], despre inventarea cinematografului. Femei înfășurate în rochii lungi vindeau sticle de răcoritoare. Bărbați scunzi și îndesați treceau fluturând vederi, oferind cioburi de pământ ars, capete de bronz, brelocuri.

Sunetul flautului sfâșia tăcerea. Urca sus de tot, cu țipete scurte și ascuțite, care vibrau puternic. Cobora repede, aluneca din notă în notă, iar cele zece degete se strângeau iar peste tub. Din când în când, degetul mare al băiețelului aluneca în jos, iar arătătorul se ridica ; atunci sunetul se frângea dintr-odată și urma un fel de geamăt, foarte îndepărtat în spațiu, un foșnet ușor de frunze, un scârțâit abia auzit. Acoperea

---

1. În hinduism, nimfe celeste de o mare frumusețe care reprezintă deopotrivă plăcerea trupească și cea spirituală (n.r.).

și gaura din lateral și scârțâitul se ascuțea, în timp ce degetele meștere eliberau zeci, sute de note în sferturi de ton, un soi de țipete de liliac, urcând, coborând, urcând din nou, străbătând câmpia cu freamătul lor stângaci. Flautul nu avea doar un singur glas. Avea mai multe, poate duzini, glasuri puternice, șuierături de locomotivă, sirene de vapor, miorlăituri de gloanțe, murmure, șfichiuituri dureroase, scârțâituri, sughițuri ori râsete, glas pentru urcat cu repeziciune sau glas pentru plutit, glas pentru a imita vocea femeilor sau glas pentru a imita vântul. Dar toate astea se făceau pur și simplu, fără stil, fără dorință de virtuozitate, fără emoție. Flautul nu voia ca noi să simțim, nu voia să fim triști. Nu răscolea sufletul și nu căuta să convingă. Era doar acolo, pur și simplu acolo, când trebuia să fie, împins de vânt și de vacarm în mijlocul tăcerii zidurilor, fără să vestească și fără să aștepte nimic. Notele veneau și plecau, mereu aceleași, frângându-se, divizându-se, umplând spațiul care se golea imediat. Era acolo ca un fir de iarbă sau ca o șopârlă, nu mai avea voință.

Hogan asculta muzica flautului fără să îndrăznească măcar să se miște. Când își termină țigara, o strivi sub un bulgăre de pământ uscat, printre ierburi. Văzu că soarele era ceva mai jos pe cer, cu aproape zece milimetri mai jos. Văzu că norii alunecaseră spre dreapta; norii cirocumulus pluteau în aer la mai mult de 6 000 de metri. Pe pământ, copacii piperniciți aveau nevoie de apă. Mai erau câteva ziduri în ruină, abia vizibile, ceva mai departe pe pajiștea acoperită de ierburi, însă nimeni nu le mai dădea atenție. Cea care golea totul astfel era muzica înaltă a flautului. Îi smulgea lumii diferite lucruri, le dizolva încet, le făcea să dispară. Sunetul unic ieșea din cilindrul de bambus, dintre mâinile băiețelului, și colinda prin spațiu. Nu-l puteai vedea, însă înainta repede, ca o fisură, ca un firicel de apă care se prelinge.

Era poate o voce de femeie, o voce suplă și fermă, cu accente nazale, cu silabe lungi și clare, ce răsunau în tăcere. O voce de femeie oarecum nemuritoare, cu o față mobilă, cu ochi larg deschiși, cu gură și cu dinți, cu păr negru, cu piept bombat și șolduri largi. Cotropea întreg spațiul, acoperea pământul. Oriunde întorceai privirea, ea era acolo... Dănțuia în picioarele goale, desfăcea brațele, întindea degetele.

Muzica nu mai era străină. Se contopea cu fiecare lucru, țâșnea limpede din pământ, din copacii piperniciți, din zidurile vechi și surpate. Erupea necontenit din cer, se mișca împreună cu sferele norilor, năvălea odată cu lumina. Nu mai aveai nici un motiv să asculți. Să fii departe. Nu mai aveai urechi. Erai aproape, foarte aproape, erai împreună cu ea. Cântecul era lung, muzica nu avea sfârșit. Nu începuse niciodată. Era acolo, cu desăvârșire nemișcată, cu totul identică unei săgeți în aer, unei săgeți care nu zboară.

Asta spunea flautul când băiețelul ghemuit sufla și-și mișca degetele. Asta era ceea ce vedea. Notele ductile deveniseră o privire adevărată, o privire lungă a conștiinței care se odihnea asupra decorului. Se apropia și se îndepărta, se plimba pe firele de iarbă, pătrundea prin ramurile arbuștilor, prin ziduri, prin trupurile oamenilor. Privirea senină mergea până la capătul orizontului și chiar mai departe, se cufunda în cerul transparent, se alătura norilor cirocumulus la 6 000 de metri deasupra pământului, ajungea până la soare și până la stelele nevăzute, vizita toate universurile-insule care dispăreau în vid. Dintr-o singură săritură, atinsese limitele lumii reale, străbătuse ființa precum un fior. Privirea pătrunzătoare a flautului văzuse totul. Călătorise fără dificultate pe cuprinsul

inteligenței, mult mai repede decât milioane de cu-
vinte, și continua s-o facă, tot mai departe, mai departe
decât timpul, mai departe decât cunoașterea, mai de-
parte decât spirala amețitoare care sfredelea craniul
unui nebun.

Acum Hogan era departe; stătea sprijinit pe căl-
câie, pe pajiștea acoperită cu ierburi din mijlocul rui-
nelor, ca un câine la picioarele stăpânei lui; căldura
și lumina erau apăsătoare, vântul nici nu adia. Unde
se petreceau toate astea? Ce să facă de-acum înainte?
Pe cer norii plutesc leneș, copacii piperniciți au nevoie
de apă. Există oare suficiente cuvinte pentru fiecare
dintre noi? Fericirea e uriașă, fericirea cu note care
urcă și coboară, cu șuierături dulci, cu triluri stridente.
Spaima e și ea uriașă, spaima volubilă care mobilează
tăcerea. Pământul e îndepărtat, abia se vede prin
capătul greșit al telescopului. Oare ne aflăm de partea
asta ori de cealaltă a oglinzii? Păsările țipă, caii țipă,
peștii țipă, chiar și ploșnițele țipă când sug sângele,
chiar și ierburile care sunt lipsite de gură. Totul e
înghețat, totul e *nelocuit*.

Când soarele ajunse pe la ora patru și un sfert
după-amiaza, băiețelul se opri din cântat. Se ridică
fără să se uite la Hogan și se îndepărtă mergând în
picioarele goale prin iarbă. Atunci Hogan plecă. O
apucă pe un soi de șosea făcută din dale tocite, care
trecea peste un canal. Văzu o mulțime de oameni
mergând încoace și-ncolo cu aparate de fotografiat, cu
carnețele și ochelari negri. Și-i veni foarte greu să-și
amintească o parte din tot ceea ce pricepuse.

Poziția ghemuit:
în fața focului, în fața apei
să urinezi, să defechezi, să naști.
Răgaz dificil
echilibru.
Poziție care favorizează concentrarea deplină a
ființei
numai picioarele ating pământul
(în picioare – dispersie)
Poziție de zbor
poziție vigilentă
(așezat – abandon)
Națiile atente trăiesc ghemuite.
Figura încordată a bărbatului ghemuit în
țărână îi repugnă omului civilizat.
COPIL GHEMUIT ÎN FAȚA PĂMÂNTULUI
BĂRBAT GHEMUIT CARE MĂNÂNCĂ
FEMEIE GHEMUITĂ CARE SPALĂ LA RÂU

„Cei ce urmează necunoașterea pătrund într-un
întuneric orb, însă cei ce caută numai cunoașterea
pătrund într-un întuneric și mai mare."
(Isha Upanishad)

Acum, întrebarea e : unul sau mai mulți ?

Aceasta e întrebarea cea mare, unica întrebare la care poți nădăjdui să răspunzi într-o bună zi, cu toată viața ta, cu toată viața ta plină de cuvinte. Fuga mi-a ascuns lucrul ăsta. Nu l-am văzut. N-am bănuit că ar putea exista o asemenea întrebare. Nu mi-am pus decât întrebări fără importanță, întrebări care erau întotdeauna pe-alături, de genul : Există oare Dumnezeu ? Ce se întâmplă după moarte ? Lumea are oare sfârșit ? Am putea trăi fără morală ?

Erau întrebări eronate, fiindcă mi se părea evident că nu puteam să le dau un răspuns.

Erau întrebări, vibrații ale limbajului, imperfecțiuni, expuneri ale dorințelor nedomolite, exprimate prin tot ceea ce era de râvnit. Nu puteam să le dau un răspuns fiindcă, asemenea celorlalți, nu posedam mijloace reale. Limbajul m-a orbit cu minciunile lui zilnice. M-a obișnuit să gândesc în termeni expliciți, să țin seama de rațiunile lingvistice. Ce mai rămânea de spus ? Mai rămânea să constați, ca de obicei, neputința gândirii de a convinge pe deplin, de a-și impune legile în univers. Dar asta nu era nimic. Voiam să știu. Nu-mi închipuiam că puteam ieși din arena asta strâmtă că puteam privi altfel, respira altfel. Acum știu asta, adevărata întrebare e : unul sau mai mulți ?

Însă chiar în clipa în care îmi vine în minte această întrebare apăsătoare, știu că nu voi putea da un răspuns.

Că nu voi avea cuvinte pentru ea, fiindcă limbajul este unul, iar acum trebuie să conceptualizez multiplul. Nu voi avea cuvinte pentru aşa ceva. Nu voi avea decât gesturi, la nevoie, ca să aprind cu mâna dreaptă altă ţigară, ca să apăs pe butonul aparatului de fotografiat care ucide sau ca să desenez pe o foaie albă de hârtie mii de puncte negre:

Voi avea milioane de gesturi de la începutul vieţii până la sfârşit, şi poate, chiar după aceea, iar aceste milioane de gesturi îmi vor alcătui răspunsul.

Voi avea mii de scriituri, rotunjite, repezite, aplecate, răsturnate, scriituri tamile, scriituri arabe, scriituri cuneiforme. Voi avea hieroglife maya, ideograme chinezeşti din primul mileniu, caractere feniciene, etrusce, ebraice. Voi avea pictograme Kuna, tatuaje maori, pietre scrijelite din magdalenian. Graffiti-ul de pe pereţii veceurilor publice din Londra, caligramele tibetane, picturile în galben de pe feţele indienilor Peyote, afişele, semnalele luminoase din Hong Kong, inciziile păpuşilor Karaja, tablourile labirintice ale populaţiei Guarayos.

Voi avea codurile, panourile de semnalizare de pe marginea autostrăzilor, care strigă circulaţi! circulaţi!

Semnele zodiacului, runele, quipu[1]-urile, mozaicurile, tapiseriile, zmeiele, toate oscioarele, toate crucile atotputernice, toate roțile, toate giruetele, toate curcubeiele și toate calendarele solare care le-au fost de ajutor popoarelor pornite în exod ca să-și găsească drumul. Atâția oameni au mărșăluit! Atâtea picioare au călcat țărâna, atâtea trupuri au fost îngropate în pământ sau arse pe ruguri. Au fost atâtea suferințe, atâtea crime, atâtea violențe, aici și pretutindeni! Câmpurile au fost devastate, și sunt atât de întinse, că nimeni nu le vede sfârșitul. Vapoarele au colindat mările, și sunt atâtea mări!

Voi avea de asemenea milioane de trupuri pentru a încerca să răspund. Milioane de feluri de-a fi, milioane de piei de negri, de berberi, de kârgâzi, de sudanezi, de hinduși, de indieni, de metiși, de albi, de albinoși! Milioanele de vârste despărțite doar de câteva secunde, milioane de rase, de civilizații, de triburi. Ca să răspund o să am la îndemână istoria, nu *Istoria*, ci istoriile, aventurile care au traversat timpul, care au fost scrijelite pe trunchiurile copacilor și pe pereții peșterilor.

Voi avea viața țăranului Aurelius, care-și lucra pământul din Latium, în vremea lui Claudius Niger. Cea a lui James Retherford, cel care se îngrijea de cai la Canterbury, în 1604. Cea a colonistului Lipczick, care traversează în căruță preeriile din Wyoming, în anul 1861. Voi avea viața lui Habarov, ajuns în sfârșit în fața fluviului Amur. Viața lui Cuauhtetzin, mărșăluind spre soare, prin praf, în mijlocul convoiului său de sclavi încărcați cu cacao, în anul Unu al ciclului Acatl.

Voi avea și viața unui oarecare François Le Clézio, plecat cu nevasta și cu fiica spre Île-de-France, și voi scrie pe o foaie de hârtie cu litere verzi:

---

1. Sistem de înregistrare a informațiilor folosit în Imperiul Incaș ce utiliza noduri și sfori de diferite culori.

Însemnări dintr-o călătorie de la Bordeaux
în Isle-de-France
pe vaporul Curierul Indiilor
Plecare în 27 floreal anul 7
Sosire în 17 fructidor anul 7

29 floreal
Vremea fiind neguroasă, pierdutu-ne-am nădej-
dea, ne aflăm la 44°26″ & 8°12″
30 floreal
Zărit-am la ceasurile 7 dis-de-dimineaţă 2 corăbii
şi îndată făcut-am cale-ntoarsă.
la 44°33″ & 8°27″.
1 prairial anul 7
La ceasurile 3 după crucea amiezii văzut-am 2 co-
răbii plutind alături şi îndată depărtatu-ne-am.
la 44°53″ & 9°18″ longitudine
3 prairial anul 7
la ceasurile 8 de cu zori, văzut-am un bric şi,
îndată gătitu-ne-am de luptă, dar s-a depărtat
întins către 44°10″ & 11°17″
6 prairial
La ceasurile 2 din noapte, luat-am cunoştinţă
de o corabie care mergea pe drumul ei.
La ceasurile 4 şi 1/2, zărit-am 3 fregate care
s-au luat după urmele noastre şi zadarnică ne-a
fost strădania, căci la ceasurile 5 şi 1/2 aflatu-s-au
la jumătate de leghe de noi: am fost siliţi să le-
pădăm lucrurile de pe punte în apă. La ceasul

*al 7-lea, văzând că ne-au ajuns, aruncat-am în
mare 4 tunuri de fier și 6 de lemn, cu tot cu
carele lor, și alte felurite lucruri și, cu toate
grijirile, am înaintat numai puțin.*

*La ceasurile 8 și 1/4, una din fregate ne-a izbit.
Atunci făcut-am altă manevră care nu ne-a fost
de mai mult folos. Am ajuns aproape în bătaia
tunului și au tras asupră-ne; câteva boambe
căzut-au drept îndărătul nostru; în cele din urmă,
lipsiți de orice fel de mijloace, ne-am predat duș-
manului și, spre marea noastră mulțămire, du-
miritu-ne-am că erau franțuji; erau* Franchise,
Concorde & Médée, *plecate din Rochefort în 27 flo-
real, sub comanda căpitanului Landolphe. Le-am
urmat până la 41°39'' & 19°42'' longitudine.*

15 prairial anul 7
*Către ceasurile 7 ale serii, 3 pești zburători au
sărit pe punte și unul m-a plesnit mojicește peste
față la 27°11'' & 30°9''.*

17 prairial
*Către ceasurile 6 ale dimineții, zărit-am o goe-
letă care mergea cu pânzele ridicate la tribord și
ne-am luat după urmele ei.*

*Către ceasurile 11 dimineața ajungând-o, i-am
tras o salvă de tun și de îndată s-a dat prinsă,
și-a lăsat bărcile la apă și căpitanul a venit pe
puntea noastră. Doveditu-s-a a fi american, ple-
cat din Cadix, de unde ducea la Charlestown
35 de suflete, dintre care 6 capucini. Căpitanul
a binevoit să ne dea apă și ne-am despărțit la
21°48'' & 30°23''.*

26 prairial
*La ceasurile 10 ale dimineții, pe marea aproape
liniștită, după ce s-a risipit negura, văzut-am
un convoi de nave care era în fața noastră, către
N-E, cale de 2 leghe; îndată am făcut cale-ntoarsă*

cu şase vâsle de galeră, ca să ne scăpăm de o fre-
gată şi de un bric care ne hăituiau. La nămiezi,
ne-am pierdut urmele într-o urgie, dară curând
vremea s-a domolit, cu toate că încă turna cu
putere, şi le-am văzut ţinându-ne iară drumul.
La nămiezi cunoscut-am că nu au vânt şi că noi
suntem împinşi de unul venit dinspre N-V. Ridi-
cat-am pânzele şi înaintat-am cu mare hotărâre.
La ceasurile 3 şi 1/2, vremea s-a limpezit şi,
după 5 ceasuri de muncă întinsă sub arşiţă şi
sub ploaie mare, ridicat-am cu toţii vâslele înăun-
tru şi văzut-am că fregata ne-a lăsat în voie şi
s-a dus să se alăture convoiului. Numărat-am
23 de pânze : era un convoi inglezesc plecat din
Indii şi mergând către Portsmouth.

5°48" & 24°21"
26 messidor
Văzut-am un albatros, zburătoare de patru ori
mai mare ca o curcă şi având întinderea aripilor
de la opt la cincisprezece picioare : noi am prins
în cârlig unul de 10 picioare : penele lui aduc
mult cu cele de lebădă.

29°42" & 19°52"
22 spre 23 termidor
După nămiezi, a venit un vânt bun şi răcoritor
dinspre N-V. Marea era foarte umflată.

Către ceasurile 10 ale serii, am strâns terţarolele
gabierelor ; marea se umfla cumplit, vaporul fugea
din faţa urgiei cu focul mare şi gabierul mic
coborâte. Înainta cu 10, 11 şi chiar 12 noduri,
împins de vânturi şi de curenţi. Izbucneau tunete
grozave, fost-am în mai multe rânduri loviţi de
valuri.

La un ceas după miezul nopţii, ne-am pomenit
izbiţi de un val uriaş şi am fost acoperiţi de la
un capăt la celălalt ; n-a mai stat nimeni la

cârmă vreme de aproape un minut ; atunci ne-am
crezut pierduți cu totul, fără nimica, vaporul
scufundându-se din ce în ce mai mult în partea
din față ; din fericire, ușurimea lui ne avântă
curajul ; în ceea vreme, marea ne îneca odăile,
mai multe lucruri fost-au aduse de sub punte de
apa care ne-a luat și ultimul porc, pe care l-am
plâns vreo câteva zile. Găinile rămase au fost și
ele înecate, dară le-am făcut tocană în a treia zi.
Această izbitură grozavă petrecutu-s-a la tre-
cerea bancului Spadelor, la 36°3" & 24°14".
28 termidor
Vânturile sunt aproape liniștite, vremea e negu-
roasă, marea e involburată, furtună, la 34°14"
& 30°35".
Din 10 până în 15 termidor
Timp prielnic, mare frumoasă, răcoare la 21°55"
& 58°14".
16 fructidor anul 7
Zărit-am țărmurile din Isle-de-France, dară din
pricina întunerecului, am fost ținuți în loc.

Voi avea viața lui Rudy Sanchez, care stă la un bar
din material plastic și bea o bere, ascultând muzică
stridentă. Voi avea viața Lenei Børg, a lui Laurent
Dufour, a lui J. L. Quirichini, a lui Simone Chenu, a
lui Trubetzkoy, a domnului & doamnei Bongiovanni,
a lui Thanat Gojasevi. Sau chiar viața lui Hoang Trung
Thong[1] și a lui Nguyen Ngoc[2] scriind poeme pentru a
câștiga războiul. Iar uneori voi avea viața unui oarecare

---

1. Poet și om politic vietnamez, militant pentru eliberarea de
sub ocupația americană, care a trăit între anii 1925 și 1993.
2. Nguyen Ngoc Ngan (n. 1946) – scriitor și eseist vietnamez,
emigrat în Canada, gazdă a mai multor show-uri de tele-
viziune, printre care *Paris by Night*.

Yarmayan şi voi trăi într-o lume ciudată, cu lumină orbitoare, cu oraşe pline de fier şi de cristal, într-o zi, pe la mijlocul anului 10 223.

Toate astea îmi vor alcătui răspunsul, fără ca eu să-l pot vreodată cunoaşte. Iar răspunsul acesta nu va avea nici o importanţă, fiindcă nu va fi adresat nimănui altcuiva decât mie, sub forma unei scrisori tainice.

Nu mai e nevoie să ştii răspunsul. Celelalte întrebări cereau un răspuns, neîntârziat. Oricare, cu condiţia să fie alcătuit din cuvinte, dintr-un limbaj făcut din cuvinte. Te asaltau, erau avide, indiscrete. Nu aveau răbdare.

Întrebarea mea e blândă; nu cere nimic, aproape nimic. Nu impune nimic. E acolo, liniştită, rănindu-mă, săpându-şi tunel în trupul meu. O îndestulez cu gesturi şi cu timp, cu lucruri importante sau neînsemnate. O umplu de realitate. Ea e viermele care-mi devorează hrana pe măsură ce o înghit.

Întrebării mele îi place faptul că fug. Tânjeşte după mai multă mişcare, după mai multă nesiguranţă. Cu cât rătăcesc mai mult, cu atât devine mai puternică. De fiecare dată când primesc o lovitură, o simt zvârcolindu-se în adâncul meu, tremurând de plăcere. Durere, bucurie, dorinţă, ură, totul îi e pe plac. Pentru a mă împinge şi mai departe, pentru a mă face să mai uit ceva din ce-am învăţat. Din pricina ei bat mereu în RETRAGERE.

Fărâmiţând fără încetare universul până când din el nu mai rămâne decât un terci de neînţeles.

Găseşti în el măcar un gând?

Găseşti măcar o idee care să fie adevărată de la un capăt la celălalt al lumii, o idee care să rămână în picioare mai mult de o secundă?

Găseşti în el o singură idee care să nu fie legată de un obiect, ca o algă murdară de stâncă, o idee care să nu fie sortită imediat eşecului sau cloacei care o înghite cu zgomot?

Sau, mai rău încă, oare nu e totul decât minciună, cea mai grotescă, cea mai nebunească dintre minciuni, fiindcă scopul ei nu e să deghizeze realul, ci să devină una cu el, să-l reprezinte, să-l inventeze?

Există măcar o idee care să nu fie ca un fir de păr, o idee atât de însemnată şi de frumoasă că, întorcându-te pe pământ după mii de veacuri, ai recunoaşte-o într-o clipită? Există o idee pe care şi fiica mea să o înţeleagă? Există măcar o idee pe care s-o prind din zbor, într-o zi, după ce am abandonat-o?

Din pricina asta plec. Şi dacă într-o zi sunt aici şi în alta dincolo, tot din pricina asta e. Merg în toate direcţiile ca să mă eliberez de vraja blestemată care vrea să mă transforme în stâlp de sare. Cuvintele stau la pândă. După copertele cărţilor, pe faţadele caselor, în gurile femeilor şi ale copiilor, toate vor să mă ia în stăpânire. Aşteaptă momentul de neatenţie, secunda de slăbiciune în care voi înceta să le privesc în ochi: se vor năpusti asupra mea. Harpoanele lor minuscule sunt pregătite. Pentru ele sunt balena doldora de grăsime. Sforile lor puternice vor să se încolăcească în jurul braţelor şi picioarelor mele, pânzele lor de păianjen vor să-mi acopere chipul, să mă sufoce sub o mască de praf. Vor să mă îmbrace. Vor să-mi tragă pe cap cagula de lână, cu nas, ochi & gură inventate. Vor să-mi dea un nume, un cuvânt melodios, cu silabe puternice, care o să mă acopere pe de-a-ntregul. Vor să mă numesc aşa, Homme, Jeune Homme, Jeune Homme H. Toţi. Iar în adâncul meu, e adevărat, există deja loc pentru silabele astea, există deja durerea tatuajului care mi se imprimă.

Cum vor să mă numească? Vor să mă numească UNUL.

Dintr-odată, mă vor face să pătrund într-un univers solid, cu ziduri regulate, cu tavan alb, din care atârnă un bec electric, cu ferestre frumoase, fără speranță, în care totul e coerent. Acolo nu va mai exista nici spaimă, nici umilință. Nici mișcare. Nu va mai exista decât stabilitatea nemaipomenită, cumplita stabilitate a minciunii.

Dacă spun da, ce bucurie în lumină, ce orgoliu în privirile celorlalți oameni. S-au strâns cu toții în jurul meu, uriași coloși de piatră cu ochi sălbatici, și cântă în cor

A spus da, a spus da, da, da
A spus da, a spus da, da, da

Jeune Homme Hogan ieși la ora cinci. Merse prin oraș, de-a lungul unui bulevard care cobora într-o pantă ușoară. Și aici era un oraș imens, așezat într-o vale înconjurată de munți, întins pe mai multe coline. De la înălțime, se observa din când în când, printre cuburile clădirilor, un soi de baltă cenușie, alcătuită din acoperișuri și ziduri. Apoi, dacă intrai, nu se mai vedea absolut nimic. Coborai de-a lungul bulevardului în pantă, având de fiecare parte fațade de case joase, vitrine de magazine, garaje, benzinării. Mașinile urcau și coborau pe strada desfundată. Autobuze vechi și ruginite duduiau, claxonau, ticsite de ciorchini de oameni.

Tânărul mergea prin aerul greu, îmbâcsit de gaze. Cobora către cartierul sărac, fără să se grăbească, fără să privească prea mult în jurul lui. Erau mulți oameni care mergeau ca și el, bărbați scunzi și uscățivi, cu picioarele goale în sandalele japoneze, femei grase, copii, câini care adulmecau grămezile de gunoaie. La un moment dat intră într-un magazin obscur, ca să-și cumpere țigări. I se oferi un pachet gălbui, cu o imagine reprezentând un cap de femeie ce schița un surâs în fața unui câmp de orez, pe care scria :

NEW PARADISE

sau ceva de genul ăsta. Când desfăcu pachetul, își dădu seama că erau țigări americane, cu filtru la capăt. Aveau un gust ciudat, de iarbă arsă. Jeune Homme continuă să coboare bulevardul, fumând.

Soarele nu se vedea. Era ascuns după o ceață cenușie. Căldura se ridica din asfalt, ieșea din ziduri, o căldură jilavă, de motor, care-ți pătrundea în haine și-ți năclăia părul.

Bulevardul cobora în felul ăsta mai mult de un kilometru. Apoi ajungea la un pod, iar dacă treceai peste un soi de pârâiaș ca o flegmă ce se scurgea pe dedesubt, vedeai o intersecție din care plecau niște bulevarde. În față se afla cartierul săracilor, în care nu pătrundeau decât strădute strâmte, întunecoase, ce duceau până înăuntrul blocurilor de locuințe. Acolo intră Jeune Homme Hogan. De cum păși pe strădută, se simți învăluit de o stranie răcoare. Nu era una liniștitoare, ci mai degrabă una de genul unui frison de febră care i se prelingea de-a lungul spinării și care făcea să i se ridice părul de pe corp.

Străduța nu era asfaltată. Era mai curând o potecă de praf și de noroi ce șerpuia printre cocioabe de cărămizi cenușii și cuști de tablă. Pe măsură ce mergea, Jeune Homme văzu ivindu-se câteva siluete. Țâșneau brusc pe ușile deschise, forme neliniștitoare, sfrijite, care se făceau imediat nevăzute, ca niște stafii. Nu se auzea nici un zgomot, doar muzica spoturilor publicitare ce răbufnea din când în când din radiourile ascunse în fundul cocioabelor. Și pâlcurile de copii care alergau țipând de-a lungul potecii și dispăreau în curți invizibile. Jeune Homme se uita la zidurile caselor, la acoperișurile de tablă. Câteodată, o fereastră deschisă îi întorcea în treacăt imaginea neclară, unde pluteau două sau trei femei care mâncau în fața unui copil dezbrăcat, culcat pe o masă.

Sau, din fundul unei cazemate atât de albe încât părea să nu aibă acoperiș, se ivea fugar imaginea unei femei tinere, îmbrăcată într-o rochie lungă, care-și pieptăna părul negru cu gesturi largi şi leneşe, din creştet până la şolduri şi, vreme de câteva secunde, înaintând pe strǎduţă, Jeune Homme Hogan nu o mai vedea decât pe ea, părul acela atât de lung încât îi acoperea chipul şi jumătate de trup, braţul acela gol care se mişca de sus în jos, încet, grav, maiestuos.

Pe undeva printr-una din barăcile astea, sub acoperişul de tablă ondulată pe care se tărau şopârlele, o bătrână care se numea Min murea culcată într-o rână direct pe salteaua de paie.

Ceva mai departe, o femeie năştea în cotlonul ei, cu mâinile încleştate pe încheieturile surorii ei, scoţând ţipete de durere. Dar toate astea nu însemnau nimic, erau ca praful, ca pulberea rămasă din case şi pietre pe drum.

Jeune Homme Hogan coti la dreapta şi merse pe o altă strǎduţă. Făcu apoi la stânga şi dădu în altă stradă. O luă din nou la dreapta, apoi la stânga, la dreapta şi înaintea lui se deschideau mereu alte şi alte strǎduţe. Casele nu erau niciodată aceleaşi, fiecare avea câte un detaliu neînsemnat care o diferenţia, forma cărămizilor, de pildă, sau culoarea tablei ruginite sau poate aspectul mormanului de gunoaie de lângă uşă.

După o oră, Jeune Homme Hogan ajunse într-o stradă ceva mai largă decât celelalte, unde se aflau mai multe taverne. În zidurile de cărămidă, uşile erau acoperite cu perdele de pânză şi se auzeau zvonuri de muzică şi glasuri stridente. Jeune Homme trecu pe lângă intrările cârciumilor, încercând să vadă ce era înăuntru. Când ajunse la capătul străzii, zări de cealaltă parte o tavernă a cărei perdea era dată puţin la o parte. Se apropie şi aruncă o privire în interior. Dar totul era negru. Muzica mugea între ziduri, iar nişte oameni beţi zbierau. Tocmai voia să o ia din loc, când un bărbat pirpiriu, cu o cămaşă îmbibată de sudoare, îi ieși în față și îi șopti ceva la ureche. Tânărul îl urmă înăuntrul tavernei. Bărbatul îl puse să se așeze pe un scaun din fundul încăperii, în fața unei mese de fier, și-i aduse o sticlă de bere. Când ochii i se obișnuiră cu întunericul, văzu că nu era multă lume acolo. Câțiva bețivi dormeau cu capul pe masă. Niște muște enervate bâzâiau în același timp cu muzica, dar nu le puteai vedea. Jeune Homme luă un gât de bere din sticlă, ascultând muzica.

După o clipă, bărbatul pirpiriu cu cămașa îmbibată de sudoare se întoarse și-i făcu semn să-l urmeze. Jeune Homme traversă încăperea în spatele lui. Bărbatul pirpiriu deschise o ușă ce dădea spre un soi de curte unde erau ridicate câteva latrine din scânduri. Bărbatul pirpiriu se opri în partea cealaltă a curții, în fața unui hangar acoperit cu tablă, și-i făcu semn să treacă înainte. Când intră în hangar, văzu că era de fapt un fel de teatru sau de cinematograf, cu o mulțime de oameni așezați pe bănci făcute din bucăți de lăzi. Hangarul era și el cufundat într-un întuneric deplin, în afara unei estrade din lemn aflată în capătul celălalt și luminată de trei becuri electrice mari. Bărbatul pirpiriu îl conduse până la rândul al cincilea și-i arătă locul lui. Înainte de-a pleca, îi ceru câțiva dolari, pe care-i îndesă în buzunarul pantalonilor.

Hangarul răsuna de vacarmul unei muzici dogite ce ieșea dintr-un pick-up. În sală, oamenii așteptau, așezați pe bănci, vorbind, fumând canabis și bând bere la cutie. Aerul era greu și nu se simțea nici o adiere. Prin crăpăturile ferestrelor baricadate cu scânduri, lumina se strecura în raze subțiri și dănțuia în fum. Căldura era sufocantă, iar Jeune Homme Hogan simțea sudoarea izvorându-i din spate, de la subsuori, prelingându-i-se de-a lungul tâmplelor. Era mai apăsător decât dacă te-ai fi aflat la 600 de metri sub pământ, închis într-o galerie de cărbune. Aerul îi apăsa fața și ceafa, îi strivea plămânii precum un glonţ de cauciuc, îi lipea pleoapele de ochi. Era prizonierul unui coşmar fără sfârşit, era chiar mai rău decât un coşmar. Oamenii se sprijineau de bănci şi-şi ştergeau cefele cu batiste murdare. Jeune Homme vedea cum le sclipesc ochii pe feţele lucioase. Muzica urla între zidurile de cărămidă, o muzică ininteligibilă din cauza ţipetelor, în care bubuiau loviturile de tobă. În fundul hangarului, cele trei becuri electrice îşi aruncau fasciculele de lumină violentă, ce semănau cu trei picături de plumb topit plutind prin aer. Dedesubtul lor, estrada era goală. De fiecare parte a dreptunghiului alb, perdelele de pânză stăteau nemişcate. Tânărul începu să privească ţintă lumina, ca şi cum aceasta ar fi fost spectacolul promis; clipi din ochi vreme de câteva minute bune în faţa celor trei stele scânteietoare. Apoi încercă să fumeze o ţigară, dar simţi că se înăbuşă şi trebui s-o strivească imediat de pământ. Din când în când muzica se oprea şi o linişte înspăimântătoare umplea întregul hangar. Apoi cineva pe care nu-l puteai vedea punea din nou discul şi vacarmul, cu bubuiturile sale grele de tobă, o lua de la capăt.

Dintr-odată, perdeaua din dreapta estradei începu să se unduiască şi toţi ochii se întoarseră într-acolo. Muzica tună şi mai puternic, iar becurile electrice aruncară fulgere orbitoare. Perdelele se dădură în lături şi se ivi o femeie cu trup greoi. Păşi în picioarele goale pe scândurile care se îndoiau şi înaintă până în mijlocul estradei, fără să privească pe nimeni. Pe băncile improvizate din lăzi, bărbaţii se aplecară înainte, cu feţele asudate sclipind în lumină. Muzica se umflase mai-mai să plesnească, creştea fără să poată fi stăvilită. Aerul apăsa cefele, aruncând umbre de bronz pe podeaua de pământ bătătorit. Valurile de fum pluteau între zidurile de cărămidă, izbindu-se de acoperişul de tablă. Femeia stătea nemişcată pe estradă, i se vedeau trupul gros, întors din profil, rochia din bumbac înflorat, brațele durdulii, capul teșit, cu păr negru și creț. Nu se clintea. Lumina violentă a celor trei becuri electrice cădea asupra ei, scânteia pe pielea ei brună și asudată. Muzica o lovea din toate părțile, bubuituri puternice de tobă o pocneau peste cap, urlete stridente o plesneau peste florile roșii și verzi ale rochiei. Picioarele ei goale, cu degete răsfirate, erau așezate direct pe scânduri, apăsau greu. Toate astea durau ore întregi, acolo, sub pământ, în străfundurile minei de cărbune, departe de soare și de aerul curat, departe de mare și de copacii cu păsări. Toate astea durau luni întregi, asemenea unei călătorii imobile până în inima pământului, asemenea unui vis în care nu mai există nici gândire, nici dorință. Toate astea rămâneau imprimate pe retină, precum imaginea tinerei femei care își pieptăna părul lung, de culoarea antracitului, în fundul unei cazemate fără acoperiș. Bărbații o priveau pe femeia grasă, care stătea în picioare pe estradă, fără să scoată o vorbă, cu stropi de sudoare prelingându-li-se în jurul ochilor. Se holbau la rochia de bumbac cu flori roșii și verzi, care se răsucea în volute, se holbau la cele două picioare goale pe scânduri, la brațele durdulii care atârnau de-a lungul coapselor. Nu spuneau un cuvânt. Nimeni nu spunea vreun cuvânt. Muzica nu spunea nimic : își urla notele asurzitor, de parcă un morman de cărămizi s-ar fi prăbușit pe pământ. Bărbații priveau sufocându-se și ceea ce căutau era poate, pur și simplu, aer, guri mari de aer bun de respirat. În hangarul închis ermetic, totul devenise așteptare disperată, ură a timpului care nu avea să vină, ură a luminii prea albe, poate asasinat, asasinat al femeii grase și urâte, care nu voia să se miște.

Deodată totul începu să se petreacă foarte repede. Între două sau trei sclipiri ale becurilor electrice, între două sau trei perdele netede de fum, bărbații așezați pe bănci o văzură pe femeia grasă scoțându-și rochia peste cap. Muzica scârțâi, își bubui tobele, gata să ucidă. Femeia grasă se apleca în față, cu rochia de bumbac întoarsă pe dos pe cap. Se așeză în patru labe pe scânduri. Lumina îi biciuia carnea hidoasă. Pe estradă își făcu apariția un câine-lup uriaș. Înaintă chelălăind, sări pe scândurile care se încovoiau sub greutatea lui. Străbătu în fugă pata de lumină clocotitoare și lătră:

— Hau! Hau! Hau!

Iar muzica brăzdă adânc zidurile hangarului când câinele se năpusti asupra femeii în patru labe și o acoperi cu trupul lui ridicat. Imaginea obsedantă va rămâne multă vreme imprimată pe retine, chiar dacă femeia grasă s-a deja ridicat și și-a tras pe ea rochia cu flori verzi și roșii, iar bărbatul pipernicit a venit imediat să caute câinele-lup și să-l târască înapoi, către perdelele estradei. Imaginea nebuniei și a umilinței, brutalitatea luminii fulgurante, scârba de carnea jilavă și frumusețea fugară a animalului uriaș, cu mușchi puternici. Acum pe scânduri nu mai e nimic. Bărbații se ridică unii după ceilalți, încearcă să-și alunge toropeala mimând râsul. Însă în ochii lor înfundați în orbite și pe frunțile lor șiroind de sudoare stăruie acum urmele ireparabile ale unei spaime imense, de nemărturisit.

Deodată muzica a fost întreruptă. Golul a pătruns în hangar și a împins mulțimea spectatorilor spre ieșire. Țigările sunt aprinse, sticlele de bere se apleacă spre guri. Acum e aproape noapte. În sala întunecoasă a tavernei te intersectezi cu mulțimea de bărbați care se înghesuie să vadă următoarea reprezentație. Apoi mergi din nou pe străduțe, prin cartierul de maghernițe întins și părăginit. Poate că treci pe lângă casa tăcută în care Min trage să moară pe salteaua ei de paie, tușind îndelung. Poate că ai uitat tot ce știai și ești gol, gol, gol. N-ai fost niciodată atât de departe de pământ și-n același timp atât de acolo. Fiindcă nu sunt o mie de feluri de-a fi viu, nu sunt o mie de cuvinte ca să poți exprima acest lucru.

Nu mai era mare lucru de făcut acolo. Jeune Homme Hogan părăsi în grabă orașul. Era în Macao, în Manila ori poate în Taibei, în anul 1967. Dacă-mi amintesc bine.

AUTOCRITICĂ

Voiam să scriu un roman de aventuri, nu, e adevărat. Ei bine, atâta pagubă, am dat-o-n bară, asta-i tot. Aventurile mă plictisesc. Nu știu să vorbesc despre țări, nu știu să trezesc pofta de-a merge acolo. Nu sunt un bun reprezentant de vânzări. Unde sunt țările astea? Ce-a mai rămas din ele?

Pe la douăzeci de ani visam la Hong Kong. Anostul, mediocrul orășel de provincie! Pretutindeni doar prăvălii! Joncile chinezești din imaginile de pe cutiile de ciocolată mă hipnotizau. Joncile: un fel de șalupe trunchiate pe care găteau și-și spălau lenjeria gospodinele. Au televizor! Iar cascada Niagara: apă! Nu e nimic altceva decât apă! Un baraj e și mai neobișnuit. Câteodată, la bază se zărește o fisură zdravănă, așa că începi să tragi nădejde!

Când călătorești nu vezi decât hoteluri. Camere murdare, cu paturi de fier, iar pe perete, agățată într-un cui ruginit, un fel de gravură reprezentând Podul Londrei ori Turnul Eiffel.

Vezi și trenuri, o mulțime de trenuri, și aeroporturi care seamănă cu niște restaurante, și restaurante care seamănă cu niște morgi. În toate porturile lumii sunt pete de ulei și clădiri de vamă dărăpănate. Pe străzile din orașe, oamenii merg pe trotuare și mașinile se opresc la culoarea roșie a semaforului. Dacă ai ajunge uneori în țări în care femeile sunt de culoarea oțelului, iar bărbații poartă bufnițe pe creștete? Dar nu, sunt

cu toții cumsecade, poartă cravate negre, cărare pe-o
parte, sutiene și tocuri cui. În orice restaurant, când
termini de mâncat, îl chemi pe individul care mișună
printre mese și-i plătești ce i se cuvine. Sunt peste tot
țigări! Și avioane, și automobile sunt peste tot!

Voiam să fug și să ajung mai departe de mine
însumi. Voiam să merg într-o țară în care nu se vor-
bește, într-o țară în care câinii, nu oamenii cu ochelari,
scriu romane. Voiam să cunosc țări în care drumurile
se opresc singure, în care lumea e mai vastă decât
gândirea, țări cu desăvârșire noi, țări ale îndoielii, în
care poți muri fără să ți se facă rușine și fără să bage
cineva de seamă. Voiam locuri în care vâlvătaia pârjo-
lește zi și noapte, ani întregi, în care fluxul crește fără
să mai scadă vreodată, în care lacurile se golesc ca
niște lavabouri uriașe.

Voiam de asemenea să scriu, să scriu dintr-o sin-
gură întorsătură de condei, istoria emoționantă, cău-
tarea unei femei, de pildă, sau o luptă revoluționară.
Acesta ar fi adevăratul roman de aventuri și nu cutre-
murul ăsta, vânzoleala asta, cu una mai mult, în mij-
locul lumii care se clatină.

Făcusem deja planul, îl schițasem pe o foaie de
hârtie:

     Capătul lumii   POEM
     Roman de aventuri
    Hogan prigonit de oraș. Nu mai înțelege de
ce rămân oamenii toată viața în același loc.
Ce-i ține împreună pe locuitorii unui oraș?
Din ce pricină fuge? Când și-a început dru-
mul? Crimă? Rușine? Dragoste? Revoluție?
Peisajele, fluxul peisajelor. Călătorie imagi-
nară? Atunci care e diferența? Sau, mai bine:
fixă.
Obsesia de-a LOCUI. (A fi acasă, a se simți
bine...)

Vertijul mișcării: vertijul vieții. Să nu te mai oprești. Asemenea unui tren care merge, asemenea... Să fii afară. Vertijul expansiunii. Ca să umpli vidul, să fii mai mare, să fii omniprezent. Să trăiești pretutindeni. Să iubești pretutindeni. Să aparții. Apar...

Orașul a devenit insuportabil. Hogan trebuie să plece. Clădirile, podurile, drumurile, străzile, toate sunt hidoase, bucăți vechi de ziduri dărăpănate, acoperișuri surpate, lumini anemice, ochi zeflemitori, râsete indecente de hiene.

Trebuie să fugi, însă încotro?
Și cum? În spațiu, în timp.
Care va fi limita?
Cea mai mare, cea mai veche dintre căutări: cea a habitatului.
Să găsești locul care îți va ocroti pacea și care te va ține în viață.
Să mergi încet și calm spre lucruri.
Să mergi către cea mai fidelă imagine a ta.

În căutarea unui peisaj care să fie un chip. În căutarea ochilor, a nasului, a gurii unei femei (LAURE); în căutarea, da, a unui ținut care să fie un trup. America, Africa, Asia, Australia, oceanele: există oare toate astea? Oare putem măcar să le traversăm? Adio pământurilor, copacilor, chipurilor. Să abandonezi. Să te lași pradă chemării tainice care-ți cere să pleci.
Cel care pleacă astfel, nu pentru a descoperi alte locuri, nici pentru a se cunoaște mai bine pe sine, ci pur și simplu pentru a alunga ceea ce este de nesuportat în poziție verticală: ura morții.

Peisaje pustii.
Pământ înghețat sub soarele gol.
Căldură, umezeală, greutate a aerului.
Dulceața ungherelor cunoscute.
Mireasma anotimpurilor.
Vuietul mării.
Vuietul orașelor nebune.
Străzi, străzi, toate străzile.
Scriituri.
Vis de odinioară pe care nu l-am uitat, pe
care nu putem să-l uităm: depășirea liniei
orizontului.
Vertijul gestului simplu.
Către capătul lumii.
Ura singurătății cuvintelor. Cuvinte precum
cuiele, cuvinte-obișnuințe.
Înțelepciunea pământului. Limbajul locuri-
lor, itinerarele.
Sau: *drumul către soare*

Totul începe (și se sfârșește)
în alb
în albul intens   Se instaurează dialogul
al luminii care lovește   Lumea: un clocot al limbajului.
pământul și   Gurile minuscule
acoperișurile   ale obiectelor și ale
cu biciul ei   oamenilor
argintat   SITUAȚIILE
   ↓   ACȚIUNILE
Drum prin orașul
cu lumină nemiloasă   Dezorganizarea
   ↓   ↘   romanului
Să fugi   Să cauți motivul   Ruptura narațiunii
prin orice mijloc care-i mână pe Suspendarea
               oameni   poemului epic.
Câteva locuri care seamănă cu infernul: LONDRA,
NEW YORK, NEW DELHI, NISA, BANGKOK, LIMA,
MEXICO

Hogan părăseşte locul în care rămăsese până atunci.
Dar e o fugă şi pentru mine, care scriu.
Fugă de femeie. Fugă prin erotism.

→ Timpul → Spaţiul → Conştiinţa →

Şir neîntrerupt de demisii.

Conştiinţă : apelul la conştiinţă. Căutare. Adevăr în
mişcarea necontenită, în *distracţie*. Unitatea condamnă.
Plonjarea în disparitate, în căutarea *anonimului*.

↓

Fugă
goană
evadare
Arta de a întinde capcane   runaway
fugar
dezertor
evadat
avoiding
shunning
dodging
hăituire
drum
roată
cartea fugilor

Amestec de capitole romanţate
de poeme. Meditaţie liberă
(Reflecţii, note, cuvinte-cheie,
semnale, jurnal de bord)
Atenţie la tipare, la sistem !

Fascinaţie a lumii moderne : *urâţenia*. Spaima.
Brutalitatea. Frumosul. Silueta care fuge : de
la unic la duzinile de persoane, apoi la mul-
ţime, apoi la nimic.
Sau : să nu alcătuiesc nici un plan.
Să scriu după cum îmi vine.

Să alternez.

Să las să ţâşnească din mine.

Poem! Povestire! Meditaţie! Dialog!

ETC.!

Iată, în linii mari, ce voiam să fac. Abia acum conştientizez distanţa uriaşă care mă desparte de visul meu cu ochii deschişi. Văd un deşert, o câmpie învăluită în ceţuri, acolo unde ar trebui să fie un munte înalt, negru pe cerul neted. Trebuie să fiu atent. Trebuie să strivesc cu acul toţi fluturii nerozi. Nu sunt pisică, nu vreau să torc. N-o să cedez mirajelor, nu vreau să zâmbesc. De ce nu dau niciodată nume locurilor sau oamenilor? De ce îmi e frică?

Sistemul, sistemul infect e acolo şi mă pândeşte. Vrea să mă facă să îngenunchez sau să ridic pumnul. Vrea să mă înveţe să posed case şi maşini, ca să nu mai vorbesc de femei. Nu vreau nimic. Nu am nimic. Aşa că vrea să mă înveţe cu lipsurile. Atenţie la stil, la cuvintele care sună bine, la frumoasele imagini-şoc, dar aici nu e vorba despre ciocnirea din două scutere! Atenţie la metafizică, la simboluri, la psihologie! Sunt atâtea lucruri de spus, lucruri frumoase, idioate, nesfârşite! Aş vrea să scriu o mie de ani. Atenţie la privirea care începe să se înduplece. Dacă se destinde, dacă se opreşte, fie şi o secundă, totul se va duce pe apa sâmbetei. Lumea o va privi *pe ea*.

Nu vă urăsc. Vreau doar să vă înţeleg. Nu vreau să descopăr adevărul. Vreau să vă spun, pur şi simplu, că nu sunteţi morţi, nu, nu. Dacă, pentru a mă opri din fugă, ar fi de-ajuns să merg până în Tombuctu, aş pleca imediat. Dacă, pentru a mă opri din fugă, a mea şi a voastră, ar fi de-ajuns să vă dau fotografia de pe cartea de identitate, v-aş trimite-o bucuros, aş arunca-o din avion în milioane de exemplare.

Biet scriitoraş, biet scriitoraş care trăieşte totul pe pielea lui,

spun toate astea doar ca să mă răzbun!

Ceva așteaptă.
Ceva se află acolo, ascuns în spatele tapetului,
nu se vede, nu se știe ce,
Nici de unde, nici din ce pricină, ci doar că
AȘTEAPTĂ.
Ceva se află acolo, în întuneric.
În tăcere, ca și cum peste tot s-ar lăsa mereu o
noapte eternă.
Pe suprafața plată a mesei,
În albul hârtiei albe care se murdărește,
În apă, în susurul apei,
în freamătul aerului,
ceva așteaptă.
Nimic, bineînțeles.
Nimic, doar golul dintotdeauna, cu alunecarea
sa tăcută,
aripa frântă a golului.
Nu e nimic dincolo de tapet.
Eu sunt cel care așteaptă.

Cel care fuge nu știe de ce fuge. Cândva, în urma
lui, era monstrul acela cu dinți de oțel, care voia să-l
devoreze, însă și pe el l-a dat uitării. Acum aleargă cu
răsuflarea tăiată, cu genunchii izbindu-se unul de ce-
lălalt, cu pântecul mistuit de spaimă. Cel care fuge nu
are timp nici să fumeze, nici să râdă. Alunecă de-a lun-
gul căii ferate întinse, merge, coboară poate. Vântul îi

şuieră pe la urechi ca şfichiul unui bici, vântul îi intră în nări şi îi năvăleşte în plămâni. Vântul fugii. Dacă zidul de aer mişcător trece peste cuburile caselor, înseamnă că oraşul întreg a luat-o la fugă. Dacă pe bălţile cu apă stătută se iscă valuri imperceptibile, înseamnă că apa nici nu mai e acolo.

Războaiele dau naştere unor stranii curenţi de aer care mărută câmpurile crăpate, de unde se înalţă fuioare de fum negru. Războaiele sunt sufluri care pulverizează trupurile oamenilor. Când jăraticul luminează orizontul, jăraticul roşu şi galben, vântul începe să bată; mai întâi încet, apoi din ce în ce mai repede, din ce în ce mai puternic, până ce nu mai rămâne în picioare nici un copac, nici un acoperiş, nici un animal.

Vântul s-a ridicat din străfundurile fiinţei mele. A ţâşnit prin gaura neagră pe care o am în partea din spate a capului. Vântul îngheţat şi dogoritor, vântul de nisip roşu care iluminează pereţii camerei mele, vântul uscat, vântul tăios care bate, bate fără să se oprească vreodată. Iată-l venind, poate prin canalul adânc al gâtlejului meu. O să măture totul. O să distrugă barierele pe care le port înlăuntrul meu, ici şi colo, ca pe nişte franjuri de fanoare. O să facă aici tot ce va vrea, vântul ăsta mai puternic decât mine. În capul meu, tigvă goală care se bălăbăneşte pe suportul ei de carne, o să se răsucească foarte repede, iar axul titirezului său invizibil o să sape un puţ în mijlocul vieţii mele.

Cel care fuge este vântul, dar el nu ştie asta. Cel care pluteşte pe aripile lui întinse este pasărea vântului, uliul înnebunit de nemişcare în mijlocul vitezei, conştiinţa fixă, smulsă cu furie din rădăcini de suflul conştiinţei mobile.

Să fugi. Să-ţi arunci trupul înainte, pentru ca el să deschidă uşile, să se lepede de propria lui greutate.

Cerneala e neagră. Aerul e tare, atât de tare că-ți trebuie un ciocan ca să poți respira. Prin vene îți curg grăunțe de piatră compacte.

E gândul meu, toate astea sunt gândurile mele care aleargă. Și-au săpat pe undeva hăul și-acum totul îmi cere să mă prăbușesc.

Nu e niciodată liniște.

Albul e negru, iar gâtlejul imens stă căscat, gata de infamul spasm al deglutiției.

Hăul așteaptă, și-a întredeschis laringele cu pliuri roșietice. Foc care mistuie, apă care îneacă, țărână care pătrunde prin nări și prin gură și care înăbușă.

Spaima e un astru negru ce se înalță pe cerul nopții.

Laț de lână,

ispită a morții, ruptură,

ușă care se deschide încet spre aerul tare.

Plec.

PLEC.

Las în urmă spațiul cunoscut, înaintez în rețeaua de orașe, printre trunchiurile dese ale pădurii de metal. Și știu, știu, știu bine : N-O SĂ AJUNG NICIODATĂ LA CAPĂT !

Nu ajungi la munți.

Nu atingi cerul gol.

Nu guști niciodată soarele.

Nu trăiești niciodată, nu trăiești niciodată la mai mult de doi centimetri de pielea ta.

Închisoare letală, sac, lanț fără nume al numelui meu necunoscut, jug al umerilor și mască a chipului meu,

de voi fug,

pe voi vă regăsesc întotdeauna în milioanele de oglinzi aburite care se ridică în frunzișul copacilor.

Vai, regăsesc întotdeauna ceea ce pierd.

La capătul kilometrilor pe secundă, la capătul lumii, de cealaltă parte a Mekongului nămolos, iată-mă stând în picioare, ca un imbecil, și AȘTEPTÂNDU-MĂ !!!

ITINERAR

de la Tokio la Moscova
via Yokohama, Nahodka, Habarovsk, Irkutsk,
Celiabinsk

Fuga de realitate, dar întotdeauna și fuga de vis. Gata cu imaginația. Gata cu delirul. Fapte acum, nume, locuri, cifre. Hărți. Spiritul drept și limpede, cel pe care nu-l avem decât puțină vreme în viață, spiritul crud de dinaintea morții. Scrisuri citețe, note aruncate la întâmplare. Cuvinte care înseamnă ceva. Toate cuvintele care stârnesc teamă, cele pe care nu îndrăznești să le așterni pe hârtie. Cuvintele pentru care s-au inventat simbolurile, tainele, adjectivele: dorință, sex, foame, rău, desfătare, spaimă, boală, sărăcie, ger, dragoste, crimă, frumusețe, aer, mare, soare. Cuvintele care luminează, cuvintele care sclipesc în tăcere, care sunt înghețate, care sunt incandescente, îndepărtate precum stelele și pe care nu le poți vedea. Singurele cuvinte adevărate. Singurele certitudini. Cuvintele acestea puternice, cuvintele care sunt lansate către viitor și care zboară ca niște proiectile ascuțite. Ca să ajungi la cuvintele astea trebuie să fugi de lumea cealaltă. Trebuie să distrugi spirala cenușie care-ți urcă înăuntrul trupului. Și car face să ți se clatine capul cu ochi morţi. Trebuie să alungi somnul. Să fii tot timpul treaz, gata de luptă, cu muşchii încordaţi, cu mintea limpede. Oare câtă vreme voi mai fugi? Câtă vreme voi mai fi sălbatic? Veniţi la mine, cuvinte-harpon, cuvinte nemiloase, săriţi pe balena greoaie şi lipicioasă. Veniţi la mine, cuvinte-revolver. Vă strâng în mâini şi ucid tot ce se-apropie. Cuvinte de oţel, cuvinte de sticlă, cuvinte de bachelită neagră. Limbaj care se avântă drept în mijlocul urgiilor de cercuri.

CONDIŢII DE TRAFIC

Republica Populară Chineză este uşor accesibilă pe cale aeriană sau pe cale ferată de la Moscova, Pyongyang, Ulan Bator, Hanoi până la Beijing. Serviciile companiei Pakistan International Airlines, cu zboruri directe de la Karachi şi Dhākā spre Shanghai şi Canton. Compania Garuda Indonesian Airways, cu zboruri între Canton, Pnom Penh şi Djakarta. Servicii feroviare între Hong Kong şi interiorul Chinei.
Călătoriile cu maşina sau cu motocicleta nu sunt posibile până în acest moment.

TARIFE PE CĂILE FERATE (Călătorie simplă) – în yuani

Serviciu internaţional

	Vagon de dormit de lux	Cuşetă cl. I	Cuşetă cl. a II-a
Beijing – Moscova			
(via Manzhouli)	144,50	128,20	90,90
(via Erlian)	149,50	133,00	94,30
Beijing – Hanoi		55,50	38,00
Beijing – Ulan Bator	51,00	45,20	32,10
Beijing – Pyongyang		37,60	26,70

Serviciu naţional

	Scaun sau cuşetă
Shumchun – Canton	3,50
Canton – Shanghai	91,50
Canton – Wuhan	67,40
Canton – Beijing	116,90
Canton – Hangzhou	85,10
Shanghai – Hangzhou	6,50
Shanghai – Nanking	11,50
Beijing – Wuhan	71,80
Beijing – Shanghai	83,20
Beijing – Tianjin	5,30
Beijing – Nanking	69,60

Hoteluri

Beijing	Hotel Hsinchiao, Hotel Chienmen, Hotel Pacea
Tianjin	Grand Hotel Tianjin
Shanghai	Hotel Pacea, Overseas Chinese Hotel
Canton	Hotel Aichun, Hotel Yang Chen
Wuhan	Hotel Shuankong, Hotel Shengli, Hotel Kianghan
Hangzhou	Hotel Hangzhou
Souzhou	Hotel Souzhou
Nanchang	Hotel Lake Tai
Zhengzhou	Hotel Zhengzhou
Loyang	Hotel Yuyi

De la Lok Ma Chau, drumul înaintează printre mlaştini, cerul e cenuşiu, dealurile nici nu se clintesc. Cârdurile de raţe înoată prin bălţile orezăriilor. Pământul e brăzdat de riduri fine, copacii sunt foarte înalţi, foarte negri. În vagoanele de metal, ţăranii aşezaţi pe bănci de lemn fumează uitându-se drept în faţă. Femeile au frunţi bombate, vorbesc stând în picioare dinaintea câmpurilor, sunt departe, abia se văd.

Iar apoi, iată un alt oraş de metal şi sticlă, de partea cealaltă a oceanului. Un oraş mai mare decât un lac, care se extinde, care-şi deschide străzile, care-şi înşiră blocurile, turnurile, milioanele de locuitori. Bulevardele sunt veşnice; maşinile rulează veşnic pe ele. Podurile se arcuiesc peste străzi, însă nimic nu se schimbă. Furnicile înaintează pe drumul lor prin aeroport. Fiecare merge cu fruntea sus, iar înăuntru se aude ordinul secret, invincibil, venit din străfundurile spaţiului: Circulaţi! Mergeţi! Striviţi! Înmulţiţi-vă! Fiţi acolo! Sunt cuvinte care nu se aud, dar care sunt prezente pretutindeni. Pe scările rulante urcă şiruri de oameni, cutii de conserve. Trei muncitori îmbrăcaţi în alb şterg pardoseala de marmură albă, cu frenezie, cu calm. Au primit şi ei ordin şi nu se opresc niciodată. Franjurile moi ale mopurilor înghit praful, se strâng şi se desfac, alunecă pe marmura albă. Sunt aici şi apoi nu mai sunt. Ce să fac aici? Nu mai am destule cuvinte să spun tot ce e curat, rapid, extraordinar de adevărat în cetăţile omeneşti. Vreau să spun gheaţă, fulger, neon, masă plastică roşie, masă plastică albă, semnale, glasuri electrice, mişcări aproape neauzite ale pneurilor!

> Maşini splendide,
> Trupuri de oţel, sfere, şuruburi,
> Pompe care lovesc
> Ulei, pretutindeni ulei!
> Omul e un zgomot minuscul.
> Să acţionezi nu înseamnă nimic
> Trebuie să fii aici.
> Ajunge
> Ajung atâtea strigăte
> Ajung atâtea sentimente şi atâtea mărturisiri
> E indecent.

Să nu mai auzim niciodată vorbindu-se de lacrimi.
Maşinăriile sunt frumoase şi fidele,
Nu au nici o durere.
Au vieţi tihnite ca ale copacilor
Vieţi de apă şi piatră.
Nu se prăbuşesc niciodată.
Omul care aşteaptă cu
    religiile lui
    dorinţele lui
    romanele lui
    poemele lui
    ariile lui de operă
    ţigările lui
Flecar nenorocit, lăudăros mediocru
Omul care nu a avut niciodată ideile jaguarilor
şi nici măcar colţii maimuţelor
Care fără să se gândească a făcut maşinăriile de
metal lucios
cu gesturi largi şi meticuloase
Zei în sfârşit vii, ridicaţi pe soclurile lor,
Pe care trebuie să-i venerezi, ţi se spune, trebuie
să-i venerezi!

Nişte bărbaţi se luptă în subteranele Universităţii.
Şi-au îmbrăcat tunicile largi şi plastroanele de piele.
Pe capete şi-au pus măşti de fier cu orificii pentru
ochi. S-au aşezat pe jos în încăperea largă, cu ziduri
îngheţate. Apoi, doi dintre ei s-au ridicat. Merg în vâr-
furile picioarelor, înaintează unul spre celălalt. Ridică
braţul drept şi, la capătul lui, fiecare are o sabie falsă,
din şipci de lemn. Când ajung faţă în faţă, se opresc,
ţinând sabia deasupra capului. Apoi, dintr-odată co-
boară braţul şi lovesc, scoţând un strigăt sălbatic. Sabia
izbeşte capul, umărul, atinge mâna, se înalţă şi coboară
din nou. Urletele sălbatice răsună în încăperea sub-
terană. Deodată, la fel de brusc cum a început, lupta

încetează. Cei doi bărbați se retrag, își desfac plastroanele și-și dau jos măștile. Se duc să se ghemuiască lângă zid. Alți doi se ridică, își strâng centurile, își prind armurile de piele și se apropie unul de celălalt, alunecând pe vârfurile picioarelor goale. Își flutură săbiile. Când totul se sfîrșește, bărbații își pun din nou costumele cenușii și cravatele. Ies pe străzile orașului. Au chipuri ca niște pumni.

Pe strada în pantă, prin soare, merg trei tineri. Își croiesc drum prin mulțimea care se dă la o parte. Sunt îmbrăcați în halate albe, cu mâneci largi, încinse cu un fel de centură neagră. Fețele lor netede sunt măști violente. Doar ochii li se mișcă pe sub sprâncenele negre și subțiri.

În capătul unui șir de trepte, se află o încăpere spațioasă. La lăsarea nopții e iluminată de sute de tuburi de neon paralele. În holul acesta imens, bărbați și femei stau în picioare în fața unor mașinării agățate de pereți. Se uită pe geam la micile sfere de oțel care saltă printr-un labirint de piroane, care coboară dansând, urmând un drum ce nu e niciodată același. Manivelele cu arcuri trosnesc, iar micile sfere de oțel se rostogolesc fără încetare în sutele de mașinării. Foarte repede, fără să piardă o secundă, micile sfere sar, cad din nou, se izbesc, dispar, iar chipurile bărbaților și ale femeilor, în timp ce se uită, cu ochii lor în formă de sfere de oțel, la mașinăriile scuturate de zvâcnete, au o expresie înghețată, de seriozitate, de durere sau de nebunie.

În noaptea tot mai neagră, în mijlocul orașului s-a ridicat un turn uriaș. În vârful turnului se află o roată uriașă care se învârte. Dar e o roată cu ferestre, fiindcă acolo mii de oameni stau jos și beau, uitându-se la orașul care se perindă prin fața lor.

Fuga e precisă. Nu se înșală niciodată. Dacă respinge ceva, e pentru totdeauna. Dar dacă pune mâna pe ceva, îl păstrează într-o zonă a inimii, îl preschimbă în sânge şi-n limfă, se hrăneşte cu el.

Trecem pe deasupra lucrurilor, într-un vis matematic. Enumerăm uşile, toate uşile pe care nu le vom deschide. Casele cu pereţi de hârtie stau nemişcate lângă grădinile lor. Ceaiul verde, vâscos, clocoteşte în boluri mici. Apoi trece de la o gură la alta – şi asta e tot o fugă. Templele de lemn stau nemişcate la marginea mlaştinilor, podelele reci frig picioarele desculţe. Într-acolo fugim de la începutul veacurilor, gonind pe animale rapide sau despicând marea cu bărci de piatră. Gesturile persistă vechile gesturi fără noimă, loviturile grele ale gongurilor, zmeiele, măştile groteşti, luptele sacre, serpentinele, reverenţele amânate. Nu cumva lumea e cu adevărat goală, nu cumva lumea e găunoasă, doar un munte imens, străbătut de galerii fără sfârşit? Milioane de oameni intră în clădirile uriaşe de ciment. Cohorte întregi merg prin labirinturile tejghelelor, în lumina ceţoasă. Pe străzi, maşinile gonesc prin ploaie şi nimeni nu ştie încotro se îndreaptă. Nu cumva, într-o zi, s-a dat o luptă? Nu cumva o să vină altă zi la fel ca aceea, în care fulgerul o să cadă peste furnicar, în care o să-şi sape vulcanul în noroi şi în carne, în care o să arunce-n aer umbrele şi zidurile de cărămidă? Duritate, uscăciune fără milă ce stă la pândă pretutindeni! Viermuială de insecte, maxilare devoratoare care vor mistui carcasa marelui animal până la os! Sunt cu adevărat aici, eu sunt cel care traversează deşertul ăsta înţesat de camere? Sunt aici, apoi în altă parte, apoi din nou aici. Trebuie să-mi amintesc: am aruncat pietre. Mi-am luat propriile puncte de reper, mi-am făcut propriile crestături în trunchiurile copacilor. Am fotografiat: un chip de femeie, o maşină mică şi roşie care rulează pe autostradă, un templu atât de frumos că pare ireal, un restaurant în care sunt tăiate capetele peștilor, o poartă grea de piatră, de care e atârnat un felinar de hârtie mare cât un montgolfier. Am înregistrat: cuvinte sonore, cuvinte care vin și se duc, cuvinte care spun Ga Ga akarí no mawarí wo tondè irú. Kakitáku nái nára. Sakaná to góhan wo tabemáshĭta. Taihen arigato gozaimásu. Dō itashimáshite.

Pe strada largă, căreia nu i se vede capătul, pâlcuri de oameni îmbrăcați în salopete din vinil negru trec pe motociclete rapide. Nu sunt decât niște simpli aventurieri.

Pe drumul lui de fier, care merge drept până la orizont, trenul Lumina străpunge zidul aerului. Cu 275 de kilometri pe oră, alunecă peste cuburile caselor, peste fluviile drumurilor. Gonește fără odihnă, lasă în urmă milioane de oameni, iar botul lui alb și roșu se izbește de rafalele de vânt. În vagon e poate cineva pe care-l cheamă Hogan, cineva așezat pe scaunele de plastic, cineva care privește prin geamul securizat cum un soi de vulcan străpunge norii. Și ăsta e un drum care trebuie făcut, o mișcare în plus, ca să fii întotdeauna ceva mai departe, ceva mai puțin cunoscut. La capătul drumului de fier, vor fi altă gară și alte străzi. Poate un chip de femeie, cu plete lungi și negre ce seamănă cu algele, cu frunte bombată, cu ochi înguști, cu gura închisă; o să aștepte fără să scoată o vorbă și va fi ca și cum ar sta acolo de secole, în picioare pe peronul rece al gării. Vor fi și grădini, și bazine cu apă înghețată, turnuri de lemn maro, case întotdeauna identice. Fuga nu ține seama de ore și nici nu doarme vreodată. Când se lasă noaptea, continuă în vis, iar când răsare soarele, ești mai departe, puțin mai departe.

Popor mascat! Nu-i aparțin. Fețe inteligente! Eu n-am decât o mutră de bestie, greoaie și ticăloasă, cu ochi rotunzi. Nara, Tokio, Mishima, insule ce plutesc abandonate. Teatre de lemn, bâlciuri unde soldaţii orbi cer de pomană, muzici revulsive, violenţă, inteligenţă a grădinilor sculptate, unde copacii sunt rând pe rând înalţi şi pitici pentru a rupe monotonia. Toate lucrurile care plutesc pe ocean, care se roagă, strigă, îşi ridică stâlpii spre cerul cenuşiu. Nu cumva, din întâmplare, pământul e pustiu? Nu cumva avioanele zboară degeaba, nu cumva trenurile sunt nişte obuze, doar nişte obuze, nu cumva autostrăzile şi tunelele metroului îşi plimbă ciorchinii anonimi într-un cerc etern? Nu am cuvinte, nu am semne ca să spun ce ştiu. Viitorul e deja aici, în locul acesta, a coborât deja pe pământ. Şi-a schiţat planul. Sunt pregătit, pe deplin pregătit.

E-adevărat, toate drumurile duc la grădina de piatră. Şi totuşi, nu poate fi grădina înţelepciunii. E cea a nebuniei. Microcosmosurile, planurile nu eliberează gândirea omenească; o fac să se rotească într-un vârtej epuizant, o înnebunesc cu incintele lor mult prea vizibile. Pe oceanul de nisip cu valuri regulate, plutesc treisprezece stânci. Închisă în cuşca ale cărei ziduri sunt oglinzi, conştiinţa nu încetează să străbată spaţiul. Dar ceea ce întâlneşte în cale este această închidere, această voinţă umană, acest limbaj. Ar vrea atât de mult să iasă, ar vrea atât de mult să fugă pe câmpiile infinite. Însă e imposibil. Organizarea nu înseamnă pace. Ci un război împotriva altei organizări, cea a haosului, a furnicarului, a urii. Luna e simbolul infernului, fiindcă ne dezvăluie locul lumii noastre în univers. Stelele sunt puţuri de răzbunare, fiindcă sunt semnalele neputinţei. Nu vreau să mai văd pământul. Nu mai vreau să cunosc planul istoriei. Nu mai vreau să stau aplecat asupra propriului meu chip şi nici să recunosc vechea sferă a gândirii unde toate lucrurile sunt prizoniere. Nu mai vreau nici măcar să-mi imaginez acest minuscul deşert suspendat între cei patru pereți ai săi ; dacă mă voi gândi la el o voi face așa cum ar face-o un melc sau un gândac. Vreau să străbat, să colind întreg pământul ăsta fără chip, să mă lovesc de obstacole, să sângerez deasupra pietrelor tăioase, să dispar în prăpăstiile adânci, să urc culmi de neimaginat. Să nu mi se mai arate liniștea asta, lumina asta înghețată, aventura asta curmată în plin zbor. Blestemată grădină a conștiinței ! Cum aș putea să mai stau cu fața spre ea, când nu pot nici măcar să privesc un măr sau o masă fără ca imediat să zăresc prăpastia vidului ? Grădină pe care o cunosc atât de bine, pe care o iubesc, ale cărei dulceață și bunătate îmi pătrund în trup prin nenumăratele mele răni. Nu, nu, călătoriile nu se opresc aici, e cu neputință. Călătoriile merg mai departe, tot mai departe. Merg prin negură, dispar și sunt mai multe chipuri de femei decât fire de nisip ! Urăsc absolutul. Urăsc meditația. Îi urăsc pe asceții conștiinței. Urăsc adevărurile cucerite despre infern. Urăsc înțelepciunea. Vă voi spune ce-ar fi bine : să ai o motocicletă și să gonești pe străzi cu 220 de kilometri la oră.

Viața unui copac
(1914-1966)

1914   S-a născut copacul (pin-umbrelă).

1919   Copacul crește cu repeziciune. Ploaie și soare din abundență primăvara și vara. Inelele sunt largi, regulate.

1924   La vârsta de zece ani, ceva lovește copacul, făcându-l să se îndoaie (o alunecare de teren ? Prăbușirea unui copac din preajmă ?). Inelele sunt acum mai largi în partea de jos, fiindcă s-a produs *o reacție lemnoasă*, care să ajute copacul să susțină greutatea.

1934 Copacul creşte din nou drept; dar copacii din preajmă cresc şi ei, iar frunzele şi rădăcinile lor îi răpesc o parte din soare şi din apă. Inelele sunt mai strânse.

1937 Copacii din jur sunt tăiaţi. Cei mai mari dintre ei sunt îndepărtaţi, iar hrana şi soarele sunt din nou suficiente. Copacul creşte repede.

1940 Un incendiu devastează pădurea. Din fericire, copacul nu este decât uşor atins. În fiecare an, un strat nou va acoperi cicatricea arsurii.

1957 O nouă serie de inele strânse, cauzate probabil de o insectă precum larva de *pamphilus*. Aceasta se hrăneşte cu frunzele şi mugurii multor conifere.

1966 Moartea copacului, la vârsta de cincizeci şi doi de ani, tăiat de un ferăstrău electric.

Gata cu mine! Despre el, despre sinele meu devenit prieten vreau să vorbesc acum. E acolo. A fugit. A mers înaintea crimelor, privirilor, războaielor. A trăit în toate locurile astea prin care trecem în grabă, culoarele aeroporturilor, sălile de bal, hotelurile, vapoarele, plutele, barurile din moleschin şi zinc. A fost în toate locurile astea abandonate. A fumat multe foiţe de ţigară. A băut toate apele, berile, rachiurile din orez. De ce-a făcut asta? Cu ce s-a ales?

Nu s-a ales. Nu s-a ales cu nimic.

Vaporul vopsit în alb se îndepărtează de Yokohama. La prora sa scrie, cu caractere chirilice, BAIKAL. E un cuvânt care pluteşte pe mare, un cuvânt care alunecă de la un pământ la altul. De ce poartă numele ăsta? Pe suprafaţa când cenuşie, când albastră pe care se întrec valurile se zăresc toate numele astea ce traversează anevoie. ORSOVA, LILY OF THE LAGUNA,

KISTNA, VIETNAM, EL NAVIGANTE, PROVIDENCE, CATAMARAN. Etravele sunt înalte, lovesc valurile şi sparg gheţurile. Nu există niciodată destulă mare pentru feţele ascuţite ale vapoarelor. Munţii de apă vin de la capătul orizontului, învăluiţi în neguri şi se sparg de etrave. Câteodată, la prova e sculptată în lemn o siluetă feminină care priveşte drept înainte. Asta înseamnă că există o luptă al cărei deznodământ nu-l cunoaşte nimeni. Cocile de metal ruginit acoperite de alge şi de paraziţi urmează drumul etravelor, se prăbuşesc în şiruri întregi de hăuri, urcă şiruri întregi de talazuri. Apa e dură, plină de bule. Striveşte pereţii de fier, se retrage, se sparge, alunecă scrâşnind. Vrea să pătrundă, să devoreze, să mistuie totul cu gura ei larg deschisă. Vântul bate cu o sută de kilometri pe oră. Negura se destramă. El se află în cutia ermetică, podeaua de lemn îl poartă pe deasupra mării. Nu e de necrezut? Nu e o aventură, o adevărată aventură a maşinăriei şi a abisului morţii?

Marea e întinsă. De zile întregi se sparge de etravă. Aplecat peste parapet vede ţâşnind din elice turbioanele, găurile negre, petele uleioase şi alunecoase, spuma murdară, vârtejurile sparte. Orizontul e rotunjit, lumea nu mai e decât o imensă picătură umflată sub ceruri. În cabinele sufocante femeile dorm înfăşurate în pături. În încăperile care se leagănă, bărbaţii vorbesc, beau, joacă şah. Trei bărbaţi stau aşezaţi lângă un hublou şi-şi fumează ţigările.

— Nu, nu comunismul, ci...

— Ştii, traiul îndestulat nu e absolut necesar.

— Guvernul nostru vrea să se ocupe mai întâi de lucrurile necesare, după aceea, ei bine, după aceea o să se gândească şi la maşini, şi la confortul individual.

— Poate că e o greşeală...

— De ce?

— De aia, de aia. Chiar nu-ţi dai seama ce reprezintă ideea de revoluţie. În clipa asta e un miracol pentru noi dacă ţara dumitale începe să facă precum celelalte, ştii la ce mă refer, minoritatea instruită care munceşte ca să aibă căsuţa ei, maşinuţa ei, micile ei vacanţe.

— Vezi lucrurile ca un intelectual.

— Da, bineînţeles, cum aş putea să fac altfel? Mai întâi trebuie să elimini ideea de proprietate. Lucrul extraordinar la o revoluţie este că vrea să-i facă pe oameni să trăiască pentru altceva decât pentru a câştiga bani, să conceapă viaţa altfel decât în termeni de băcănie: să câştigi, să cheltui.

— Dar nu cu preţul libertăţii?

— Întotdeauna e vorba de acelaşi lucru. Libertatea Occidentului e alcătuită în funcţie de mica proprietate. Să ai o maşinuţă sau să ai o idee e cam acelaşi lucru.

— Crezi asta şi despre artă?

— Bineînţeles. Nu-ţi dai seama, dar ce trăieşti acum e poate singura aventură posibilă, singura aventură modernă. Libertatea. Însă întotdeauna pentru o minoritate. În Occident oamenii cred că sunt liberi doar fiindcă pot să ridice statui din pixuri topite sau să scrie romane în care e vorba despre incesturi. Dar cum poţi să fii liber când există oameni care mor de foame pe lângă palate, când există oameni care muncesc precum sclavii în uzine şi care descojesc castane douăsprezece ceasuri pe zi pentru echivalentul unui pahar de bere, oameni analfabeţi, oameni bolnavi, oameni care se războiesc? După toate astea, e adevărat, eu, eu am dreptul să strig trăiască regele sau jos comuniştii, dar la ce-ar folosi?

— Ştii, se fac încă multe greşeli în ţara mea...

— Poate că da, însă e o aventură.

— Când se va sfârşi cu ideea de politică...

— Cu ideea de proprietate...

Etc.

Ar fi multe dialoguri de genul ăsta în sicriul de metal ce plutește pe mare.

Apoi s-ar stârni furtuna. Ar începe fără veste, cu un scârțâit de vioară și câteva lovituri de gong. Un glas strident de femeie sau de copil s-ar apuca să cânte în salon, undeva la prora vaporului. Așa ar fi, chiar așa : vântul ridică mase grele de valuri care se sparg de prova navei. Valurile șterg cuvintele și le împing în întuneric. Podeaua se ridică dintr-odată și ceva dispare înlăuntrul trupului. Muzica violentă ba crește, ba scade, iar tobele gem. Pereții de metal scârțâie, paharele se rostogolesc pe mese, se sparg. Marea e o turmă de elefanți care-și croiește drum peste câmpie. Ne-am pierdut echilibrul. Am fost răsuciți, zdrobiți, împinși, loviți, sfărâmați. Ne-am aruncat în paturile tari, care vor să se lepede de povară. Ne-am cățărat de-a lungul culoarelor nebunești, ne-am agățat de tot ce era de fier și ne putea ajuta să ieșim la suprafață. Violența și-a trimis vântul să asalteze vaporul, vântul ei care mătură totul. Valurile și-au săpat pâlniile de furie și și-au înălțat meterezele. Elicea lovește în gol, zdruncinându-se puternic. E atâta mânie aici că zece milioane de războaie n-ar fi de-ajuns ca s-o epuizeze. E atâta deznădejde, atâta frumusețe, iar noi plutim pe ele. Mare! Mare! Titan în acțiune! Himalaya de apă !... Totul este mare : cerul, apa, vântul și cutia asta de conservă în care sunt închiși oamenii. Totul a fost preschimbat în vîrtejuri întunecate, dune de nepătruns care înaintează, în mugete și suspine. Muzica asurzitoare ține ore, zile, nopți întregi. Nu vrea nici un țărm, nu vrea niciodată vreun țărm. Nu vrea decât imensitatea aceasta lichidă, animalul ăsta fără margini care se înverșunează. Își întinde miriadele de tentacule, vrea să mistuie totul. Marea, bazin de sânge clocotitor, marea care înghite totul! Adevărata piele a pământului, adevărata sa față. Tăbăcită, mișcătoare, cu zbârcituri uriașe care freamătă, cu nenumărate guri și nenumărați ochi. Nu mai e vorba despre conștiință, ci despre furie, despre furie! Ivite din negurile vremii cu boturile lor, talazurile de apă alunecă pe propriile temelii, abrupte, invincibile, într-un vuiet de tunet; se îndreaptă spre celălalt capăt al timpului, acolo unde se întinde cerul întotdeauna negru. Se înalță, pe deasupra punții și izbește în treacăt cu lovituri teribile, hublourile sale zăvorîte. Marea este un pământ căruia îi e teamă. Spațiul e cel care s-a topit ca o diaree rușinoasă. Frigul vidului e cel care a umplut hăurile până la buză cu lichidul lui spumos. Cel care a văzut asta nu va mai cunoaște odihna. Știe unde trebuie să se sfârșească fuga lui și a celorlalți oameni, a copacilor și a păsărilor. Știe bine unde se sfîrșește timpul și cine îl înghite.

Câteva clipe mai târziu, spre ora trei după-amiaza, o să urce pe punte și o să vadă deschizându-se în depărtare, către dreapta, un golf întins. Marea e netedă, de culoarea turcoazului, iar în apele ei se reflectă munții golași. Munți conici, iviți din undele străvezii, ridicați spre bolta albastră. Un vânt rece bate de la nord la sud, aerul e tăios ca un diamant. Soarele strălucește la vest, dar e lipsit de căldură. Aici e capătul lumii, cum se spune, unul dintre finalurile posibile ale călătoriei. Golful Nohodka se deschide spre marea albastră, cu insule în formă de vulcan, cu pământurile lui roșietice semănând cu niște colți. Navigăm printr-un peisaj pictat cu pensula, cu tușe fine, într-o tăcere fără margini. Coca vaporului alunecă pe ape și intră într-o zonă calmă; în larg, conurile insulelor se deplasează încet. Totul e încremenit în frig, în lumina insensibilă. Aerul e atât de pur încât se pot desluși până și cele mai mici detalii ale coastei, striațiile stâncilor, grotele în care clocotesc valurile, colibele pescarilor, bărcile legate cu parâme. Nu e ceață deloc. Capurile înaintează mult în apă, foarte întunecate. Munții sunt blocuri de sulf, creste de metal tăios, marginea stranie a unei lame de ras care a secționat viața. La patruzeci de kilometri, dincolo de peninsulă, se află un mare oraș mut care poartă numele de Vladivostok. Acolo ar trebui să ajungă toată lumea, într-o zi sau alta. Cât de des li s-a pus întrebarea, tuturor celor întâlniți la bordul vapoarelor, în trenuri, în holurile hotelurilor:

„Ați ajuns deja la Vladivostok?"

Coasta pustie crește. Își înalță piscurile ascuțite. Insulele plutesc în derivă pe apa atât de albastră încât parcă n-ar mai avea nici o culoare. Se ivesc crevasele munților, grohotișurile, drumurile de pământ. Soarele poate să apună și să răsară de mii de ori. Moartea poate să vină, moartea cu contururi mute. Spectacolul acesta de sârmă, liniile acestea pure și precise, transparența aceasta lipsită de cuvinte, adevărul acesta devenit peisaj vor exista pentru totdeauna.

După aceea, un tren gâfâitor urcă până la un oraș de cărămidă care se numește Habarovsk. Până la un oraș care se numește Irkutsk, unde se află un fel de lac. Un avion gigantic, plin de militari și de femei zboară ore în șir pe deasupra ținuturilor înghețate. Fluvii fără nume curg cu mici filamente de chiciură. Dar la ce bun toate astea?

AUTOCRITICĂ

Trebuie să mă hotărăsc odată să iau măsurile care urmează:

a) Să spun tot ce gândesc
b) Să renunț la cuvintele care plac
c) Să nu încerc să fac totul deodată[1]
d) Să nu-mi mai fie teamă de nume
e) Să schimb marca pixului

---

1. Decât dacă trebuie, dimpotrivă, să spun totul deodată. Nu e oare literatura, în cazul acesta (și mai ales „ficțiunea"), efortul disperat și în permanență eșuat de a crea o expresie unică? În genul unui strigăt, poate, al unui strigăt care ar conține, în chip inexplicabil, milioanele de cuvinte din toate timpurile și din toate locurile. Contrar cuvântului care clasifică, scriitura nu ar căuta decât oul, germenele? (n.a.).

Ceva mai târziu, J. H. Hogan se afla într-un oraș care se numea New York. Era noapte. Mergea grăbit de-a lungul unei străzi foarte drepte, pe care circulau multe mașini. Mașinile erau mari. Rulau cu farurile aprinse, le vedeai venind de departe, de la capătul orizontului. Veneau încet, cu trupurile ghemuite la pământ, iar pneurile lor depărtate se lipeau de asfalt scoțând zgomote de ventuză. Mergeau apoi de-a lungul trotuarului, aruncând scântei ; prin geamurile colorate se vedea o siluetă așezată.

Din când în când, se opreau la colțul vreunei străzi, iar motoarele lor fierbinți mergeau în ralanti în aerul rece. Când în aer se ivea semnalul, se auzeau câteva claxoane și mașinile se puneau din nou în mișcare, se îndepărtau. Era amuzant să vezi toate astea mergând prin New York, cum făcea J. H. Hogan. Era straniu și familiar, un spectacol cunoscut, pe care l-ai uitat, un vis, o fugă de-a-ndoaselea. Poate că fusese întotdeauna acolo, în orașul acela, poate că se născuse acolo, poate că acolo crescuse. De unde să mai știi ? Se întâmplaseră atâtea lucruri de-atunci.

Pe trotuar, alături de J. H. Hogan, erau mulți oameni care mergeau în toate direcțiile. Bărbați îmbrăcați în impermeabile, femei care dansau pe tocurile lor înalte. Se iveau de pretutindeni, din gurile de metrou, din cinematografe, de pe ușile caselor, de pe portierele mașinilor. Veneau traversând zonele de

umbră, intrând în pătratele de lumină roșie ; era ceva
în genul unui balet, nervos și monoton, în care toți își
aruncau înainte piciorul drept și mâna stângă. Zidu-
rile erau înalte, uneori atât de înalte încât nu li se
zărea capătul. Iar în ziduri erau mii de ferestruici,
unele luminate, altele oarbe. Scări de metal coborau
până la etajul întâi și se opreau acolo, neterminate.
    J. H. Hogan se uita cum treceau pe lângă el chipu-
rile oamenilor, ferestrele și, din când în când, farurile
mari, aprinse ale mașinilor.
    Se putea foarte bine ca, odinioară, să fi copilărit
aici. Se născuse pe strada 42 Est și nu-l chema Jeune
Homme Hogan, ci Daniel E. Langlois, Daniel Earl
Langlois.

    Daniel Earl Langlois avea unsprezece ani și jumă-
tate. Într-o zi de iarnă ieși de la școală împreună cu
prietenul său Tower. Merseră mult timp alături, pe
Fifth Avenue, privind mulțimea de mașini negre. Urma
să se lase noaptea, cerul era deja în întregime întune-
cat la răsărit. Vitrinele străluceau, afișele, tuburile roșii
și tuburile albe ale neoanelor. Daniel Earl Langlois și
prietenul său Tower se opriră un moment în fața in-
trării într-un cinematograf ca să se uite la fotografii.
Rula un film de aventuri, *55 de zile la Beijing*[1], *Moar-
tea plătește cu dolari*[2] ori ceva de genul ăsta. Apoi,
fiindcă începuse să plouă, intrară într-o cafenea în care
se vindeau sucuri și înghețată. Daniel Earl Langlois
își cumpără o sticlă de Coca-Cola, iar prietenul său,
Tower, o înghețată la pahar mare. Merseră să se așeze

---

1. *Fifty-five Days at Peking* (1963) – film american regizat de
   Nicholas Ray, care reflectă episodul sângeros al Răscoalei
   Boxerilor, din primii ani ai secolului XX.
2. *Death pays in dollars* (1966) – film de spionaj de J. Lee
   Donan.

la o masă din plastic, de lângă geam, și-și savurară consumațiile privind strada. Când terminară, Daniel Earl Langlois își aprinse o țigară. Ospătărița, o fetișcană roșcată, destul de drăguță, îmbrăcată în alb, se opri în fața mesei și se uită la el.

— Vrei s-o faci pe bărbatul, nu? întrebă ea râzând disprețuitor.

— Gat, gata, am priceput, spuse Daniel Earl Langlois. Strivi țigara de pământ. Apoi, simțindu-se vexat, întrebă cât făcea, plăti și plecă.

Ceva mai târziu, Langlois și prietenul său Tower se opriră în fața unui canal care trecea pe sub un pod. Se sprijiniră de balustradă și se uitară la apa care curgea prin albia de ciment. Acum era noapte de-a binelea. Mașinile treceau pe stradă cu farurile aprinse, iar felinarele sclipeau în mijlocul unei aureole de burniță. Se făcuse destul de rece. Daniel Earl Langlois îi oferi prietenului său Tower o țigară și fumară amândoi uitându-se cum curgea apa pe sub pod.

În momentul acesta Daniel Earl Langlois hotărî că lumea va fi condusă de copii de doisprezece ani. Îi explică prietenului său Tower cum vor proceda. Vor merge în toate școlile. Vor organiza mitinguri, le vor vorbi tuturor băieților și tuturor fetelor. Vor forma o armată, vor face greve, manifestații. Și, fiindcă vor fi mai numeroși decât oamenii mari, vor câștiga ușor. Apoi îi vor putea condamna la moarte pe unii dintre oamenii mari, de pildă, profii, polițaii. Pe ceilalți or să-i trimită la pârnaie. Apoi or să facă alegeri și or să aibă un președinte. Care ar putea fi chiar el, bineînțeles, ori prietenul lui Tower, ori Jimmy, care era cel mai tare la matematică. Ori Bernstein, care era frumos și care avea succes la fete. Ori chiar Hal, care știa să conducă mașina. Totul era simplu. Nu trebuiau decât să se-apuce.

Tower zise că da, era simplu. Dar cu armata cum o să stea treaba?

Daniel Earl Langlois îşi aruncă mucul de ţigară în canal şi răspunse că armata nu însemna mare lucru. Toată lumea ştia că oamenii mari habar n-aveau să se bată. Erau prea greoi şi nu puteau să fugă suficient de repede.

— Dar n-au bomba cu hidrogen? întrebă Tower.

Daniel Earl Langlois îl privi cu compătimire.

— Dacă o aruncă asupra noastră, o aruncă şi asupra lor. Nu ţi-a trecut niciodată chestia asta prin cap?

Tower recunoscu că era adevărat.

— Vezi cât e de simplu, spuse Langlois. La fel e şi cu poliţaii. Sunt incapabili să alerge. Îţi aminteşti când a furat Clayton ţigări din automatul de la Fat Moon? A fugit până în parcare şi după aia s-a ascuns sub maşini. Iar poliţaii l-au căutat peste tot. Sunt prea graşi, mă-nţelegi. Nu ştiu să alerge.

— Şi dacă au câini? întrebă Tower.

— Mă faci să râd cu câinii tăi. Arată-mi tu mie care puştan nu poate să pună la pământ un câine dintr-o singură lovitură, de la treizeci de metri! Ei bine?

Tower recunoscu că orice puştan putea să pună la pământ un câine.

— Uite, Tower, continuă Langlois, noi ştim ce avem de făcut. Ştim bine câte parale facem. Pe când ei, ăştia mari, habar n-au. Nu se aşteaptă la aşa ceva. Cred că pot să ne învârtă pe degete şi c-o să continuăm să nu facem nimic. Şi apoi, locuim împreună cu ei. Aşa că n-au cum să bănuiască ceva.

Se întoarse brusc spre prietenul său Tower.

— Eşti în stare să omori pe cineva?

Tower făcu un efort de concentrare.

— Cred că da, răspunse.

— Ţi-a venit vreodată să omori pe cineva?

— Da.

— Pe cine?

— Ei bine, de exemplu, pe profu' de istorie. În ziua când m-a făcut mincinos. Și pe taică-meu, când mi-a tras un pumn în față. Fiindcă întârziasem. Dar ție?

— Și mie. Pe-un tip care stă lângă mine. Mi-a omorât câinele pentru că lătra noaptea. Când o să înceapă războiul, o să-i fac o vizită și-o să-l omor.

— Mie mi-a mai venit să-l omor pe unu' care se ține după soră-mea. Odată a strâns-o în brațe cu forța, în parc. L-am văzut. E un nenorocit. I-am și zis-o, i-am zis c-o să-l omor. A făcut mișto de mine. Da' așa-i, o să-l omor.

Daniel Earl Langlois se uită la canal cu un aer sumbru.

— Știi, ce contează e să fim toți de acord. Toți tipii și toate fetele ca noi. Dacă suntem uniți, nu are de ce să ne fie frică. Putem trece la acțiune. Știi ce-o să facem? Mai întâi o să ne facem un grup, unu' pe bune. La noi în școală. O să trebuiască să-i dăm un nume, ceva înfricoșător, care să-i sperie pe ăstia mari. De exemplu, Panterele negre.

— Sau Vampirii.

— Sau Caracatițele.

— Lupii roșii.

— Cobrele.

— Stai. Scorpionii.

— Rechinii.

— Fantomele.

— Stai așa. Am văzut un film, anu' trecut, se petrecea în India, cred. Era o sectă care caftea oamenii când dormeau lungiți în hamace. Se chemau Tong.

Daniel Earl Langlois se uită la prietenul său, Tower cu ochii strălucind.

— Asta e. De azi suntem Teribilii Tong.

Și fiindcă le trebuia un semn de recunoaștere, scoase din buzunar un briceag și făcu o tăietură în formă de

T în palma prietenului său, apoi într-a lui. După aceea urcară spre Eighth Avenue.

J. H. Hogan nu prea se simțea în siguranță când se intersecta cu copii. Se uita în ochii lor, ca să vadă dacă nu cumva revoluția era programată pentru a doua zi, și la mâinile lor, ca să vadă dacă nu aveau, în pumnul strâns, un semn în formă de T.

Către miezul nopții, J. H. Hogan se trezi în mijlocul unui cartier întunecos. Străzile erau desfundate, iar casele erau aplecate unele spre altele, ca după un cutremur. Ferestrele nu aveau geamuri, iar ușile erau acoperite cu graffiti. Pe o stradă foarte lungă, pe care bătea vântul, J. H. Hogan se intersectă cu niște bărbați cu fețe negre și niște femei bete. Ochii le ardeau în fundul orbitelor. Aveau părul des, lipit de cranii, ondulat, dat pe spate, câteodată slinos. Siluetele treceau rapid prin lumina umedă a felinarelor, iar pașii le răsunau pe trotuar. Ici și colo, din mijlocul drumului țîșneau nori de aburi, iar mașinile îi traversau alunecând ușor. Totul semăna cu o fotografie, pete întunecate și porțiuni albe ivite brutal, întinse pe pământ. Cerul nu se vedea. Semăna cu o fotografie și din pricina tăcerii.

Nimeni nu spunea nimic. Mișcările se intersectau încet, succesiuni de gesticulații sincopate. Clădirile fugeau pe verticală, azvârlindu-și în aer rampele de beton. Colțurile străzilor erau ascuțite, tăiau vântul și lumina. Hogan trecea tăcut de pe o stradă pe alta, traversând spațiile goale, mergând pe lângă ziduri, dispărând dintr-odată în umbrele întinse. Unde era? Nu se mai vedea. Oare făcuse la dreapta, pe strada asta? Sau intrase pe terenul ăsta viran cimentat? Într-o clădire, pe o ușă neagră? Nu, iată-l. Apare din nou. Merge prin mijlocul unei pete de lumină, pe sub un felinar. Umbra lui se îngrămădeşte sub el, i-o ia înainte, se descompune. Ce face? Stă pe marginea trotuarului, iar prin faţa lui trece o maşină cu aripile ridicate. Traversează strada. Se împiedică de o ridicătură. Urcă pe trotuarul celălalt. De ce a traversat? În zid e o vitrină care străluceşte. Trece prin faţa vitrinei şi străluceşte şi el. Un bărbat îmbrăcat în pardesiu se îndreaptă spre el. Hogan se îndreaptă spre bărbat. Bărbatul cârmeşte puţin spre stânga, iar el – spre dreapta. Se privesc rapid. La ce se gândeşte bărbatul cu pardesiu? La ce se gândeşte Hogan? Se intersectează, pur şi simplu, bărbatul o ia la stânga, Hogan o ia la dreapta. O zecime de secundă nu se mai vede decât o singură siluetă. Dar se despart imediat, se părăsesc una pe cealaltă. Cine-i bărbatul cu pardesiu? Cine-i Hogan? Acum e atât de departe, pe strada albă şi neagră, că nu i se mai desluşeşte chipul. O siluetă, nimic mai mult decât o siluetă, necunoscută, asemenea celorlalte, care merge pe trotuar. Un grup de bărbaţi înaintează către el, iar un alt grup îl depăşeşte din spate. Dintr-odată, pe trotuar se formează un nod, o duzină de siluete amestecate, cu picioare, braţe, capete. Nodul trage în toate direcţiile. Apoi se desface. Unde e? Unde-i Hogan? Să fie el primul, cel care merge repede, îndepărtându-se? Cel de-al doilea, cel de-al treilea? E cel care traversează strada oblic? Ori poate cel care face stânga-mprejur, care coboară strada ca să meargă mai repede? Ce importanţă are? Să spunem că *acesta* e Hogan. Se întoarce, îşi întinde picioarele pe cimentul trotuarului. Se opreşte. Îşi aprinde o ţigară. Aruncă chibritul în rigolă. E adevărat, Hogan avea o brichetă; dar poate a pierdut-o, a vândut-o, poate a uitat-o la o femeie pe care o cheamă Ricky? Trece din nou prin faţa vitrinei luminate. O altă siluetă merge spre el, se apropie şi hop!, într-o sclipire a vitrinii, iată-l luând-o din nou înapoi şi întorcându-se spre celălalt capăt al străzii. O să dispară. Alunecă pe trotuarul neted, acum nu mai e decât un punct. Coboară în continuare, traversează printre două mașini, se intersectează cu un grup. Se află în grupul care urcă vorbind tare. Se oprește o clipă, se întoarce spre ceilalți și-și agită brațele țipând. Nu se aude foarte clar ce strigă, dar e ceva de genul: „Nu! V-am spus! Nu!".

Un cuplu coboară strada ținându-se de mână. Când iese de cealaltă parte a grupului de bărbați opriți pe trotuar, Hogan e cel care o ține de mână pe femeia aceea tânără. O trage puțin după el, fiindcă e obosită sau fiindcă nu poate merge atât de repede. Intră într-o pată mare de întuneric și nu se mai văd. Se aud doar tocurile femeii, care lovesc asfaltul. Apoi, nimic. A dispărut oare pentru totdeauna? Nu, ceva iese totuși din întuneric și urcă din nou strada. O siluetă feminină care merge grăbită și tăcută pe trotuar. Ce? Hogan a devenit femeie? Da, e chiar el, poate fi recunoscut după faptul că are două picioare și două mâini și o față de nepătruns. Bărbat, femeie, care-i diferența? Oare nu sunt toate la fel, insectele astea negricioase, cu mișcări cadențate, oare nu au toate aceiași pași, aceiași ochi, aceleași gânduri? Hop! Din nou bărbat, un bărbat care coboară strada, mergând repede. Hop! Bărbat traversând, care se oprește în fața unei mașini. Hop! Bărbat care trece pe lângă vitrine. Hop! Femeie care coboară strada, legănând o poșetă la capătul brațului. Jocul nu se mai termina. Putea să dureze ore, zile, ani în șir și chiar mai mult. Pe strada nemișcată și înghețată, semănând cu o fotografie, Hogan se ducea și se întorcea fără încetare mergând în zigzag, dispărând, reapărând. Negru, apoi alb, apoi pătat, apoi femeie, apoi bărbat. Insecte mute cu dorințe inaccesibile, călugărițe cu gesturi precaute.

Era un spațiu destinat muzicii care transportă, suitei de sunete identice cu lungi digresiuni mecanice. Era un loc pentru o melodie care se repetă, care adoarme, pentru glasul înăbușit al saxofonului care inventează neîncetat aceeași frază, o pierde și o regăsește. Petele de întuneric sunt vibrațiile contrabasului care ezită, care tatonează terenul. Loviturile regulate ale bateriei sunt străzile, străzile. Contururile caselor, ferestrele, halourile felinarelor schițează fără încetare același lucru, linie volubilă care înaintează în tăcere, înălțare a spiritului, inventare a vieții acolo unde nu era într-adevăr nimic. Iar aventurile siluetelor, acolo, pe desenul orașului! Aventuri care nu mai pot fi înțelese, aventuri care nu mai servesc la nimic. Cuburi ale clădirilor zvelte, cuburi de muzică! Oraș cu ramificații obscure, oraș al muzicii! Automobile cu faruri orbitoare, care trec, alunecă, înaintează către necunoscut. Automobile de jazz! Punți aruncate peste mare, punți care sunt niște chemări! Autostrăzi vibrante, electrice, care urcă și coboară! Piețe pustii, grădini negre în care copacii sunt muți: nu, nu păsări ne trebuie acum, ci clarinete! Hogan, Earl Langlois, Tower sau Wasick, Wheeler, Rotrou, nici unul nu mai există. Nimic nu mai are sens. Doar clădirile există, tonele de case din fier și beton, munții găunoși, statuile din fontă ridicate pe insule, tunelele de metrou prin care trec vagoane lungi și oarbe. Insectele nu mai contează. Nu se mai văd. Mișună prin crăpături, se înmulțesc, păduchi jalnici, armată de paraziți cu picioare! Dați uitării, cu toții dați uitării! Să nu mai vorbim despre ei niciodată! Gata cu sentimente de talia păduchilor! Vrem sentimente croite după dimensiunea clădirilor de douăzeci și cinci de etaje. Sentimente înalte cât turnurile, vaste precum stadioanele, profunde precum tunelele.

Să gândești! Să gândești! Asta nu mai trebuie să fie o vibrație ușoară de clopoțel care abia ridică puțin praf. Trebuie să fie altceva. Să gândești trebuie să fie înspăimântător. Când gândește pământul, se prăbușesc orașe și mor oameni cu miile.

Să gândești: să înalți clădiri, să sapi văi, să ridici valuri seismice pe mare. Să gândești ca un oraș înseamnă să spui: 8 000 000 de locuitori, 12 000 000 de șobolani, 5 000 000 de litri de gaz carbonic. 2 miliarde de tone. Lumină cenușie. Cupolă de lumină. Agitație. Fulgere. Nor negru suspendat. Acoperișuri plate. Alarme de incendiu. Ascensoare. Străzi. 28 000 de kilometri de stradă. 145 000 000 de becuri electrice.

Singurătate: aici s-a spart zidul autonomiei. Cel care urcă în vârful unui turn, într-o noapte, pur și simplu, și care îndrăznește să privească orașul și toate lucrurile din el. Cel care privește cu atâta răceală încât se contopește cu turnul. Nu se află oare mult mai departe decât ar privi pământul de la celălalt capăt al spațiului prin hubloul unui soi de obuz placat cu aur? Oare ceea ce vede nu e mai frumos și mai emoționant decât ceea ce se întinde, cu desăvârșire imobil, dinaintea botului unei capsule interstelare? Ceea ce vede e mai înghețat decât platourile înalte ale Antarcticii, mai strălucitor decât lacurile de sare, mai întins decât Marea Nordului, mai fierbinte decât deșertul Gila[1], mai frumos decât Kamceatka și mai hâd decât gura de vărsare a fluviului Orinoco. Ceea ce vede e atât de mare încât zmeul nu mai poate zbura și se prăbușește epuizat pe pământ. Ceea ce vede e atât de exact încât hărțile se amestecă, se șterg, nu mai înseamnă

---

1. Deșertul Gila (sau Deșertul Sonora) se întinde în sud-vestul Statelor Unite ale Americii și nord-vestul Mexicului, fiind unul dintre cele mai vaste și mai fierbinți deșerturi din America de Nord.

nimic. De asta există balustrade în înaltul turnurilor, pentru ca oamenii să nu urce în grupuri și să se arunce în gol. De asta există geamuri, geamurile opace : pentru ca vidul înfricoșător să nu-i ademenească afară, să nu-i înghită. De asta există cinematografe, tablouri, vederi și cărți : pentru a ridica ziduri, tot mai multe ziduri, metereze ocrotitoare.

Gândire, gândire infinită care vrea să se răspândească și să acopere spațiul. Spiritul fuge. Spiritul își caută salvarea în labirintul orașelor. Un singur gând pe care l-am lăsat să fugă și omul e pierdut. Ceasuri, calendare, săriți să mă salvați! Ajutor, cronometre! Ajutor, țigări! Case, veșminte, dicționare, fotografii, repede, repede, veniți să mă salvați! Țineți-mă pe loc! Bani, mașini, meserii, repede sau o să fie prea târziu! Veniți să mă scoateți din turn, veniți să mă puneți la locul meu, printre insecte. Vino, mâncare! Femei goale, obsesii familiare, manii, nu mai stați pe gânduri! Golul mi-a înșfăcat deja o mână, un picior, mă trage spre el. Așezați-vă ecranul de protecție între ochii mei și priveliștea asta, fiindcă altminteri o să cad!

Pe pământ, drumul bărbaților minusculi și al femeilor minuscule continuă.

J. H. Hogan ajunse pe o stradă unde cerșetorii opreau mașinile. Unul dintre ei se arunca în fața roților, iar când mașina oprea cu o frână bruscă, ceilalți se năpusteau asupra ei și se prefăceau că șterg farurile și parbrizul. Apoi se postau la geam și trebuia să le plătești.

În baruri în formă de culoare, oamenii dormeau cu capetele pe masă, beți morți.

Pe trotuar venea un grup de negri uriași, cu pași cadențați, cu ochii ațintiți drept înainte. Mulțimea se dădea la o parte, se lipea de ziduri, iar grupul de uriași trecea impasibil, trufaș.

Nişte bărbaţi cu feţele vopsite şi cu părul decolorat se clătinau. În cadrul uşilor nişte femei fluierau. Întins pe jos, cu capul în întuneric, un tânăr încălţat cu tenişi se droga şi apoi adormea.

Într-o staţie de autobuz, o femeie grasă, cu ochi inocenţi, îşi ţinea poşeta lipită de pântec. Îşi trecea mâna dreaptă peste poşetă şi, cu vârful degetelor, scotocea prin buzunarul unui bărbat care aştepta. Îi lua portofelul şi îl arunca în poşetă. Apoi pornea mai departe pe stradă, căutând din priviri alte staţii de autobuz.

Într-o intersecţie, un bărbat ţinea în mâini o rangă de fier. De fiecare dată când o maşină trecea pe lângă el, ridica ranga şi cu o lovitură puternică, îndoia caroseria. J. H. Hogan se uită la el să vadă cum face. În două rânduri, maşinile dispărură iute, cu câte o cicatrice adâncă pe portbagajul din spate. A treia oară însă, J. H. Hogan nu se miră prea tare când maşina se opri. Doi bărbaţi coborâră fără să scoată o vorbă. Bărbatul vru să-i izbească cu ranga de metal. Ceilalţi doi se aruncară asupra lui şi-l doborâră la pământ. Vreme de un minut, J. H. Hogan auzi loviturile de pumn care-i stâlceau figura. Unul dintre cei doi automobilişti se agaţă de braţul lui şi se văzu nevoit să dea drumul barei de fier. Acesta îl dădu la o parte pe tovarăşul său şi începu să-l izbească pe omul căzut la pământ cu ranga. Rată prima lovitură. Cea de-a doua însă îi sfărâmă craniul şi nu se auzi decât un icnet scurt, „Uah!". La cea de-a treia, bărbatul era deja mort, dar automobilistul nu se opri. Continuă să-i lovească din toate puterile ţeasta sfărâmată, care scotea zgomote moi şi ciudate. Prin jurul lui, maşinile treceau cu farurile aprinse, în mare viteză. Când se sătură, automobilistul aruncă ranga jos, lângă cadavru şi urcă din nou în maşină, împreună cu tovarăşul lui. Maşina porni, alunecă de-a lungul străzii, cu cele două faruri roșii sclipind. Apoi viră și dispăru. Bărbatul rămăsese întins pe șosea, lângă ranga de fier. Mașinile cu faruri albe continuau să ruleze pe lângă el. Una dintre ele trecu atât de aproape de cadavru încât se auzi clar plescăitul pneurilor prin balta de sânge. J. H. Hogan rămase o clipă pe marginea trotuarului să vadă dacă vreo mașină o să treacă în cele din urmă pestru trupul bărbatului. Însă oamenii conduc mai bine decât s-ar crede în general și toți îl ocoliră. Așa că J. H. Hogan plecă. Erau lucruri pe care puteai să le vezi la New York, în Baltimore sau chiar la San Antonio, între 1965 și 1975.

Oraşul meu are o reputaţie proastă : de-a lungul promenadelor de la ţărmul mării şi pe străzile unde noaptea străluceşte, mulţimi de sadici meditativi se înghesuie şi privesc fără să înţeleagă.

Când, împinse afară de asfinţitul soarelui, mulţimile trec printre dughenele care se cutremură sub paşii bărbaţilor, toţi negustorii sunt acolo, în faţa uşilor, iar ochii şi gurile de pe feţele lor încremenite nu ştiu decât să arunce preţul cărnii, ordinele şi mânia...

Îi vezi alegând vitele, în vreme ce amurgul cade ca o pleoapă.

Ceva mai departe, dar mai aproape de mare, în pădurile de curbe şi de rotunjimi, am cumpărat mii de ispite !
Mi-am lăsat haremul să urce în jurul meu şi, în sfârşit, mai fericit şi mai îmbătat ca un leu, le-am putut auzi paşii prelungi şi catifelaţi, care mă purtau departe, care mă transportau cu totul.

Îi vezi alegând vitele stranii, în vreme ce amurgul palpită ca un milion de muşte.

Există pe undeva o fugă care se continuă până în ţările reci, în ţările lor, de unde eu nu sunt.

Feţele lor grave cumpără : sufăr din cauza asta,
sunt gelos pe puterea lor – şi totuşi, ce voluptate
are acest târg de sclavi!

Vidul magazinelor strălucitoare, cu covoare
roşii imense pe care calcă tocuri ascuţite de
femei. Între pereţii de sticlă muzica se învârte
în ritmul ei greoi. Mă aflu într-un spaţiu vid,
populat doar de lumină. Picioarele goale ale
femeilor se plimbă neîncetat pe covorul roşu.
Muzica de chitară brăzdează tăcerea. Totul e
frumos. Totul e liniştit. Totul e inventat, ar
fi păcat ca patronul magazinului să fie un
gangster.

La animale există ceva care se numește reflex de retragere. E vorba despre menținerea permanentă între sine și lume, a distanței necesare pentru a putea scăpa. Dacă te apropii, distrugi această protecție. Animalul se simte amenințat. Va fi nevoit să se retragă, pentru a restabili distanța indispensabilă. La fel se întâmplă în cazul somnului. Somnul anulează distanța. Cel care doarme este foarte aproape, oricine îl poate atinge. De aceea animalele nu dorm niciodată.

Dar omul? Nu are picioare ca să fugă. Nu are aripi ca să-și ia zborul. Nu are urechi cu care să audă apropierea zgomotelor, nu are nas pentru mirosuri. Când doarme, stă întins pe spate și-și oferă pântecul moale loviturilor. Puneți-l în aceeași pădure cu un tigru flămând, nici măcar n-o să vadă gheara care o să-l sfâșie cu ușurință, în bucăți.

Muștele sunt de mii de ori mai rapide decât omul. Dacă muștele ar gândi cu aceeași agilitate cu care evită palma omului, atunci ar reinventa toate științele de la Pitagora la Einstein în doar câteva minute.

Fluturii se așază pe flori și iată-i devenind ei înșiși flori. Omul nu știe să imite nimic, nici măcar pe ceilalți oameni. Oare i-ar veni ideea de a fi vărgat printre bambuși sau pătat în frunziș? I-ar da oare prin cap să fie cenușiu pe nisip, alb pe zăpadă, negru noaptea? I-ar trece prin minte să poarte pe spate un cap de bufniță, cu ochi pictați, ca să-și înspăimânte dușmanii?

Fug, dar fuga mea e fără apărare. Nu ajunge până la capăt, n-o să-și atingă niciodată ținta. Când se apropie pericolul, când se ivește, e deja prea târziu. Știu asta, am trăit-o deja. Când ar trebui să fiu la mii de kilometri depărtare, sunt încă aici, n-am mișcat nici măcar un braț.

Încetineala, încetineala fugii omului! Muște, țânțari, învățați-mă să mă ghemuiesc, să sar dintr-o singură mișcare, înainte chiar de prima pală de vânt. Iepuri, învățați-mă să ciulesc urechile! Iar voi, leoparzi, jaguari, pume, arătați-mi cum să pășesc fără zgomot, punând o labă înaintea celeilalte, fără să frâng nici măcar o crenguță!

Acum știu bine de ce fug: fug de vid.

Trec de la un ținut la altul, merg din oraș în oraș și nu întâlnesc nimic în cale.

Metropole imense, autostrăzi imense. Cum se face că nu aud niciodată nimic? Oare eu port vidul după mine peste tot unde mă duc, întocmai ca un surd pentru care toți oamenii sunt muți? Uneori sunt sătul de atâtea imagini. Aș vrea ca tubul de plexiglas ce mă ține închis să se deschidă. Dar asta nu se poate. Autonomie, blestemată autonomie. Pe cuvânt, m-am săturat să fiu eu însumi. Să fii cineva, să fii unul în raport cu ceilalți nu are cum să fie de-ajuns. Numele meu, nu-l mai vreau. Strigă-mă cu prenumele tău.

Chipuri de bărbați și de femei, gesturi, obișnuințe, meserii: toate sunt jucate. Lumea e populată de marionete, lumea e locuită de automate. Râd, vorbesc. Însă le văd ochii și știu că nu e nimic în spatele lor.

Poate de asta sunt foarte departe acum. Ura m-a târât la capătul spațiului. Am bătut toate drumurile, cele care se aventurează unde nici gândul nu ajunge, cele care te conduc spre cuvintele negative.

Mi-am lepădat veşmintele. Mergând cu faţa către soare, într-o zi, pe o stradă, pe East 37, N. Y., de pildă, sau poate pe Sherbrooke, Montréal, sau pe Eglington Ave. W. TORONTO, iată că am devenit transparent. M-a străbătut lumina sa lipsită de căldură şi am alunecat de-a lungul razelor, orbit, invizibil, cu picioarele uşoare, cu capul plutind prin faţa mea, unindu-se cu astrul rotund cu patruzeci şi patru de raze.

Fug de vid, adică sunt atras de el. Lumina şi-a căscat hăul în faţa mea, vrea să mă prăbuşesc, să mă prăbuşesc! Acolo, departe, pe fundul hăului, se află poate paradisul. Încearcă să crezi: un alt pământ, un alt oraş cu străzi paralele, o altă şosea, alţi copaci, alte fluvii imediat. În lumea asta cu totul nouă locuieşte lumina. Nu se stinge niciodată. Acolo cresc plante ale căror flori nu se ofilesc niciodată. Prin oraşul acesta fără nume, pe străzile acestea fără numere, alunecă automobile cu caroserii negre; motoarele lor nu se opresc niciodată, se învârt zi de zi, torcând moale. În cafenele, la soare, oamenii stau la mese imaculate şi beau mereu aceeaşi apă din aceleaşi pahare. Muzica ce se revarsă din difuzoare e plăcută, îşi înşiruie notele unele după altele, nu-i lasă niciodată baltă pe oameni. În cinematografe, în fundul sălilor vaste ca nişte catedrale, filmul nu se opreşte niciodată. Feţele apar şi dispar de pe ecran, ochii sunt deschişi, gurile vorbesc şi fiecare poate să decidă când va fi sfârşitul. E poate o poveste de dragoste, însă una în care iubirea nu se sfârşeşte niciodată. Vreme de luni întregi un bărbat se uită în ochii unei femei, apoi vreme de alte luni, femeia e cea care se uită în ochii bărbatului. Nu dorm. Nu se părăsesc. Continuă să tresară când trupurile li se ating, iar bărbatul mângâie umărul femeii mai bine de douăzeci şi cinci de ani. Rostesc cuvinte, spun:

„Ah...“

„Hm-hm...“

„Da?“

„Vino...“

„Ai nişte puncte negre, acolo.“

„Aşa îți place, cu părul aşa?“

„Hm, da, da...“

Şi pe fațadele clădirilor sunt romane care-şi aprind cuvintele pe ecranele becurilor electrice, de la dreapta la stânga. Nu sunt romane care se termină undeva. Nu sunt romane tragice. Sunt istorii simple precum cărțile poştale, poveşti pe care le uiți imediat, care nu au nimic de-a face cu moartea, cu războiul, cu obsedații şi cu sinucigaşii.

Iar mai departe, la capătul drumului care duce spre soare, e poate o femeie care aşteaptă. Când o să ajungi acolo, într-una din zile, şi o să te intersectezi cu ea pe stradă, o să-şi dea seama poate imediat că tu eşti cel pe care-l aştepta. O să se oprească pe marginea trotuarului, o se uite la tine zâmbind şi o să spună cuvântul acela teribil, cuvântul tainic care sparge geamurile carlingii şi năruie bătrânele ziduri ale cazematei :

BINE AI VENIT !

Iată ce se află acolo, în depărtare, în țara aceea în care poate vom ajunge cu toții într-o zi. În aşteptarea ei, continui să merg. Fiindcă nu pot fi la fel de mare ca lumea, la fel de adânc ca Oceanul Pacific, fiindcă nu pot gândi ca Socrate ori ca Lao-Zi, fiindcă nu pot schimba viața oamenilor ca Iisus Hristos sau ca Engels, fiindcă nu aş şti niciodată să fiu eu însumi, cu desăvârşire eu însumi, eu până la extaz, nu-mi mai rămâne decât atât : să lovesc pământul cu paşii mei, să mă extind, să devorez peisajele, să devorez peisajele, să văd cum defilează numele pe frontispiciile gărilor, să cunosc tot felul de femei extraordinare, tot felul de bărbaţi, tot felul de câini.

Chevrolet-ul model 1956 merge pe străzile care nu se mai sfârşesc niciodată. Vântul suflă de-a lungul geamurilor. Vântul nisipos traversează strada. Kilometrii se ivesc în cea mai mare viteză, gardurile de sârmă saltă.

Oraşele de frontieră stau încremenite în mijlocul spaţiului. Din când în când, porţile lor se deschid şi lasă caravanele să iasă. În sălile de aşteptare ale staţiilor de autobuz, negri în zdrenţe dorm pe bănci. Muncitori cu cămăşi murdare fumează uitându-se la televizor.

În McAllen (Texas), căldura e atât de uscată încât aburul seamănă cu nisipul. Pe drumurile de praf, nu se vede nimic altceva în afară de cabane de lemn, bidoane, cutii de bere.

Trec mai departe, traversez. Oraşele sunt gropi de gunoi aglomerate şi pentru ele timpul nu mai există. Când mergi pe jos pe autostradă, eşti mai singur decât căpitanul unui cargou în mijlocul mării. Merg mai departe, tot mai departe. Merg către locuri pe care nu le cunosc. Iau trenuri care pierd vremea pe cele două şine ale lor de atâta singurătate. Stau jos în autobuze ale izolării şi zdruncinăturile roţilor mă transportă. Nu e uşor să te mişti de-a lungul pământului. Mişcarea zgârie, zdreleşte, e o boală incurabilă. Tot ce-am văzut am uitat imediat. N-am plecat la drum nici ca să trasez hărţi, nici ca să scriu cărţi. Nu mă aflu în mişcare ca să descopăr cine sunt sau unde sunt. Nu,

mă mişc doar ca să nu mai fiu aici, pur şi simplu, ca
să nu mai fiu unul dintre ai voştri. Dacă învăţ într-ade-
văr ceva, o să vă dau de veste.

Semnat :

Juanito Holgazán.

Cum spune celălalt :
I AM SO RESTLESS[1]

---

1. Sunt atât de neobosit (în engl., în orig.) (n.r.).

Există într-adevăr o mulțime de zgomote pe pământ, o mulțime de zgomote. Oamenii vorbesc, pretutindeni, fără încetare și din fiecare crăpătură, din fiecare fisură aud cum urcă mormăituri ciudate, sunete nazale, lătrături urmate de ciripituri de păsări, suspine, smiorcăieli, râgâieli, plescăituri din limbă și clănțănituri de dinți. Lumea e o colivie imensă, care flecărește și țipă fără odihnă, umplând cupola cerului cu gazul ei. De la un capăt la altul al lumii, în cer, prin vânt, pe apă se rostogolesc ecourile cuvintelor zadarnice. Vuietul crește, scade, latră, se sparge în valuri, zgârie, se cațără, izbucnește în milioane de explozii care se succed la intervale de milionimi de secundă. Nu există consens. Nu va exista niciodată armonie. Ceasurile nu sună niciodată aceeași oră. Litere care se amestecă, umflături brutale ale valurilor de verbe, adjective, substantive, prepoziții, cifre. Șuvoaie de scuipat și sânge, șuvoaie de umori și de gaze care se revarsă din barajul sfărâmat. Nu vreau să spun nimic. Nu, nu pot să spun nimic. Stau la masa mea, cu mâinile întinse în față, iar vârtejul se apropie și se îndepărtează smulgând frânturi din mine, fire de păr, membre. Apa cade din ceruri, ploaia de cuvinte, fiecare picătură rapidă ca lumina străbătând spațiul cerului și dispărând. Explozii, explozii, murmur necontenit, cataractă care-și ridică zidul de spaimă între mine și restul. Încăperea e vastă cât pământul, poate e însuși pământul, un fel de univers. E multă lume pe pământ, e un furnicar dens și agitat. În fața mea se întinde un ocean de cuvinte libere, o câmpie cenușie de limbaj care înaintează, se retrage, înaintează, dansează pe loc. În jurul bulei mele e un munte de gelatină violetă care tremură de-a lungul cărnii sale fără nervi. Eu sunt înăuntru.

Nu am liniște. Nu vreau să mă opresc. Nu vreau să-mi sap mormântul. De aceea alunec, de aceea mă îndepărtez. Cel mai detestabil dintre toate adevărurile e acela peste care dai când te oprești. Un soi de monstru gigantic care scobește pământul de sub el, care își umflă pielea, care se hrănește cu singurătate. Oaie hidoasă care-și urinează între picioare! Vreau să mă recunosc. Fiindcă recunoscându-mă, mi-aș pierde realitatea. Primejdie. Primejdie a gărilor, a grădinilor tihnite, primejdie a porturilor și aeroporturilor. Oriunde mă întorc dau peste fața aceea care mă pândește, care vrea să devină fața mea. O să scot ochii ăstia! O să smulg gura asta, și nasul ăsta, și urechile astea! O să sfărâm craniul ăsta cu lovituri de satâr! Cine a spus că ceilalți nu sunt deopotrivă cu mine? Nu-i adevărat, ceilalți nu-s deopotrivă cu mine. Ceilalți sunt atât de numeroși, atât de puternici, atât de reali încât e ca și cum m-aș uita, într-o noapte, la un petic de cer întunecat pe care sunt stele. Dacă ceilalți ar fi deopotrivă cu mine, n-ar mai fi nevoie de cunoaștere. Nici măcar eu nu sunt deopotrivă cu mine! Unde sunt? Care e oglinda care mă va face în sfârșit să-mi recunosc imaginea, adevărata mea imagine. Narcis era un mincinos, un mincinos nenorocit. Nu pe el se iubea, ci pe fratele lui.

Inteligența nu meditează asupra sa. E o linie care merge, care străbate. Cum să judece atunci? Pentru asta ar trebui să înceteze să mai iasă din sine, fie și pentru o secundă. Dar nu încetează. Izvorăște necontenit din glanda gândirii, e liberă, expirație veșnic liberă.

Există o mulțime de zgomote pe pământ. Fiecare gând care se naște face propriul lui zgomot. Totul vorbește, fără nici o excepție, de la holoturii la frunzele de nufăr. Cei care vor să se cunoască sunt cu adevărat nebuni, cu adevărat slabi. Cei care vor să se privească privind sunt cu adevărat împăcați. Ei nu știu ce înseamnă o privire. Nici nu bănuiesc ce harpon teribil care sfâșie aerul e conștiința lor. Mă uit la fețele lor rotunde, la ochii lor acoperiți de pleoape, la nasul lor străpuns de două orificii și iată ce văd: săgeți minuscule care le țâșnesc din trupuri, plete unduitoare, raze. Acestea sunt gândurile lor. Gândesc, deci flacăra chibritului există. Gândesc, deci antilopa există. Gândesc, deci marele păun de noapte există.

Gândul mi-o ia întotdeauna înainte. Credeam că mă aflu aici, lângă el, dar el e deja de partea cealaltă a orizontului. Credeam că recunosc scrumiera de sticlă sau discul soarelui, dar trecusem deja de ele. A fi înseamnă a nu mai fi acolo. Când moartea va veni, poate... Poate voi ști ce sunt scrumiera, luna, mirosul ierbii. Dar până atunci nu pot decât să-mi mărturisesc înfrângerea. Să nu așteptați de la mine cărți de definiții. Nu sunt un vânător priceput. N-o să aduc niciodată vreo pradă. Dar dacă vă plac precipitațiile, prăbușirile în adâncul puțurilor, vagoanele de tren care gonesc cu 120 de kilometri la oră, viermuiala armatelor de furnici argentiniene în jurul unei bucăți de brânză, atunci o să înțelegeți ce vreau să spun.

Nu există cunoaștere statică. Algebra însăși are la bază infinitul, adică despre deschiderea către necunoscut. Nu există științe exacte. Biologia, etimologia, etiologia și geologia i-ar face și pe gândaci să râdă, dacă ar fi puși la curent cu ele. Nu există sisteme: imaginați-vi-l pe Confucius citindu-l pe Pascal sau pe Pascal citindu-l pe Marx. Ce râs! Imaginați-vi-l pe Empedocle citind din Popol Vuh[1]! Ce grimasă! Nu există conștiință. Imaginați-vă gândirea revenind asupra sa pentru a se gândi. Mi se pare mai ușor să-ți imaginezi glonțul revolverului ieșind din rana celui pe care l-a ucis și întorcându-se pe țeavă. Da, e mai ușor să-ți imaginezi că explozia universului s-ar închide dintr-odată și galaxiile s-ar uni din nou, abolind milioanele de ani-lumină ai fugilor lor.

Acum e acolo, în adâncul meu. Nu o certitudine, ci o dorință, o chemare. Nu voi ști niciodată cine sunt. Nu voi ști niciodată nimic. Nu voi face decât să alerg, tot timpul, spre cantități uriașe de lumină, voi dansa către tot ceea ce strălucește, voi fi fluturele de noapte care moare fiindcă nu găsește întunericul.

Cel care se privea, privea neantul. Cel care voia să se iubească, să se istovească de atâta dragoste, era un om beat. Cel care își vorbea sau voia să le spună celorlalți era un mut fără limbă. Astăzi îmi dau bine seama. Asta e urmarea fugii mele. Am deschis în sfârșit ușa realității și am ieșit. Camerele nu sunt decât niște puncte întunecate, prea vaste pentru conștiință și prea neîncăpătoare pentru lume. Nu intra nimic. Zidurile erau grele, ermetice, nu păstrau secretele, ci le ascundeau. Becul electric gol care atârna la capătul unui fir nu era un soare. Mobilele de lemn în care trăiau larve nu erau munți. Scrumiera de sticlă în care trăiau chiștoace nu avea alt adevăr decât cel propriu. Aplecat asupra lui, aplecat asupra ei pe care o voiam eu, nu vedeam decât sticlă, hârtie și cenușă. Priviți afară, acum, o singură dată și spuneți-mi ce vedeți. Vedeți doar o scrumieră?

Nu, ochiul nu mai e de-ajuns, sunt prea multe de văzut. Ar trebui să ai zece mii de ochi și tot n-ar fi

---

1. Text sacru al populației maya, cuprinzând narațiuni mito-logice și genealogii ale domniilor.

de-ajuns. Ar trebui să fii agil precum muştele, încet precum copacii, mare precum balenele şi sus precum condorii. Şi tot n-ar fi de ajuns. Ar trebui să fii numeros, ca microbii, greu ca osmiul, blând ca pământul, rece ca zăpada. Ar trebui să fii apă precum apa şi foc precum focul. Iar eu, eu nu sunt decât unul!

Popoare ale pământului, veniţi la mine! Lei, gnu, termite, şerpi! Şi-apoi, la semnul meu, plecaţi! Fugiţi în păduri, în savane, în văile munţilor. Rechini ai mărilor, troglodiţi, paraziţi, exploraţi. Fiţi cercetaşii mei. Mergeţi să aflaţi totul despre ţinutul acesta. Spuneţi-mi ce temperatură e noaptea; spuneţi-mi dacă apa e bună de băut, dacă se găseşte sare sau aur. Purici, spuneţi-mi ce e mai bun, sângele elefantului de ţâţă sau sângele omului care poartă războaie. Broaşte negre din Darien, spuneţi-mi cum produceţi otravă cu pielea voastră. Voi, năpârcilor, de ce aţi ales să-i imitaţi pe şerpi? Iar voi, scorpioni albi, spuneţi-mi de cine vă e teamă.

Fuga nu înseamnă linişte. Înseamnă o avalanşă subită de zgomote, toate foşnetele, trosnetele, şoaptele. Fuga înseamnă să vorbeşti, nu ca să te faci înţeles, ci ca să faci zgomot, un zgomot în plus printre toate celelalte.

Alergarea nu poate să însemne singurătate. Înseamnă să te trezeşti brusc în mijlocul unei mulţimi incredibile, într-un vârtej de mişcări. Mă gândesc la şobolani şi, dintr-odată, iată că am opt milioane de fraţi. Mă gândesc la nori şi-i văd, pe bolta cerească, pe toţi tovarăşii mei aerieni plutind în jurul meu. Mă gândesc la furnici şi, din clipa asta, e cu neputinţă să mai fiu singur. Mă gândesc la firele de nisip din deşertul Mojave şi iată-mă în fiecare dintre ele: dacă ştii câte fire de nisip sunt în deşertul Mojave, o să afli cu exactitate câţi prieteni am.

În vremea asta... J. Hombre Hogan ajunse în Golful Californiei, în faţa unei insule. Stând în picioare pe plajă, se uită la ea timp îndelungat. La orizont, deasupra mării albastre şi albe, insula plutea domol, ca un peşte negru uriaş. Aerul e uscat şi tare, iar vântul sufla de-a lungul dunelor de nisip de pe coastă şi-ţi arunca nisipul în ochi. J. Hombre Hogan se întoarse la şosea şi merse către nord. Din când în când se intersecta cu turişti americani în şorturi care se duceau la pescuit. La ieşirea din sat, era un motel nou-nouţ, cu pereţi de ciment, bar şi aparate de aer condiţionat care suflau aerul fierbinte în aerul cald. Ceva mai departe, un bătrân îmbrăcat în nişte pantaloni de pânză murdari îşi vopsea camioneta în albastru. Pe plajă, un grup de fete bronzate se scăldau scoţând ţipete stridente. J. Hombre Hogan era obosit, fiindcă dormise pe plajă. Când se trezise, văzuse insula, în locul ei din largul mării, şi hotărâse să pornească într-acolo. De aceea mergea de-a lungul plajei, prin soare.

Insula aceea se numea insula Rechinului. Pe insula aceea trăiau de secole nişte oameni care-şi spuneau Kunkaak. Aleseseră insula aceea, fiindcă era ţinutul cel mai sălbatic, iar marea îi ţinea departe pe ceilalţi oameni. Era un deşert în mijlocul mării, un munte ivit chiar la ţanc deasupra apei, cu doar atâţia arbuşti piperniciţi şi atâtea torente pe jumătate secate cât să

nu mori. La reflux, insula nu era decât la câteva anca-
bluri de coastă. Însă când marea creştea, se iscau
vârtejuri uriaşe şi era ca şi cum ai fi ridicat un pod
mobil.

Erau, aşadar, insula aceea, muntele acela negru,
cu faleze golaşe, plajele acelea cenuşii, abisurile acelea
de apă de culoarea petrolului. Oamenii din tribul Kun-
kaak locuiau o parte din an pe insulă şi-apoi, vreme
de luni întregi, plecau la pescuit, plutind în bărcile lor
lungi. Când pescuitul era bogat, urcau spre nord, câte-
odată până la frontiera Statelor Unite şi-şi vindeau
peştele. Apoi dispăreau la fel cum veniseră.

Astăzi nu mai există oameni din tribul Kunkaak pe
insula Rechinului. S-a hotărât ca pe insulă să se facă
o rezervaţie de vânătoare cu puşti cu lunetă pentru
milionari. S-a hotărât să se construiască moteluri de
ciment şi de sticlă, baruri şi plaje pentru fetele bron-
zate. Oamenii din tribul Kankaak au fost expulzaţi.
Şi-au părăsit insula în bărcile lor lungi, cu femeile lor,
cu copiii lor, cu câinii şi cu pisicile lor. Dar, fiindcă era
insula lor, insula pe care o aleseseră odinioară, s-au
oprit pe coastă, în punctul cel mai apropiat, acolo unde
pământul înaintează în mare şi se înalţă spre insulă
şi aşteaptă. Se uită la ea tot timpul. Şi fiindcă oame-
nilor din tribul Kunkaak nu le plac deloc motelurile de
ciment şi nici barurile, trag cu toţii să moară. Nu mor
pe rând, ca toată lumea. Mor toţi odată. Se sting în
tăcere, fără zvârcolire, fără boală, fără crimă. Dispar.

J. Hombre Hogan merse mult timp de-a lungul
coastei, pe o potecă de nisip. Către amiază, ajunse în
vârful unui deal. Printre cactuşi şi mărăcini zări locul
ce purta numele de Punta Chueco. Acolo câmpurile de
arbuşti prăfuiţi coboară până la mare. Jos de tot e un
fel de plajă nesigură, pe care marea o macină fără
încetare. O peninsulă cenuşie înaintează în mare, se-
mănând cu un deget îndreptat spre larg. La capătul

acestui deget, de cealaltă parte a platformei albastre, insula rămâne nemișcată. Pe limba aceasta de nisip, J. Hombre Hogan zări o așezare de corturi, bucăți de pânză subțire, zdrențuită, atârnate în vârful unor pari. Pe măsură ce cobora poteca, spre sat, se iveau și semnele sărăciei, ale foamei, ale plictisului: resturi împrăștiate pe nisip, cutii de conserve vechi și roase de rugină, lăzi putrezite, bidoane, străchini sparte, ciolane, oase și capete de pește tăiate, bucăți de sfoară.

Nisipul nu e alb. Nu e făcut pentru picioarele goale ale femeilor tinere în bikini colorați. E un nisip cenușiu, cu fire tari, tăioase, care se transformă în acel detrit pe care nimeni nu-l vrea și pe care cresc plante cu spini. Firele de iarbă ascuțite străpungeau pojghița și cresc oblic, în direcția vântului. Pâraiele secate și-au lăsat urmele în noroi, mii de riduri care vor să însemne bătrânețe, singurătate, o mulțime de lucruri de genul ăsta. Pe aici trec vântul, ploaia, negurile mării ostile. Aici lovește soarele cu razele sale dușmănoase când cerul e lipsit de nori și când suflă vântul deșertului. Aici frumusețea nu e frumoasă, ci aspră și tristă. Albastrul nu spune nimic mângâietor; și-a închis porțile în fața cuvintelor. Lumea gândește astfel: adevărul nu e cel al oamenilor, nici al cuvintelor lor, nici al cărților, nici măcar al religiilor lor. Adevărul nu e al oamenilor, ci al lumii, al lumii. Adevărul e al luminii care strălucește pe cer, al mării albastre, al vântului, al întinderii de nisip. Al ochilor animalelor. Adevărul poate fi recunoscut, oscilant, fremătător, insulă neagră care sclipește la orizont. Nici cuvântul nu este al oamenilor. Este al culorii imense, al albastrului insuportabil care acoperă universul. Adevăr-munte, adevăr dur și profund, frumusețe goală, fără exemple, domnie a ceea ce e întotdeauna adevărat, a ceea ce atinge direct, fără să aibă nevoie de degete.

În rest, oamenii, cuvintele, ideile : minciună, minciună.

Acum, în fața lui J. Hombre Hogan, se află masa opacă de apă verzuie. În spatele lui, munții cu spinări golașe, de care se agață mărăcinișul uscat. Deasupra, cerul vid, apăsarea aerului violaceu. Nimic nu respiră tihnă, pace, maturitate. E un loc venit devreme pe lume, sălbatic și neîncrezător, un peisaj împietrit de singurătate și-n agresivitate.

J. Hombre Hogan începu să meargă pe aleea principală. La adăpostul zdrențelor de pânză stau ghemuiți bărbați și femei. Focurile fumegă între grămezile de pietre. Copiii stau întinși pe nisip. Câinii răscolesc prin mormanele de gunoaie. Un porc negru, legat cu o sfoară se învârte în cerc. De-a lungul limbii de pământ care înaintează în mare, sunt trase pe uscat bărci mari, care nu așteaptă nimic. Vântul suflă peste nisip, ridicând nori imperceptibili, care înaintează orizontal și îți rănesc fața.

Dinaintea lui J. Hombre Hogan, un bărbat s-a ridicat și merge cu pași mari. Pletele lungi și negre îi fâlfâie în urmă și îi biciuie fața. În corturi, femeile alăptează, gătesc în vase de pământ, molfăie resturi, așteaptă, privesc înainte. Câinii cu spinări încovoiate aleargă cu botul în pământ. Din fundul întunecos al unui cort așezat puțin mai la o parte se aude zgomotul nazal al muzicii de radio. Apoi muzica încetează și un glas de bărbat începe să vorbească foarte repede în spaniolă, spunând multe lucruri pe care nimeni nu le înțelege.

Orele trec astfel zi după zi pe limba de nisip care înaintează în mare. Orele sunt lungi, fără sens, iar umbrele au mișcări regulate deasupra firelor de nisip și a plantelor spinoase. Cormoranii zboară aproape de nivelul mării, sărind peste sulurile valurilor.

Pe plajă, lângă bărcile eșuate, bărbații privesc marea. În fața ochilor lor, masa grea a Insulei Rechinului se leagănă pe loc. Bărbații și femeile au învățat să deslușească forma fiecărui pisc, amprenta cenușie a fiecărui golf, locul fiecărui smoc de iarbă. Au învățat să privească de departe la ceea ce odinioară fusese al lor. Au învățat să nu mai dorească ceea ce văd. În depărtare, pe apa scânteietoare, insula plutește, cu totul inaccesibilă, cu totul ireală, ca un pachebot care se pierde în zare. Bărbații stau așezați pe plajă, cu pletele lungi fluturând pe spate. Au învățat să șadă lângă bărcile lor stricate și să aștepte ca soarele să apună în spatele culmilor de pe insulă.

Mareele umflă apa, apoi o varsă în ținutul Infernillo. Însă marea nu se golește niciodată destul pentru ca, dintr-odată, insula să se alipească limbii de nisip întinse către ea. Vântul bate dinspre larg, e vântul deșertului mării. Nu aduce niciodată vreo rămurică, vreun fir de praf, vreo mireasmă a pământului care se întinde acolo, de partea cealaltă.

Bărbatul Kunkaak stă în picioare, cât e de înalt, în fața casei lui de pânză, unde stau ghemuiți sub cuverturi nevasta și copilul lui. Se uită la J. H. Hogan. Pielea îi e arămie, aproape neagră, iar gura cu buze groase e înconjurată de zbârcituri. Poartă pe nasul coroiat o pereche de ochelari pe care i-a șterpelit mai demult de la un antropolog german. În spatele lentilelor murdare, ochii săi înguști privesc fix. Vântul îi face hainele să fâlfâie, iar borurile pălăriei găurite să tremure. Peste cămașa albă, pe spate, părul lui des, negru ca smoala, e împletit în două cozi care coboară până la brâu și care sunt legate la capete cu două panglici roșii.

Când vorbește, o face cumva șovăielnic, cu un glas răgușit. Îi povestește lui Hogan cum era viața pe insulă altădată, când marea dădea o mulțime de pește.

Îi arată locul în care mergea să caute apă, înainte să plece pentru mai multe săptămâni. Apoi îi povesteşte cum au venit oamenii de la poliţie, cu puştile lor, şi le-au spus să plece. Zice: „Acolo, acolo şi acolo, or să se ridice case frumoase. Case frumoase". Merge către plajă, aplecat înainte. Apoi, stând în picioare, la malul mării, priveşte. Nu e nici urmă de emoţie pe chipul de aramă. Cei doi ochi ascunşi în spatele ochelarilor de soare privesc fără ură, fără durere. Gura mare rămâne strânsă, nările expiră regulat aerul. Nu e nici durere, nici dorinţă. Vântul îi flutură cămaşa şi pantalonii iar picioarele lui desculţe aşezate pe nisipul rece, seamănă cu două bucăţi de piatră. Nu mai e nici dorinţă, nici viitor. Bărbatul Kunkaak se uită la insulă, insula din depărtare, insula aflată de cealaltă parte a întinderii de apă. Vede valurile înaintând unele în spatele celorlalte, cu reflexe de sticlă pisată, şi se uită la ele fiindcă vin de pe insulă. Se uită apoi la silueta enormă care pluteşte pe mare, silueta pe care a învăţat-o pe de rost de ani de zile. Mai îndepărtată decât un astru, urâtă, neagră, pustiită, insula iese din valuri ca un pachebot ancorat, gigantic animal întunecat de nepăsare şi tristeţe.

Câteva zile mai târziu, J. Hombre Hogan intră într-un oraș în care domneau mașinile. În vârful unui munte, pe fundul unei căldări pierdute în liniștea pământului, se afla un oraș imens, cu bulevarde rectilinii, cu case mici și pătrate, așezate unele lângă altele. În orașul acesta nu se vedeau nici oameni, nici păsări și nici copaci. Nu se vedeau decât străzi, culoare de asfalt cenușiu, pe care mașinile treceau cu 100 de kilometri la oră.

Era cam așa : mașinile luaseră, într-o bună zi, orașul în stăpânire, iar acum nu se mai opreau. Străbăteau bulevardele lungi de 60 de kilometri, dispăreau pe dedesubtul tunelelor, treceau peste poduri, se roteau în jurul sensurilor giratorii. Câteodată, în mijlocul bulevardelor, o lumină roșie se aprindea în vârful unui stâlp și toate mașinile îi dădeau ascultare. Siluetele umane se grăbeau să traverseze prin fața capotelor huruitoare. De partea cealaltă a străzii, era un alt șir de mașini care treceau în viteză și care se pierdeau printre zidurile clădirilor. Apoi, deodată, lumina roșie se stingea și se aprindea o lumină verde, chiar în vârful stâlpului ; și era ca și cum ceva uriaș s-ar fi schimbat în lume.

Mașinile câștigaseră lupta. Erau acolo, pe teritoriul pe care-l cuceriseră cu caroseriile lor de oțel și cu roțile lor din cauciuc. Treceau printre case, cu miile, huruind și zdrăngănind. Erau amenințătoare : J. Hombre Hogan

mergea de-a lungul trotuarelor, privindu-le; știa bine
ce voiau ele. Voiau să-l ucidă. Într-o bună zi, fără îndo-
ială, n-or să mai rateze. Erau nemiloase. Bătrânele
înfășurate în șaluri traversau strada cu pași mărunți.
Și, deodată, capotele de metal le înghițeau, le sfărâ-
mau picioarele, le târâiau trupurile descărnate de-a
lungul rigolelor.

Aici totul era construit pentru ele. J. Hombre Hogan
mergea pe o stradă plină de praf, împărțită printr-un
refugiu pe care creșteau sălcii. De fiecare parte, la
dreapta și la stânga, șirurile de mașini treceau șuie-
rând, urlând. Norii de gaze pluteau deasupra străzii,
mai înspăimântători decât norii de insecte. J. Hombre
Hogan mergea înainte, uitându-se la toate hoiturile de
câini care se descompuneau pe refugiu. Erau cu sutele,
răsturnați în iarba galbenă, cu burțile umflate, cu
labele țepene ridicate către cer. Mașinile simțeau ne-
voia să ucidă. Ăsta era rolul lor. Dacă nu ucideau câini,
aveau să ucidă oameni. Din pricina asta, noaptea, oa-
menii se distrau jucându-se de-a câinele și camionul:

Se așezau pe marginea drumului, fumând și bând
tequila din pahare murdare. Țineau în brațe un câine.
Când apărea un camion, un camion imens, cu farurile
ca două sfere de foc, care gonea cu cea mai mare viteză,
făcând să se cutremure pământul sub cele paisprezece
pneuri ale sale, când camionul era acolo, la doar câțiva
metri, aruncau câinele în mijlocul drumului. Erau unii
care urlau de spaimă și se repezeau înaintea camionu-
lui. Erau alții care așteptau și se uitau cum cele două
faruri orbitoare deveneau enorme. Erau alții care nu
vedeau nimic; se întorceau într-o parte și încercau să
vadă ce se întâmplă în josul străzii. Camioanele sco-
teau zgomote asurzitoare, pneurile se striveau de pă-
mânt cu plesnete de apă. Câinii au mii de feluri de-a
muri. Unii țâșnesc deodată în aer, cu labele desfăcute.
Unii crapă ca fructele; alții se fac una cu pământul,

ca niște clătite. Unii scot urlete stridente, iar alții răsună din tot corpul, precum tobele. Sunt și unii care scapă de la moarte, care alunecă printre șirurile de pneuri și o iau la sănătoasa pe terenuri virane, dispărând în străfundurile întunericului.

J. Hombre Hogan încearcă să recunoască, în treacăt, numele mașinilor. Le enumeră cu glas scăzut pe când străbăteau bulevardul cu caroseriile lor grele și strălucitoare:

„Chevrolet 1955, albastru deschis"

„Dodge Dart"

„Studebaker 1960 vișiniu"

„Ford Mustang"

„Volkswagen roșu"

„Chevrolet Impala alb".

Toate erau numele soldaților cu armuri care cuceriseră orașul. Îl îngenuncheaseră cu roțile lor, cu motoarele lor încinse și cu barele lor de protecție cromate, iar acum orașul era al lor.

J. Hombre Hogan merse multă vreme pe străzile pe care viermuiau mașinile. Traversă printre capote, ascultă cum crește vacarmul înfricoșător care acoperea casele și copacii. Privi toate reflexele brutale ale caroseriilor de metal, toate geamurile albe sau albastre care luceau în soare.

De-a lungul trotuarelor, treceau, cu huruitul lor asurzitor, autobuzele. În partea din spate aveau un motor care se tura la vedere și căruia i se vedeau cilindrii și elicele ambalate în cabluri. În carlingile de metal încins, stăteau îngrămădiți ciorchini de oameni, cu brațele agățate de tavan. Se legănau la fiecare frână. J. Hombre Hogan se opri la o intersecție și se uită cum se apropiau autobuzele. Unele erau foarte frumoase, dreptunghiulare, cu metalul sclipitor, cu geamurile fumurii. Altele erau vechi, fără geamuri, și târau după ele un nor de fum albastru, iar plăcile de tablă li se dezmembrau la fiecare zdruncinătură. Puteai să te urci în oricare dintre ele, să te amesteci în masa nedefinită de brațe și de picioare și să te lași purtat spre ținuturi necunoscute. Mașinile cu frunți largi acceptau ca toți paraziții ăștia să le pătrundă în trupuri. Îi purtau fără să-și dea seama, urlând din motoarele la vedere, izbindu-se cu pneurile de toate gropile din șosea. Aveau scrise deasupra parbrizelor nume stranii, care erau numele lor: RIO MIXCOAC, TLANEPANTLA, ZOCALO, OCOYOACAC, RIO ABAJO, COYOACAN, NE-TZAHUALCOYOTL. Când sosi autobuzul pe care scria NAUCALPAN, J. Hombre Hogan urcă la rândul lui.

La capătul străzilor pline de mașini, după ce schimbase de două ori autobuzul, după ce trecuse prin fața tuturor caselor cu ferestrele închise, după ce văzuse toate chipurile, se afla ținutul acela înfricoșător, întindere uriașă de tăcere și de praf, unde locuia Hogan. Se hotărâse să rămână acolo o vreme, acolo, fiindcă acolo nu mai erau nici drumuri și nici mașini, doar albii de torente, dealuri de noroi, râpe și case de tablă, tot ceea ce poartă numele de Periferie.

Pe kilometri întregi, cât vedeai cu ochii, nu erau decât ridicăturile astea de pământ acoperite de adăposturi asupra cărora apăsa tăcerea. J. Hombre Hogan urca acum o cărare abruptă. Escalada movilele de noroi întărit, pietrele, treptele scărilor săpate de picioare în pământ de atâta umblet. Respira cu greutate, poate din pricina liniștii. În spatele lui se vedea restul orașului, mare cenușie care se întindea până la orizont și în care se oglindeau ici și colo zgârie-nori albi. Trecea prin fața caselor de cărămidă din care femei negricioase se uitau la el pe furiș. Traversa câmpuri prăfoase. Poteca urca spre vârful dealului. De fiecare parte, vedea dealuri identice, cu cuburile lor din chirpici și acoperișurile lor de tinichea.

Poate era un cimitir cu morminte multicolore, în care morții trăiau. Îi vedea mergând peste tot, traversând terenurile virane, coborând pantele, urcând cărările abrupte, împovărați de căldări cu apă. Era un cimitir în care câinii se plimbau liberi, în căutare de bucăți de oase și de coji de portocală. Cete de copii de culoarea prafului alergau printre morminte, scoțând strigăte prelungi, stridente, care spărgeau tăcerea. Ceva mai sus, J. Hombre Hogan merse de-a lungul unui soi de terase aflate deasupra unui pârâiaș secat. Casele erau agățate în tot locul, înghesuite, regulate, fără vreo speranță de-a evada din ele. Se înfipseseră în pământ cu ghearele lor nevăzute și nimic nu le mai putea smulge de acolo. Răsăriseră peste tot unde fusese cu putință : de-a lungul coastelor, pe povârnișuri, pe dâmburi, în văi, pe buza văilor, pe pantele lor. Unele abia-și păstrau echilibrul pe marginea unei râpe, gata să se prăvălească la cea mai mică mișcare sau la cea dintâi ploaie. Altele erau strivite în fundul crevaselor, prizoniere ale unei pâlnii de praf. Altele răsăriseră pe marginea falezelor prăpăstioase și, în fiecare zi, se aplecau tot mai mult în gol. Toate erau asemănătoare și totuși nici una nu era la fel cu cealaltă. Fiecare avea ceva delicat, un detaliu minuscul pe care nu-l remarcai la prima vedere. O pată de rugină pe acoperiș, de pildă, sau un petic de carton pe care era scris cu litere roșii un cuvânt, ceva de genul GENERAL DE GAZ ori, la fel de bine, ATLANTE, o ladă veche, o ușă din plastic verde, un bidon de benzină în care se păstra apa, un pneu de camion pe care ședea o bătrână, și care îi confereau casei adevărata ei identitate. Era ceva de genul unui buchet de flori sau al unei ghirlande din ipsos pe un mormânt, asta voia să însemne că se trăia între zidurile acelea, că acolo nu încetase încă nimeni să respire.

J. Hombre Hogan se uita la toţi negii aceştia multi-
colori care ieşiseră din pământ; se uita, din vârful
dealului, la coloanele de fum care se ridicau către cer.
Atunci se opri, se aşeză pe o piatră şi scoase la
rândul lui fum dintr-o ţigară. Şi pentru că nu avea
nimic de făcut, pentru că avea tot timpul din lume,
se gândi:

Gândurile lui J. Hombre Hogan
în faţa oraşului care pare un cimitir,
Barrio Colorado,
dincolo de Naucalpan

„Ştii, poate c-o să mă opresc aici. E un ţinut
extraordinar, cu o mulţime de dealuri şi de văi.
Ceea ce e cu adevărat extraordinar, pretutin-
deni, e praful. Mărunt şi cenuşiu, nici măcar
nu-l zăreşti şi cu toate astea acoperă totul. Chiar
şi apa trebuie să fie praf aici. Praful alunecă
fără încetare pe vârful dealurilor spre oraş, plu-
teşte alcătuind panglici foarte lungi în aer. A în-
locuit chiar şi norii. Pătrunde peste tot. E în
hrana pe care o mănânci şi e în apa pe care o bei.
Ţi se depune în fundul gâtlejului când respiri.
Nu-i aşa că-i extraordinar? Tot ce guşti are gust
de praf. Ţigările pe care le fumezi sunt doldora
de praf. Ieri am cumpărat o cutie de caise însi-
ropate, fiindcă, în ciuda tuturor, mai simt încă
nevoie de lux. Am deschis-o: era plină de praf
pe dinăuntru. Aici e atât de mult praf, încât
dacă s-ar inventa aspiratoarele, ar muri înecate
în câteva secunde. Praful nu are nici o legătură
cu vântul. Fie că bate sau nu vântul, praful plu-
teşte în aer, încetişor, fără nici o grabă, aşe-
zându-se şi ridicându-se. Cred că e un praf viu.
Nu cântăreşte mai nimic. E uşor, uşor. Dacă

l-am privi la microscop, poate am vedea că are aripi și picioare. Sau poate am vedea că nici nu există, că nu e decât în imaginația noastră. Nimănui nu-i place praful. Sunt oameni care-și țin tot soiul de batiste la gură atunci când ies. Mie însă, mie îmi place praful. Îl trag în piept cu nesaț. Nu sunt niciodată mai fericit decât atunci când tușesc sau când strănut. Și-apoi, praful e un lucru folositor. Nu te simți niciodată singur când ești cu el. E acolo, discret, îți amintește mereu că e acolo. Face în așa fel încât să nu uiți nimic. Îți amintește de fiecare clipă, știi întotdeauna unde ești și cum stai. Praful mi-e într-adevăr prieten. Îmi face o grămadă de servicii: înghite zgomotele de care nu am nevoie. Când se ivește un zgomot mai puternic – un țipăt de copil, o explozie, o sirenă de alarmă – praful trece înainte și-l înghite. Zgomotele devin cenușii și se preschimbă în pulbere. Înghite și lumina de care nu am trebuință. Se întinde în fața soarelui și absoarbe razele prea puternice. Mulțumită lui, soarele e întotdeauna precum capătul aprins al unei țigări. Se vede, dar nu te deranjează cu nimic. E un lucru extraordinar, o minune a prafului. Noaptea, la rândul ei, nu e niciodată neagră. E gri. Iar când se face frig, praful alcătuiește încă o cuvertură în jurul meu și-mi astupă toate orificiile pielii. Pot să-ți spun o mulțime de lucruri extraordinare pe care le face praful: întunecă oglinzile; stinge orice început de incendiu; ține părul lipit de cap atunci când bate vântul; te hrănește precum făina; întârzie mecanismele ceasurilor; alungă țânțarii; dă gust apei; îți căptușește încălțările; lustruiește pielea femeilor; murdărește lentilele ochelarilor; oprește motoarele mașinilor; ascunde murdăria; destramă pânzele de păianjen; acoperă găurile; îi împiedică pe oameni să se uite unii la alţii; uzează ziarele vechi; îţi face poftă să mori sau să dormi; şlefuieşte pietrele ascuţite; smulge din rădăcini ierburile, mărăcinii şi copacii care nu servesc la nimic; ascunde stelele; face o aureolă de jur împrejurul lunii; şterge urmele paşilor; şi mai face multe alte lucruri."

J. Hombre Hogan se mişcă puţin pe piatră şi-şi întinse picioarele în faţă. Se uită la întinderea oraşului cenuşiu, cu milioane de case. Se gândi:

„Poate că o să rămân aici, da, pentru foarte multă vreme. Nu ţi-am spus că de la mine se vede marea. Nu există ferestre, dar dacă stai în faţa uşii, vezi dealul care coboară drept, cu cabanele lui din scânduri şi tablă. Şi, chiar în capăt, vezi marea. E o mare întinsă, gri-albastruie, cu stânci uriaşe ce se înalţă pe verticală. În marea aceasta se pierd maşinile care trec pe străzile drepte, gudronate. Dar de unde mă aflu eu nu se văd. Când soarele răsare sau când apune, sunt amurguri frumoase pe mare, cu reflexe roşietice şi pete violacee. E bine. Întotdeauna am visat să am o casă ca asta, cu vedere spre mare, de sus, din vârful unui deal. Pot să mă aşez în faţa uşii şi să privesc marea fumând o ţigară şi bând un nes dintr-o ceşcuţă, şi să ascult vuietul valurilor. E un vuiet foarte îndepărtat, o rumoare continuă care vine dinspre mare şi care urcă până în vârful dealului. Şi pot să vorbesc cu oamenii, privind şi ascultând marea. Câteodată, prin faţa mea trec o turmă de măgari şi nişte oameni. Aceştia sunt Otomii care se întorc de la târg. Se reîntorc în munţii lor, fără să se uite la nimeni. Au nişte chipuri de nepătruns şi urcă poteca scoţând din guri sunete ciudate, ca să-şi îndemne măgarii. Aici cerul e limpede şi blând tocmai datorită prafului. Totul e atât de uscat încât nu vezi cum trece timpul. Totul e atât de liniştit încât e ca şi cum ar fi mereu aceeaşi oră. Tu, tu nu ştii cum e. Tu trăieşti într-un oraş pe care nu-l cunosc. Te duci la cinematograf. Urci şi cobori tot timpul. Mergi să munceşti în birouri de piele. Şi, între timp, eu trăiesc într-un desen. Am căsuţa mea în vârful unui deal. Nu aştept pe nimeni. Am cubul meu de praf. Când se lasă seara, văd marea, acolo jos, şi miile de lămpi minuscule ce se aprind pe ea. Unele tremură, altele rămân nemişcate. E fantastic să vezi lucruri atât de frumoase fără să fii nevoit să ieşi din casă.

La asta trebuie să mă gândesc: să rămân aici sau într-un loc care seamănă cu ăsta. Praful n-o să mă scoată niciodată afară. Când trăieşti într-un cimitir, nu trebuie să mergi prea departe ca să mori. Când cineva vine pe lume, are dreptul la aproximativ 14 400 de zile şi 14 400 de nopţi. Sunt atâtea lucruri de văzut, atâtea lucruri de făcut, atâtea lucruri de spus din vârful dealului ăstuia, încât simt că mă înăbuş. Şi se vede atât de departe, dincolo de munţi şi de barierele zidurilor, încât nu mai poate să existe niciodată vid, nicăieri. Să nu mai pronunţăm niciodată cuvântul acesta indecent, *adevăr*. Vorbesc despre praf fiindcă nu ştiu să vorbesc despre bărbatul pe care l-am întâlnit ieri. Mergea de luni întregi spre oraş, împreună cu nevasta şi cu cei trei copii ai lui. Avea o faţă inteligentă şi uscăţivă, iar în braţe îşi ţinea ultimul născut, un băieţel de doi ani. Şi el, şi copiii lui erau în picioarele goale. Când le-am dat să mănânce, nici unul nu mi-a mulţumit. Au mâncat în grabă; chiar şi băiețelul de doi ani mânca repede. Apoi, cum erau obosiți, s-au așezat pe pământ, acolo unde se aflau, și-au adormit. Bărbatul n-a adormit imediat, fiindcă voia să fumeze o țigară. A spus că mergea să se stabilească la oraș ca să muncească. A spus că fusese izgonit de pe pământul lui și că i se zisese să meargă la oraș. A spus că mergea să se așeze acolo, în orașul-cimitir. Avea niște ochi din care puteai să înveți ceva. Nu ochi care ucid. Ci ochi care te învață ceva. Acum știu. Înainte să salvez lumea, înainte să vorbesc în numele săracilor, aici trebuie să rămân și să trăiesc 122 de ani, ca să reușesc să înțeleg."

J. H. H.

Imbecilă hidoșenie a orașelor sărăcăcioase întinse pe fața pământului! Solitudine a străzilor mizerabile, a terenurilor virane mizerabile! Cazemate! Închisori cu ziduri de cărămidă roșie, curți de leprozerii, coșmelii din tablă și cartoane! Grămezi uriașe de gunoaie! Nu e nimic de făcut, nimic altceva de făcut decât să privești și să suferi. Boala a înaintat pe nesimțite. Boala tristeții și a spaimei. Acum își scoate la iveală petele maronii pe piele și-și trasează drumurile de febră și de frisoane. Cetăți ale tristeții, cetăți ale săracilor în aerul înghețat de la cinci dimineața. Străzi pe care nu am avut timp să le asfaltăm, copaci care n-au avut timp să crească, râuri de putreziciune pe care n-a fost niciodată timp să curgă apă! Mlaștini ale umilinței, spații terne în care lumina soarelui nu e decât o opacitate în plus. Nopți fără nici un felinar! Tot mai numeroși pe zi ce trece, bărbați supuși, femei și copii înfășurați în zdrențe de lână. Stau ghemuiți în ungherele depozitelor și pe sub arcadele podurilor. Aprind focuri din bucăți de lăzi. Apoi, pe unul sau două dealuri, își construiesc alte case din chirpici, își ridică bucățile de fier, își pun alți bolovani pe acoperișul care se mișcă. Orașe adormite. Orașe-tenie care-și aruncă inelele moarte. Toate șantierele au înțepenit. Toate zidurile se opresc. Sunt aici munți de nisip, masive de pământ negru și de bucăți masive de fier vechi. Vaste cartiere pustii, prin care nu se plimbă nimeni, prin care nimeni nu hoinărește. Zone dezafectate, câmpii înghețate pe care le traversează trenurile și camioanele. Ținuturi ostile prin care suflă vântul și zboară praful. Acestea sunt petele de umbră, petele de rugină, petele de ulei. Sunt o mulțime de pete. Ținuturi în care totul a fost folosit de o mie de ori! Mașinile hodorogite au naufragiat în garduri rupte. Însă în adăposturile fără uși și geamuri, oamenii dorm ghemuiți pe pernele lor mizere. Orașe-fantomă, în care nimeni nu așteaptă niciodată nimic. Cenușiul, cenușiul e cel care ucide! Kilometri pătrați de tăcere ursuză, kilometri pătrați de nimic! Orașe în care nu te speli! Orașe în care nu mănânci! Orașe în care nu citești și în care nu vorbești! Bazine imense în care nu se întâmplă nimic! Locuri în care aventurile se numesc *șobolani*, difterie, tuberculoză, variolă, malnutriție, febră tifoidă. Aici nu există ore. Sufletul stă încolăcit, nu doarme, nu veghează. Nu mai e acolo. Înșiruire nesfârșită de singurătăți, de boli, de tristeți: absența a spațiului, spațiu care nu se vede. Acolo, de jur împrejurul orașelor sclipitoare sunt cercuri de vid. Și-au săpat puțurile și și-au strâns inelele. Totul tinde să cadă în găurile astea și să dispară. Ceea ce ține orașele la distanță e vidul. Iar dejecțiile vidului se îngrămădesc în jurul lor, le împrejmuiesc. Locuri care trebuie să rămână pentru totdeauna străine, locuri care nu au nici naționalitate și nici limbă. Asta e buza craterului. Acestea sunt urmele inelate ale unei mări secate, pe care o traversezi fără să o vezi. Ciorchini de spumă murdară, baloane de săpun, brățări de murdărie. Fumul iese din cocioabele lor ermetice, se strecoară prin ușile întredeschise, fumul frigului și al foamei. Armatele de șobolani mărșăluiesc prin întuneric. Câinii ca niște schelete ambulante se învârt pe terenurile virane. Orașe în care totul se mestecă! Saci ticsiți cu ziare vechi, resturi de oase de culoarea pământului, sticle negre. Cetate a șifonierelor! Totul e pierdut, totul e înghițit de uitare și de ură. Furnalele uzinelor roșii scot fum. Nave argintii stau în mijlocul deșerturilor cenușii, fără să-și ia vreodată zborul. Sunt cisternele cu benzină, rezervoarele de petrol, cuvele de metal înghețat care scânteiază în soare. Cilindrii străbat aerul, firele electrice stau suspendate. Aici nu-ți trebuie nici un cuvânt pentru speranță ori pentru deznădejde. Doar un cuvânt leneș pentru așteptare, un cuvânt care se va întinde pe secole întregi. Foamea roade pântecele. Foamea e cel de-al treilea ochi, un fel de ochi pineal care-ți clipește în frunte. Câteodată, în înaltul cerului, alunecă un avion ireal. Umbra lui zboară pe deasupra caselor de pământ, face copiii să strângă din ochi, se unduiește pe deasupra acoperișurilor de tablă, iar huruitul violent al reactoarelor sale umple vidul. Poduri de ciment trec peste zone obscure, sar peste drumuri pe care noroiul nu se usucă niciodată. Pe pod, mii de mașini se năpustesc prin vânt și se îndepărtează de locurile blestemate. Trebuie să uite. Trebuie să se îndepărteze. E cu putință oare? Cum să faci să nu mai știi? Cum să faci să te întorci la magazinele strălucitoare, la cinematografe, la baruri, la bisericile pictate? Angajat, neangajat: asta nu înseamnă nimic. Cum să te intereseze imaginile abstracte, limbajul, raționamentele gândirii care nu suferă de foame? Oare aici trebuie să se încheie fuga? Cum să rămâi în afara tuturor acestora acum, cum să faci revoluții cu drapele și cărți, cum să crezi într-un

Dumnezeu care să nu fie urât? Blestem al oraşelor subpământene, al oraşelor ascunse. Într-o bună zi, le descoperim din întâmplare şi ştim că nu le vom da niciodată uitării. Petele maronii se întind cu fiecare zi mai mult. Se întind pe pieile moarte, alunecă în urmă, târăsc totul spre uitare... Petele cenuşii rănesc, te strâng în gheare, îşi sapă puţurile goale în jurul conştiinţei. Toate petele sunt tăcute. Nu fac nici un zgomot. Nu vor nimic în afara spaţiului, acoperişurilor, noroiului, şobolanilor. Nu proclamă nimic. Nu defilează pe străzi. Nu au idei, nici cuvinte, nici imagini. Nu sunt decât plăci de linişte, gropi, ziduri ştirbe. Cei care locuiesc aici nu încearcă să le cucerească. Nu au decât copii ca să populeze vidul, ca să multiplice vidul. Sunt străini. Vorbesc limbi ce nu pot fi înţelese, nu le e foame de o singură masă sau de un desert, le e foame de mii, de milioane de mese. Nu mor: dispar. Nu iubesc: se acuplează în grabă, fără ca asta să aibă vreo importanţă. Nu respiră. Nu sunt acolo. Sărăcie. Privire lărgită, care nu pătrunde niciodată, ci trece doar de la un zid la altul. Cei care locuiesc petele acestea au chipuri ce seamănă cu petele, şi ochi aidoma pietrelor. Avioanele nu sunt făcute pentru ei. Drumurile nu sunt făcute pentru ei. Firele electrice, copacii, canalele de scurgere de sub pământ, nimic din toate astea nu e făcut pentru ei. Pentru ei sunt făcute fiarele mâncate de rugină, cartoanele rupte, cioburile de sticlă, pneurile sparte, ploaia, frigul, soarele fierbinte, tăcerea maidanelor. Şi câinii costelivi, praful care se preschimbă în noroi, mirosurile de gaz şi deşeuri. Şi camioanele care bat drumuri desfundate şi se opresc în faţa fiecărui cub de tablă şi cărămidă, ca să-şi vândă bidoanele de apă murdară la preţuri la care e mai scump să uzi o muşcată dintr-un ghiveci decât să ai o piscină, o apă pe care, după ce te-ai spălat pe dinţi, o scuipi ca să te speli pe mâini. Oraşe moarte, oraşe-cimitire, oraşe ruinate chiar dinainte de-a fi construite, e rândul vostru acum! Răzbunaţi-vă! Răzbunaţi-vă!

Cer gri,
Oraş cenuşiu,
Astăzi, toate, acolo, mii de ziduri cenuşii,
Oraş-închisoare, oraş-fortăreaţă, oraş nemiş-
    cat sub ceruri,
Te cunosc:
Nu mai am nimic să-ţi spun
În lumea întreagă nu e decât un singur oraş,
O singură casă uriaşă
Patru pereţi de ciment
Un acoperiş de zinc
Ferestre, uşi

Pe caldarâm
păşeşte o femeie
Încotro se îndreaptă?
Încotro se îndreaptă?
Cu pasul ei greoi care-i leagănă şoldurile
Pe chipul ei nimic nu e sigur
Ce se citeşte pe trupul ei
Pe pielea picioarelor ei
Este doar:
ZIDURI

Oraş, o, Oraşe pe care nu le zăreşti niciodată
Oraşe fără contururi
Pot oare să vă locuiesc?

Cetate a morţilor
Puternice palate ridicate pentru războaie
Oraşe înţesate de copaci falşi
Ţinuturi cercetate de porumbei şi de şobolani

Sunt femei
Sunt bărbați
Sunt câini care dorm în găurile din zidurile
    voastre

Așteptați-mă, orașe,
Vin, o să vin, se prea poate să vin,
O să vă vizitez

Nu se poate vorbi într-adevăr despre voi,
    orașe
O, Ninive
O, Bizanț
O, Tlaxcala, Pachacamac, Varșovia,
    Phitsanulok
O, Tenochtitlán
Pe zidurile voastre nu se pot scrie cuvinte de
    dragoste
Decât atunci când muriți.

AUTOCRITICĂ

Mi-aş dori să pot scrie aşa cum vorbesc. Mi-aş dori
mult ca, într-o bună zi, zidul acesta subţire, de hârtie
albă, care mă apără, care mă izolează, să dispară. Ce
se află oare dincolo de pătratul acesta orbitor, ce para-
dis sau ce infern se ascunde de partea cealaltă a acestei
ferestre opace? Marea ipocrizie a scriiturii – şi extazul
acela al distanţei prestabilite, al mănuşilor pe care mi
le pun ca să ating lumea, ca să mă ating – e materia
care se interpune între mine şi mine, calea ocolită pe
care mă adresez.

Cei care ne spun să ţipăm, cei care vor să iubim şi
să urâm, să fim cei ce suntem, pur şi simplu, direct,
firesc: mint. În literatură nu există ţipete, nu pot să
existe nici glasuri şi nici gesturi. Nu există decât mur-
mure care vin de foarte departe, de la celălalt capăt
al universului.

Când scriu, eu sunt cel care nu vorbeşte.

Gândirea mea e părăsită în noaptea imensă, nesfâr-
şită, care separă clipa mea de luciditate de momentul
ce eliberează cuvântul. A fugit, fără ţintă, fără formă.
Cine vorbeşte despre semnificat şi semnificant? De ce
să despart prin analiză cuvântul de mişcarea reală?
Toate astea sunt false, toate astea sunt metalimbaj.
Ceea ce rămâne adevărat şi neschimbat este abando-
nul realităţii prin scriitură, pierderea sensului, nebu-
nia logică. Confrunt cu spectacolul unei porţiuni de
lume, nu imaginez nimic, nu inventez nimic. Repet

după sistemul ancestral care mi-a fost dat. Fiindcă e vorba de un simplu joc, de cel mai crud, de cel mai zadarnic dintre jocuri. Să-ți imaginezi după regulile imaginației, să scrii după regulile scriiturii, să fii după regulile ființării. Nu există nici masă, nici scaun, nici mână chircită, nici pix albastru cu capătul ros. Nu există nici hârtie albă, nici estompă neagră care înaintează, zvâcnind. Nimic din *toate astea* nu există. Nu există decât vidul înspăimântător pe care-l măsor fără încetare, infinitul pe care-l topografiez cu metrul în mână. Unde e atunci lumea? Unde e pătratul de soare și aer, de vapori de apă, de sulf, de metal îngropat în pământ, de umbră, de miresme, de gust acru sau sărat? Ș-acolo, chiar acolo, dincolo de hârțoaga albă de pe masa de lemn. („Pagină, deschide-te!")

Mi-aș dori să scriu așa cum vorbesc. Mi-aș dori să scriu așa cum cânt, așa cum țip sau cum aprind o țigară cu chibritul și o fumez pe îndelete, gândindu-mă la fleacuri. Dar asta nu se face. Așa că scriu cum se scrie, așezat pe un scaun de răchită, cu capul aplecat puțin către stânga, cu antebrațul drept purtând la capăt o mână ce aduce cu o tarantulă care-și deapănă drumul de rămurele și bale. („Pagină, mistuie-te în scrumiera de sticlă!")

Există, dincolo de toate hârtiile, dincolo de toate fotografiile, un univers pe care-l cunosc bine și pe care nu pot să-l redescopăr. Dincolo de peretele de sticlă al recipientelor, sub tăblia meselor, e o fantomă calmă, care se uită la mine fără să spună un cuvânt.

În zadar mă aplec asupra paginii ușoare și citesc cuvintele care urmează unul după altul. În zadar citesc printre cuvinte, de pildă:

Hablar: ni, tlatoa
Habla: Tlatolli
H. en lengua extraña: Cecni tlatolli yc nitlatoa

În zadar văd totul, privirea mea nu merge mai departe. Nu poți pătrunde în împărăție. Nu poți călători prin fotografiile neclare, pline de nori mari, plumburii, care plutesc pe un cer negru. Nu poți trece dincolo de ușa de sticlă pe care scrie:

(„Pagină, să arzi în flăcările privirilor!")

Și ca să spun totul, eu, infirmul, eu, cel cu pleoapele înroșite, cel cu gâtul uscat, cel cu mâncărimi la degete, da, e-adevărat, și eu fac la fel. Așa mă răzbun eu, deschizând noaptea ușa tunelului meu plin de lumină și de căldură și apoi (dar cine poate într-adevăr să intre, dacă privirea care citește e o fugă mult mai rapidă decât cea a telescopului care împinge o stea aflată atât de aproape la mii de ani-lumină) barând trecerea.

Mi-aș dori să scriu așa cum expediezi o carte poștală. Dar asta nu se face. Nu pot să spun pur și simplu, am fost aici și apoi am luat trenul spre Penang, iar într-o zi, pe când traversam istmul Panama, între insula Nargana și insula Tikantiki, motorul a făcut pană și am fost nevoit să vâslesc. Sau, pe drumul spre Oaxaca, un bărbat gras, cu mustață, într-un Cadillac mov și-a scos revolverul și mi-a urlat în față: ¿Que quieres?. Aș fi putut să spun toate astea foarte repede, așa cum s-au petrecut, câteva incidente ale vieții glorioase împlinindu-se fără cusur. Sau când am fumat o țigară, într-o zi de Crăciun, pe plaja de la San Juan del Sur. Sau când am intrat în prăvălia aceea întunecoasă, la Saraburi, și i-am spus bărbatului de la casă:

— *Khrung Thong mi maï kap?*
— *Mi kap.*

Sau când am zis, în Hastings, într-o încăpere plină de fum, în care mirosea puternic a bere:

— *I used to be rather good, y'know, but know...*[1]

---

1. Eram destul de bun, știi, dar acum... (în engl, în orig.) (n.r.).

Sau în Mezcala:

— *Quempatio?*

Sau în altă zi, în fața unui câine cu urechile ciulite:

— Ham! Ham!

Toate limbajele astea pentru care gurile s-au deschis o clipă ca să lase să iasă sunete stranii și sigure pe ele însele. N-am să le uit niciodată. Nu pot să le uit. Dar asta e, n-o să le pot traduce niciodată prin alte cuvinte, n-o să le pot transpune niciodată în povești veridice și ușor aventuroase. Nu s-a întâmplat nimic. Nu cunosc nimic. N-am știut să vă expediez cărțile poștale atunci când a trebuit.

Atunci, cum aș putea să spun ce e mizeria, sau dragostea, sau frica? Poate că scriem romane pur și simplu pentru că nu știm să scriem scrisori și invers.

Chilam Balam[1]

Cartea Tainelor
Ghicitorile sacre
Ce e lins de limba jaguarului? Focul.
Legenda bărbatului devenit femeie la populația
Iglulik :
    O ființă umană aici
    Un penis aici
    Pentru ca deschiderea să poată fi largă
    și încăpătoare.
    Deschidere, deschidere, deschidere!

Walam Olum[2]

---

1. *Cartea lui Chilam Balam* (Profetul Jaguar) – scriere pro-
fetică maya din secolul XVI.
2. Antologie sapiențială amerindiană aparținând indienilor
Lenape.

Dar trebuie să merg și mai departe, și mai târziu. Dacă fug, e ca să nu mai știu nimic despre viitor. Anii care or să vină, anii orbi, blestemați fie cu toții! Nu mai vreau să văd ușile deschizându-se. Trebuie să las în urmă tot ceea ce seamănă cu realitatea și care nu e nimic altceva decât minciună. Trebuie să mă abandonez, ca o corabie care plutește. Trebuie să caut în depărtare și, invers, trebuie să răscolesc în trecut. Să-i regăsești pe tatăl pe care nu l-ai cunoscut și pe mama care n-a vrut să te nască. Platforme betonate, vitrine, spuneți tot timpul: mâine! mâine!, iar ochii bărbaților strălucesc de pofte. Eu, însă, eu știu ce aștept. Viziunea aceasta înfricoșătoare a pământului care se crapă, a gurilor care își cască vortexurile lacome se află în mine. Fac cale-ntoarsă. Fug ca să fiu în afara mea, ca să fiu mai mare decât mine. Nu vreau să cunosc țări. Să cunoști înseamnă să mori. Nu vreau să cunosc femei. Să cunoști femei înseamnă să pătrunzi în ordinea fatală.

Nu sunt nimic altceva decât o rotiță. Nu mai am nici idei și nici imaginație. Nu mai am nici o dorință înfrânată. Autostradă a științei, siaj, pistă, prerie, cordilieră de știință. Trec fără încetare peste limite. Asta trebuie să fac. Să trec prin ziduri, să sparg geamurile, să sfâșii tapiseriile înflorate, să sfărâm orizontul în bucăți. E timpul să ies din camera eternă. E timpul să găsesc altceva de spus, altceva de gândit, altceva de văzut. Liber, probabil sunt liber. Să fii liber nu înseamnă oare să mergi de unul singur pe străzile noroioase din Huejuquilla, prin faţa caselor din ipsos? Să fii liber nu înseamnă oare să călăreşti prin munţi pustii, sub un cer albastru pe care străluceşte soarele? Mişcarea este singura conştiinţă. Să fii liber nu înseamnă oare să fii uriaş, viu, rapid?

Timpul e infinit. Îl văd etalat pretutindeni pe faţa pământului. Sunt blocuri de piatră care cântăresc tone întregi, sunt râuri care curg spre mare, mase întregi de copaci, de nori, de oameni. Timpul e acolo, desfăşurat deasupra peisajelor deschise, deasupra munţilor, a câmpiilor pe care s-au ridicat oraşele. Nu e un vis. Dacă timpul n-ar exista decât în mintea oamenilor, nici n-ar merita să se vorbească despre el. Dar e chiar în faţa mea, absolut real. Nu lipseşte nimic. Nimic n-a fost uitat. Acolo sunt toate veacurile inepuizabile, pictate în pământul roşiatic, desenate pe falezele de calcar, întinse pe mare. Merg printr-un peisaj fabulos, merg chiar prin timp. Escaladez râpele, traversez pădurile de filao, beau apă din mlaştini pline de lipitori. Totul este o peregrinare prin decorul timpului. De viitorul oamenilor fug eu. De viitor, de devenirea universală. Şi viitorul e aici, respirând de jur împrejurul meu. Nu are nevoie nici de semne şi nici de simboluri. E pe de-a-ntregul aici. Respiră. E cunoscut. Are aerul cerului, apa pâraielor, pietrele piscurilor ascuţite, are căldura soarelui şi frigul gerului. Are golul spaţiului, şi stelele, şi nebuloasele. Asta e fuga mea, aflaţi-o acum: de la un capăt la celălalt al timpului, cu viteză mai mare decât cea a luminii. Sau o zi în care stai întins pe spate în iarba uscată şi te uiţi la cerul nemişcat pe care se vede desenul detaliat a tot ceea ce a fost şi a tot ceea ce va veni.

Nimic nu a fost dat uitării: au murit atâţia oameni, pur şi simplu, fără ca nimic să se schimbe pe lume. Pe câmpuri, la marginea drumurilor, sunt astăzi toate acele cruci de lemn, pitice, fără nume şi fără adresă ; fug printr-o pădure de cruci pitice şi-mi amintesc de toate.

Era ieri. A fost astăzi. Nu le-am uitat feţele uscăţive, ochii strălucitori, gesturile rapide şi sigure. Şi-atâtea femei au dispărut, femei pe care le voi iubi pentru totdeauna, în pofida distanţei. Sunt încă acolo. E de-ajuns să te uiţi cu luare-aminte. Dacă am apleca desenul puţin într-o parte, am vedea cum le ies la iveală contururile feţelor, acolo, trasate de linia frunzişului, de orizontul deluros, de aripile uliului sau de bulgării norilor.

Când merg astfel, merg alături de ei. Sunt cadenţa paşilor lor de munteni atunci când înaintează cu catârii pe potecă, sub soarele fierbinte. Le văd veşmintele albe, pălăriile cu boruri largi şi puştile pe care le poartă la bandulieră. Au cartuşiere din piele în jurul brâului, iar pe umărul stâng, desaga şi pătura. Înaintează repede, zile întregi, fără să se odihnească. Când se lasă seara, îşi fac foc şi-şi gătesc o fiertură din făină de porumb. Dorm înfăşuraţi în pături, cu capetele pe paturile puştilor. Nu lasă niciodată urme. Îşi îngroapă excrementele. Îşi îngrămădesc jarul sub blocuri de piatră. Sunt cu ei. Sunt cu ei mereu. Fug pe acelaşi drum ca şi ei, peste munţii tăcuţi. Merg de-a lungul unor mari platouri deşertice, unde cresc plante roşii care omoară caii. Văd soarele care străluceşte deasupra pământului, soarele eternităţii. Am picioarele sfâşiate de silex, membrele frânte de oboseală. Uneori, ne e atâta de sete că mestecăm seminţe tari de prin copaci. Noaptea se face aşa de frig că ne crapă oasele. Ne e teamă. Vorbim prin gesturi, şuşotim din mers. Munţii se deschid şi ne dezvăluie mereu alţi munţi. Cu toţii gândim, cu toţii spunem aceleaşi lucruri : cei din Mezquitic sunt nişte trădători, federalii au spânzurat ieri, de crengile unui singur copac, zece bărbați și un copil. Printre noi e un bărbat masiv, cu părul roșcat, tăiat scurt. În fiecare dimineață, în zori, îngenunchează pe pământ și se roagă. Apoi le dă tuturor împărtășania, bucăți de pâine uscată. Nimic n-a fost uitat. Suferința și morții sunt vii în peisajul acesta și s-au confundat cu frumusețea lui dezvăluită. Nimic n-a folosit la nimic. Dar nici peisajele nu mai folosesc la nimic. Sunt acolo. Și au timp.

Într-o zi ne-am urcat pe un platou cu stânci plate. Așa se și cheamă. Platoul Stâncilor. Ne-am strecurat pe lângă pereții de stâncă ce șerpuiesc prin mijlocul pârloagelor. N-am văzut nimic când s-au auzit primele împușcături. Soarele era sus pe cerul negru-albăstriu, căldura ardea stâncile plate. Ne-am trântit pe burtă și am tras la întâmplare. Lupta a ținut trei zile și două nopți. Bărbatul cu părul roșu dădea ordinele. Uneori i se aducea câte un prizonier. Se uita la noi cu ochii plini de ură. Spunea : „O să crăpați cu toții!", așa că bărbatul cu părul roșu îi dădea iertarea de păcate, făcea semnul crucii ; îi punea apoi prizonierului revolverul la tâmplă și trăgea.

Nimic nu s-a șters din memorie. Totul e încă acolo, prezent în aerul pur. E chiar aerul pe care îl respir. În cea de-a treia zi, ne-am dat seama că nu mai exista cale de ieșire. Împușcăturile se apropiau tot mai mult. Erau deja multe cruci mici de lemn înfipte în pământul uscat. Oamenilor le era așa de sete că-și beau chiar sângele și tremurau de febră. Le era așa de somn că adormeau ca niște stane de piatră.

Apoi, spre orele trei după-amiaza, l-am auzit pe colonelul de armată strigând ceva. Cei o sută cincizeci de soldați au început să se îndrepte către pereții de stâncă. Zgomotul pașilor lor se auzea din ce în ce mai aproape. Gloanțele loveau din toate direcțiile, detunăturile nu mai conteneau. Soarele ardea în înaltul cerului din ce în ce mai albastru, din ce în ce mai negru. Acolo am murit, cu toții, unul după altul, cu pielea sfâșiată de zeci de gloanțe. În afară de unul, care era rănit. L-au spânzurat a doua zi. Noi n-am fost îngropați. Ne-au mâncat vulturii, lupii și furnicile. Și totuși, noi suntem acolo, pentru totdeauna. Și munții arizi sunt tot acolo, și Platoul Stâncilor, și soarele strălucind pe cerul negru-albăstriu. Fuga merge de la un capăt la celălalt al timpului, dar nu iese niciodată din limitele decorului de piatră. Fuga nu distruge nimic. Nu eternizează nimic în cărți și nici în fotografiile îngălbenite ale copiilor spânzurați. Fuga e adevărată, și pură, și vie. E poate momentul să scriu cuvintele cântecului aceluia nazal, al cântecului aceluia mișcător:

O să vă cânt un corrido
Despre un tovarăș din ținutul meu
Pe nume José Valentin
Care-a fost prins și împușcat în munți

Și-aș vrea să-mi aduc aminte
Când într-o seară de iarnă
Printr-un ghinion
Căzut-a Valentin în mâinile Stăpânirii

Căpitanul l-a-ntrebat
Cine-s aceia cărora le dă poruncă
Opt sute de soldați ce-au luat
Ferma din Olanda

Colonelul l-a-ntrebat
Care-s bărbații pe care-i cârmuiește
Opt sute de soldați pe care i-a dus
Peste munții Mariano Mejía

Valentin, fiind bărbat
Nimic n-a vrut să le spună
Sunt bărbat adevărat, unul dintre cei
care-au inventat
Revoluția

Înainte s-ajungă pe costişă
Valentin vru să verse lacrimi
Maica mea din Guadalupe
Din pricina credinţei tale au să mă omoare

Zboară zboară turturea
Să vestești lumii ce ţi-a spus
Tânguirile unui bărbat neînfricat
Ale bărbatului care-a fost Valentin

Fuga te poartă spre sate de chirpici, cu acoperișuri de paie, atârnate de coastele munților. Fuga te poartă spre capătul lungilor cavalcade istovitoare prin păduri și prin deșertul platourilor înalte. Ea te face să treci peste canioane adânci de 400 de metri. Te face să cobori cu repeziciune drumuri care nu se sfârșesc niciodată ; în tăcere, picioarele lovesc pământul din care se ivesc pietre ascuțite. Drumul e lung, te rănește, te aruncă înapoi. Soarele îți arde ceafa, cerul gol este amorf, bucățile de piatră te orbesc. E atâta lumină aici, atâta forță. Cele care se pierd, cele care se sfărâmă la fiecare pas sunt cuvintele și ritmurile. Vidul se strecoară pe nesimțite, devastează, preschimbă în cenușă, izgonește. Vidul se întinde și invadează totul, iar cel care poartă numele de J. Homme merge înaintea lui fără răgaz. Cinematografele, caleidoscoapele, paginile revistelor, discurile cu jazz, cafenelele, bisericile, totul se destramă. Cerul încremenit lovește cu putere țeasta, vrea să se facă în sfârșit liniște. Toate fugile de real, cărțile, albumele de fotografii, abecedarele, toate cântecele și toate poveștile. Izgonite, preschimbate în vid.

La capăt, e satul acesta rotund, unde trăiesc oameni care refuză. Într-una din zile, spre ora patru după-amiaza, intră în sat împreună cu o caravană de măgari încărcați cu navete de bere. Plouă. Se așază direct pe pământ, sub un copac, și așteaptă. Copacul e uriaș și se pun cu toții la adăpostul ramurilor lui. Măgarii și catârcele, uşuraţi de poveri, pasc iarba în ploaie. Ei, ceilalţi, cei care refuză, stau în picioare în jurul copacului, cu braţele încrucişate, se uită. Nimeni nu întreabă nimic.

Santa Catalina, sub un copac

Ploua când am ajuns noi.
Primarul ne-a spus că nu ne poate găzdui:
oare noi i-am găzdui pe ei dacă ar coborî la
câmpie?
Era acolo un copac, un copac foarte înalt,
Bătrân de cel puţin nouă sute de ani.
Copac, copac,
stâlp viu, cu mii de frunze vii,
copac cu ramuri uriaşe, întinse către vest, către
nord, către sud şi către est.
Copac fără ochi, fără glas, nemişcat,
Copac bătrân şi paşnic
Copac
indiferent.
Poate că de la tine ştiu
Că nimic nu-i adevărat
Că nimic nu-i adevărat!
Tu nu scrii nimic,
Tu rămâi pe loc, nu vrei nimic.
Nu *dai* niciodată nimic.
De jur împrejurul trunchiului
kilograme de frunze moarte formează un covor.
Am dormit pe covorul acesta.
Cu frunzele tale uscate ne-am făcut foc.
Ne-am aşezat pe rădăcinile tale ieşite din pământ.
Eu, eu m-am folosit de el,
Iar el n-a făcut nimic pentru mine.
Copac,
Copac al spânzuraţilor,

Copac cu frunze tainice,
Copac cu mireasmă vegetală.

Copac.
Tu ești un fir uriaș de iarbă.
Eu sunt un om pitic.

Iată la ce se gândea, fără îndoială, în clipa aceea.
E greu de știut. Sau poate gândea așa :
„Civilizație greco-romană, nu mai sunt copilul tău.
Nu mai pot aparține rasei acesteia. Nu mai știu nimic
despre tine. Chiar ieri, fără îndoială, lumea și-a dat
ultima suflare, în liniște, așezată în fotoliul ei. Ochii
acestui bărbat au rămas uscați ca pietrele. Mizerabilă
lume latină, ai vrut să faci din mine un sclav, dar nu
mai sunt copilul tău, nu mai sunt copilul tău! Ai vrut
să faci din mine un soldat, ca să ucid, să însemnez cu
fierul înroșit, să violez în numele tău. Dar eu sunt un
fiu necredincios, care nu-și mai cinstește părintele
mort. Războaiele tale n-au folosit la nimic, iar legile
tale, știu bine asta, n-au fost decât prefăcătorie. Eu
sunt fiul necredincios care râde și se pișă pe mormân-
tul tatălui său mort. La revedere, adio, nu mai am
nici tată și nu mai am nici lume.
    Nu mai e nici o surpriză de așteptat de la civilizația
asta lipsită de mister. Singurul lucru care-mi mai
rămâne de învățat e cum să uit. Întinse peisaje mute,
prerii, lacuri, platouri aride, lagune pline de țânțari!
Veniți și ajutați-mă! Tăcerile voastre sunt bine-venite,
fiindcă ele omoară omul. Nu mai sunt nicăieri. Mi-am
părăsit lumea și alta n-am mai găsit. Asta-i aventura
tragică. Am plecat și încă n-am ajuns nicăieri. Toate
teoriile umflate care mi s-au băgat în cap nu servesc
la nimic. E lesne de înțeles, erau cuvinte mute, papa-
gali afoni. Să te îndoiești înseamnă să crezi : am ieșit

în afara îndoielii. Sunt *stupefiat*. Abia mă mişc. Un pas aici, un pas ceva mai departe, un gest al mâinii, o clipire de pleoapă. Văd tot ce se petrece în jurul meu. Ceea ce văd, cunosc. Ceea ce cunosc e vidul... Să aşteptăm. Ce? La ce să fim atenţi? Nu vine nimic. Sunt prins între stânci, mi-au crescut copaci pe faţă. Toate astea sunt normale, calm, mult calm. Cei care m-au hrănit, cei care m-au plămădit, ştiau oare ce făceau? Nu mai sunt judecătorul nici unui proces. Nu mai vreau să fiu martorul nimănui. Am văzut accidentul care s-a întâmplat? Am fost ACOLO? Nu, nu mai pot să bag mâna în foc pentru nimic. Trebuie să am, uneori, în ciuda voinţei trupului şi a obişnuinţelor spiritului meu, o ciudată aparenţă de detaşare.

Scriu că nu mai ştiu. Dar o scriu cu mâna, cu sufletul şi cu cuvintele omului alb. Spun că nu mai aparţin acestui pământ. Dar o spun sprijindu-mă tocmai de acest pământ. Vechi şiretlic al unui bătrân popor viclean! Neg, dar în spatele meu, înlăuntrul meu, e o stafie nevăzută care dă aprobator din cap.

Cine sunt oamenii aceştia care vor să mă înveţe câte ceva? Cu cât înaintez în spaţiu, cu atât oamenii se retrag mai mult. Nu mai sunt nici malaysieni, nici laoţieni, nici chinezi, nici maya, nici indieni Huichol. Pretutindeni nu e decât omul alb, care a îmbrăcat totul în broderii exotice ca să fie mai uşoară schimbarea. Mizerabilă societate secretă care aduce pe lume şi botează... Susţin de două ori ceea ce neg.

Însă ceilalţi oameni pot să-mi dea numele de IN-TRUS".

Indianul? Indianul, arabul, negroteiul, karenul[1], munteanul birman. Pe cei pe care nu-i omorâm îi

---

1. Populaţie indigenă din zona Thailandei şi a Birmaniei.

facem saltimbanci. Blestemată rasă albă căreia îi aparțin și care nu vrea să schimbe nimic. Rasă de soldați travestiți. Antropologi, preoți, comercianți, filantropi, călători, toți, soldați travestiți.

Dar iată : indianul se uită la voi de la înălțimea micimii sale. El nu va uita niciodată. Știe bine cu cine are de-a face. V-a judecat încă din copilărie. Știe bine ce ascundeți.

Mergeți spre el, cu mâna întinsă, cu uriașa, altruista voastră sinceritate de om alb ; îi spuneți, cu vocea voastră caldă și plină : *„Kea Aco!"*, de parcă dintr-odată totul ar fi dat uitării. Dar el întoarce capul și nu se uită la voi. Nici măcar nu-i pasă de salutul vostru. Dacă e politicos și nu vă poartă prea multă pică, pleacă fără să vă răspundă. Dacă vă detestă, atunci se întoarce brusc, iar în ochii lui oblici sclipește o lumină ciudată, care nu prevestește nimic bun, chiar nimic bun. Vine cu mâna întinsă spre tine și-ți scuipă un singur cuvânt, un ordin :

— *Cigarillo!*

Cum să nu-i dai o țigară ?

Limbajul : cod secret. Iată ce le dă de gândit etnografilor, antropologilor, lingviștilor. Toți cei care vin cu magnetofoane și carnețele ca să fabrice dicționare. Vor să învețe limba indigenilor ca să le fure secretele, ca să-și facă tezele pe spinarea lor. Frumoasă afacere ! Vin și se așază la umbra unui copac, către amiază, și scot o carte. O carte frumoasă, mare, cum numai omul alb știe să facă, 600 de pagini strânse la un loc, acoperite cu mici semne negre. Text ! Cu un titlu frumos, abstract, cum numai oamenii civilizați știu să conceapă. Ceva de genul CUVINTELE ȘI LUCRURILE[1].

---

1. Michel Foucault, *Cuvintele și lucrurile*, Ed. Univers, București, 1996 (*Les Mots et les Choses. Une archéologie des sciences humaines*, Ed. Gallimard., 1966).

Indianul, firește, e neîncrezător. Într-o spaniolă șovăitoare, un băiețel întreabă ce-i aia. Urmărind literele cu degetul, citește titlul de pe copertă:

— Cuvintelee șii lucruriilee.

Râde. E bucuros că n-a înțeles nimic. Sunetele pe care le-a rostit gura lui sunt magice.

Așa că acum trebuie să i se traducă. Mai întâi în spaniolă.

— *Las palabras y las cosas.*[1]

Băiețelul râde. Tot nu înțelege. Trebuie să i se explice.

— *Las palabras... Y las cosas... Es que dice.*[2]

— *Las palabras... Y las cosas...*

— *Si! Ahora, como se dice en huichol?*[3]

Băiatul se încruntă. Îi e puțin teamă sau rușine. E serios acum. Nu vrea să răspundă. Dacă e o capcană? De ce vrea tipul ăsta care nu e din rasa lui să știe toate astea? Ezită, apoi, cu un soi de încetineală și de ironie, cu un strop de neliniște, scoate prima propoziție pe care orice indian trebuie s-o învețe, cea care-l scapă din orice situație, dacă e-n primejdie.

— *Quien saaabe?*[4]

Ceva mai târziu, când s-a obișnuit cu ideea:

— Cum se spune în huichol?

— Nu se spune.

— Cum nu se spune?

— Nu.

— Hai să vedem. *Las palabras*, cum se spune în huichol?

— Nu știu.

— Ba da, hai să vedem. *Las palabras*. Când vorbește cineva, cum se spune asta?

---

1. Cuvintele și lucrurile (în sp., în orig.).
2. Cuvintele... Și lucrurile... Asta spune (în sp., în orig.).
3. Da! Acum, cum se spune în huichol? (în sp., în orig.).
4. Cine știiiie? (în sp., în orig.)

— Când vorbeşte?

— Da, a vorbi, aşa, a vorbi, cum se spune în huichol?

— *Quien saaabe?*

— Cum se spune asta, a vorbi?

— A vorbi?

— Da, a vorbi.

— *Niuki.*

— *Niuki?*

— *Niuki.*

— Bun, *niuki*. Acum, lucrurile, cum spui lucruri în huichol?

— Lucrurile?

— Da, lucrurile.

— Nu ştiu.

— Nu există cuvânt pentru lucruri?

— Nu...

— Lucrurile, adică... nu există un cuvânt pentru copaci, flori, case, mâncare, pentru toate astea?

— Mâncare?

— Da, încălţări, ţigări.

— Toate?

— Toate lucrurile, da.

— Poate că da, cine ştie?

— Cum se spune?

— *Pinné.*

— *Pinné?*

— *Pinné.*

— *Pinné*, lucruri?

— Da, toate lucrurile.

— Bine, acum, *Niuki*, cuvintele, *Pinné*, lucrurile. Cum se spune „şi"?

— Şi?

— Da.

— Şi? Asta se spune *Tenga.*

— *Tenga?*

— *Tenga, tenga.*

— Bun. Atunci, *niuki tenga pinné*. Cuvintele şi lucrurile.

Şi imediat, din senin, se stârnesc hohotele, hohotele care vor să spună, nu ştii de ce, uite un clovn, hm, uite un nătâng care vrea să vorbească o limbă care nu-i a lui...

Înseamnă că, pentru Huichol – şi pentru cei care refuză, care fug –, limba nu vorbeşte numai despre cuvinte şi lucruri. E un act natural, care implică apartenenţă. Cel care este vorbeşte. Cel care nu vorbeşte nu există. Nu-şi are loc în lume. Limba huichol este huichol cum e pământul huichol, cerul huichol, religia, tatuajul, veşmintele, pălăria indienilor Peyotero. Nu e de ajuns să pronunţi silabele limbii huichol ca să fii huichol. Asta-i clar.

Şi, bineînţeles, în condiţiile astea, e imposibil să transpui şi să traduci. Cuvântul nu are echivalent, fiindcă, în mod fundamental, nu evocă nimic altceva decât ceea ce desemnează comunitatea.

Această închidere a limbajului e agresivă. E o fugă. Dar e însăşi direcţia limbajului. Nu vorbeşte oricine vrea. Vorbeşte cel care a primit, prin naştere, autorizarea implicită a comunităţii de vorbitori. Antinomia e simplă şi argumentează existenţa unei taine de nedezvăluit: cei care nu vorbesc huichol sunt *muţi*. Limbajul lor străin nu e o altă modalitate de expresie; nu e nimic altceva decât zgomot. Bolboroseli coerente, care corespund unor valori de schimb, dar doar bolboroseli. Limba huichol nu e un sistem de sisteme. E un sistem religios, politic, familial. Ca orice legătură veritabilă, cea familială sau cea religioasă nu se dobândeşte. E o legătură magică.

Privirea uimită şi neîncrezătoare a bărbatului căruia albul sau metisul i se adresează în propria lui limbă.

— *Kea Aco!*

— *Buenas dias*, răspunde indianul bătând deja în retragere.

Ce-i cu străinul ăsta care vrea să le fure cuvintele?

Chipul i se încruntă îndată, iritat și disprețuitor.

— *Kepettittewa?*

Chip împietrit. Gură strânsă, ochi mijiți, urechi care nu mai vor să audă.

— *Kepawitaripahoca?*

Trup de piatră, bărbat prefăcut în statuie, care nu vrea, nu vrea nimic. Suflet închis. A priceput. E clar c-a priceput. Dar înțelegerea asta a venit peste el ca un zid mișcător și l-a obligat să se refugieze în locuri inaccesibile. Cuvintele îl ajung golite de sens. Îl lovesc ca niște gloanțe, iar el se îndoaie, se strânge în întuneric.

— *Hawtya. Ac kixa neninakeriaga niuki? Jé?*

Nu de frică e vorba, e vorba de intruziune, cea mai odioasă dintre toate. Așa cum, deodată, un câine și-ar înălța capul și i-ar spune stăpânului:

— Să-mi fie cu iertare, dar balena e un vivipar.

Sau începe să râdă și-și apleacă puțin capul:

— *No entendio. Quien sabe que dice?*[1]

E oare păcatul meu că fac parte din rasa hoților? Omul alb a furat întotdeauna de la toată lumea. Evrei, arabi, hinduși, chinezi, negri, azteci, japonezi, balinezi. Când s-a săturat să fure pământurile și sclavii, omul alb s-a apucat să fure culturile. Evreilor le-a furat religia, arabilor știința, hindușilor literatura. Când a terminat de furat trupurile negrilor, le-a furat muzica, dansul, arta picturală. Când religia creștină – religie jalnică, adevărată religie de paie – nu l-a mai satisfăcut, și-a îndreptat fața către religiile Indiei. În Mexic,

---

1. Nu înțeleg. Cine știe ce zice? (în sp., în orig.)

omul alb este înainte de toate tâlhar de țară. De îndată ce pământul n-a mai fost de-ajuns, s-a făcut tâlhar de suflete. A luat în stăpânire orașele și a distrus templele. Iar când acestui popor îngenuncheat nu i-a mai rămas nimic, când omul alb i-a furat totul, când l-a vândut ca sclav, când i-a călcat în picioare limba și credința, când l-a izgonit de pe cele mai bune pământuri, când l-a făcut să cunoască sărăcia, adevărata sărăcie a omului alb, când i-a nimicit rasa furându-i femeile, când a făcut din el un popor de servitori aflat în slujba lui, îi mai lipsește ceva. Ce face? Îi fură trecutul. Prin ziare, prin cărți, prin conferințe, prin statui: „Indian? A, da, indian. Eu, eu am în vine sânge indian. Strămoșii mei, aztecii. Cuauhtemoc, Montezuma. Tlaloc, Cuauhcoatl, Tonatiuh. Piramidele. Teotihuacan. Tezcoco, Mitla, Tlaxcala. Iată ce-au făcut strămoșii mei". Dar dacă-l iei deoparte, o să vezi imediat ura, vechea ură pentru cei învinși. „Indienii? Ascultați-mă: singura soluție e exterminarea. Abia când n-or să mai fie indieni o să se poată face ceva aici." Iar când o fată se ciorovăiește cu un șofer de taxi, în stradă, caută repede în cap cea mai urâtă, cea din urmă dintre insulte. Și-ndată o găsește: *„Indito!"*.

Și-i mai trecu apoi prin cap:
„Cei care n-au știut să refuze sunt acolo, în pădurea umedă și grea, sunt acolo. Cei pe care lumea e pe cale să-i ucidă, cu avioane, cu magnetofoane, cu biblii și vaccinuri. Nu știau ce însemna să fii Lacandon pentru cei care se numesc Duby sau Dupont. Nu știau că existau oameni avizi de sânge care pândeau momentul prielnic să se năpustească asupra lor, să-i mumifice, să-i palatalizeze, să-i analizeze până-și dădeau ultima suflare!

Călători, misionari, exploratori, ziariști, arpentori, coloniști, cuceritori, marinari, căutători de aur, negustori de exotisme, constructori de drumuri, aviatori, tipi bronzați, vânători de recompense, maratoniști ai pagodelor și ai muzeelor, amatori de diapozitive, voi toți, nepricepuți filozofi ai relativității, apostoli cocoșați ai universalității, urbaniști dibaci, economiști, indigeniști, mesageri ai păcii și ai civilizației așa cum ești vânzător de săpunuri și voi, misiuni culturale, ambasade, ligi franco-sudaneze sau argentiniano-khmere, institute Goethe & Compania, cunoscători ai lumii, sălbatici, amatori de safari, alpiniști, pasionați de indieni, entuziasmați de pigmei, înflăcărați de mauri, și voi, revoluționari de operetă, socialiști închiși între zidurile manifestelor voastre, jefuitori de epave, și voi, băutori de mescalină, rumegători de ciuperci halucinogene care aveți maxilare ca să vă faceți cărțile, drogați rătăcitori, acaparatori, posesori, oameni care n-aveți decât un singur Dumnezeu și-o singură femeie, nori de lăcuste, armată de șobolani îmbătați de extraordinar, VĂ URĂSC".

Semnat:

ISKUIR.

În vremea asta, J. H. Hogan călătorea cu piroga pe *rio* Chucunaque.

Rio Chucunaque cobora încetișor spre mare. Cobora în fiecare zi. Nu se oprea niciodată. La gura de vărsare, era deschis, murdar, lac de noroi pe care pluteau trunchiuri putrede de copaci. Bărcile cu motor îi brăzdau masa mișcătoare. Mai sus, *rio* Chucunaque era mai limpede, mai îngust, cu vârtejuri, cu cascade năvalnice, cu adâncituri uleioase. J. H. Hogan stătea așezat în partea din față a pirogii și privea fără încetare apa sclipitoare, întinzând brațul stâng sau brațul drept ca să indice primejdiile. Pe maluri, printre copaci, se vedeau drumurile deschise ale celorlalte fluvii, *rio* Chico, *rio* Tuquesa, *rio* Canglón, *rio* Ucurgantí, *rio* Mortí. Brațul lichid nu înceta să crească. Chucunaque. Chucunaque. În vremea asta, J. H. Hogan urca pe cursul fluviului Chucunaque.

Fluvii.

Fluvii.

Rădăcini ale mării.

CÂNTĂREȚUL LA NAI DIN CUZCO

Hogan întâlni într-o bună zi, în Cuzco, un bărbat care cânta din nai. Se afla într-o piață goală, înconjurată de clădiri cu arcade, către ora unsprezece seara. Se lăsase frigul. Cerul era negru, iar piața sclipea anemic, luminată de felinare. Nu se auzea nici un zgomot. Chiar și mașinile dormeau. Pe una dintre laturile pieței, se găsea casa aceasta uriașă, în formă de săgeată, ale cărei porți erau deschise. Trecând pe acolo, Hogan zări o deschizătură în zidul negru și, în fund, un fel de grotă imensă în care strălucea aurul. Văzuse totul doar pentru o secundă. În mijlocul casei care semăna cu un palat, ploaia de aur galben și lumină. De dalele de piatră se frecau genunchii femeilor. Aurul îi strivea pe bărbații care stăteau în picioare sub naos ; bolta de aur apăsa pe umerii femeilor. În peștera tăcută, unde frigul se lupta cu căldura de 36°7, bărbații plăpânzi redeveneau copii. Văzuse și asta, gestul nervos al degetelor care se îndreptau spre frunte, spre piept și apoi spre gură. În sala palatului, bărbații și femeile îngenuncheați erau cu toții preocupați să-l atingă pe zeul lor de aur.

Ceva mai departe, sub arcade, Hogan îl zări pe cântărețul la nai. Acum nu mai cânta. Se așezase cu spatele la perete și aștepta. În fața lui erau niște copii care-l priveau. Când Hogan se opri lângă un stâlp, bărbatul făcu un pas înainte. Spuse cu un glas ciudat și răgușit :

— Și-cum, tangoul pentru *gringo*.

Și începu să cânte un tangou. Dansa în același timp.
Își ridica brațele și făcea piruete. Se legăna la dreapta
și la stânga, făcea o piruetă. Hogan și copiii se uitau
la el fără să scoată o vorbă. Un vânt rece sufla neînce-
tat pe coridorul boltit, aducând cu el bucăți de hârtie.
Bărbatul era îmbrăcat într-o pereche de pantaloni de
pânză, pantofi de cauciuc și o bluză veche, verzulie.
Avea o față negricioasă, cu ochi abia mijiți și cu obraji
zbârciți. Mâinile îi erau înroșite de frig.

Când termină cu dansul, scotoci într-un pachet așe-
zat lângă perete. Scoase de-acolo lucrul acela extraor-
dinar, un soare decupat cu foarfeca dintr-o cutie de
conservă, pe care și-l prinse cu o sfoară pe frunte. Făcu
asta pe îndelete, cu gravitate, iar soarele începu să-i
strălucească pe frunte cu sclipiri de tinichea. Scoase
apoi din pachet un nai mare, cu șapte tuburi, care se
numea Arca. Suflă în fiecare dintre tuburi, ca să le
încerce. Se uită apoi la Hogan și spuse.

— *Virgen de Calakumo.*[1]

Sau ceva de genul ăsta. Și începu să cânte.

De îndată ce l-a auzit, Hogan și-a dat seama că nu
era muzică. Din tuburile naiului țâșneau strigăte, nu
muzică. Sunete aspre se succedau, urcau și coborau.
Sfâșiau liniștea cu zgomotul lor de respirație, șovăiau ;
nu erau menite nici să explice și nici să construiască.
Scrâșnetele suflului violent zdreleau zidurile clădirii,
treceau prin vântul înghețat, izbeau urechile. Erau
rapide, ascuțite și-n același timp ieșeau greoi, dureros.

Bărbatul care purta pe frunte un soare de tinichea
sufla în tuburile naiului. Stătea aplecat înainte, dea-
supra tuburilor de trestie și sufla din răsputeri, um-
flându-și obrajii. Din când în când, trăgea aer în piept
și se auzea cum inspiră și cum aerul îi pătrunde în
plămâni. Apoi reîncepeau sunetele aspre, șovăind și

---

1. „Fecioara din Calakumo" (în sp., în orig.).

biciuind liniștea, unele după celelalte. În fața lui, piața era pustie din pricina frigului, iar zidurile clădirilor semănau cu pereții de stâncă, fără uși și fără ferestre. Copiii nici nu mișcau. Nici Hogan nu mișca. Sub tălpile lor, plăcile de ciment își răspândeau vibrațiile înghețate, care se cățărau pe veșminte și se opreau mai ales undeva în zona inimii.

Cu spatele la zid, bărbatul care purta pe frunte un soare de tinichea începu să se miște. Cocoșat deasupra naiului prea mare, clătinându-se. Ridica picioarele sus, unul după celălalt, apoi le cobora, bătând zgomotos pământul. Lăsa capul pe-o parte, îl arunca pe spate, iar soarele de tinichea strălucea pe fața lui negricioasă. Țipetele naiului țâșneau fără oprire, zgâriau timpanele fără oprire. Din cele șapte tuburi unite ieșeau mereu aceleași sunete. Trei note care urcau. Apoi trei note care coborau. Fără sfârșit. Zgomotele respirației care ezita, care șovăia ; vocea gravă, grea, vocea care ieșea din frig și singurătate. Vocea gâfâită, vocea care se opintea pe solul de ciment, care-și căuta drum prin întuneric și tăcere. *Care sunt tristele orificii prin care plâng trestiile ?*

Pe fruntea de culoarea aramei, soarele de tinichea prins cu o sfoară urca și cobora. Pe strdduța întunecoasă, strălucea cu reflexe puternice, ca un far de mașină.

Cam așa era. Bărbatul cânta săltându-și picioarele, legănându-și trupul, iar Hogan știa că asta n-ar fi putut niciodată să fie muzică. Nu era nimic mai mult decât țipăt de pasăre, cântec de greier, suspinele aspre ale fiarei care trage să moară. Nu era nimic mai mult decât eforturile acestea, decât strdania aceasta asupra tuburilor naiului, fără odihnă, cele trei note ascendente, apoi descendente, cele șase sunete eterne care alcătuiau lumea. Bărbatul venise de departe, de peste munți prăfoși, în autobuze vechi, cu geamurile sparte. Plecase dintr-un ținut care se chema Cojata sau poate din podişurile înalte ale Boliviei, ca să-şi cânte cele şase note la nai. De fiecare dată când ajungea într-un oraş, îşi punea pe frunte soarele de tinichea, se aşeza cu spatele la un zid, în faţa unei pieţe pustii, şi sufla. Uneori i se aruncau monede la picioare, uneori i se oferea hrană. Şi dansa greoi, scoţând sunete sfâşietoare din buzele care alunecau pe deasupra tuburilor de trestie. Fără îndoială, asta nu voia să însemne nimic, nu cerea nici lacrimi şi nici pocnituri din degete. Era o muncă precum oricare alta, monotonă, o muncă a plămânilor şi a buzelor. Era ca şi cum ai sufla printr-un tub de metal, uitându-te cum se umflă, cum creşte sfera de sticlă de culoarea luminii. Apoi sticla se face roşie, după aceea cenuşie şi trebuie s-o răsuceşti deasupra capului, ca să se alungească.

Avea aerul unei fugi care se lepăda de orice sunet inutil. Al unei fugi pure. Despovărată de toate interferenţele, devenită simplă respiraţie care nu vrea nici să descrie lumea, nici să imite vântul ori ploaia, care nu mai seamănă cu nimic din realitate. Răsuflarea adevărată care îşi lansează strigătele subţiri, care-şi înalţă tijele împietrite prin aerul transparent, care este ea, ea cea magnifică, ea pentru ea şi ea prin ea.

Nici case, nici oraşe, nici teritorii cunoscute, nici hărţi, nici războaie. Sunet care te înalţă, ritm care te face să laşi pământul în urmă, un fel de zbor liniştit şi sigur, sunetul dureros care ţâşneşte din tuburile de trestie este zgomotul motorului în funcţiune.

Deodată, bărbatul se opri şi-şi luă naiul de la buze. Era epuizat. Abia mai putea respira. Hogan îi văzu picăturile de sudoare de pe obraz şi-i auzi zgomotul răsuflării. Fără să-i spună vreun cuvânt, îi puse pe jos o monedă de argint şi văzu că ea sclipea cu reflexe puternice, precum soarele de tinichea de pe fruntea bărbatului. Apoi se depărtă şi traversă piaţa prin care bătea un vânt îngheţat.

Pământul e mic. Pământul s-a făcut dintr-odată atât de mic încât abia îl vezi. Pământul seamănă acum cu o piatră prețioasă, cu un fel de alexandrit pus pe mâna subțire a unei femei tinere. Un punct violet în care privirea se pierde din pricina micimii. În cristalul șlefuit domnesc miriade de curcubeie comprimate, minuscule. Lumea a început să semene cu o fereastră care arată tot timpul aceeași scenă, o peluză, un palmier bătrân, cu scoarța crăpată, două sau trei ghivece cu mușcate uscate, un petic de cer, un nor, câteodată o pasăre vie, preocupată de propriul zbor.

Astăzi, lumea e neîncăpătoare. Stai în echilibru pe marginea ei, ca pe muchia unei lame Gilette noi. Mergi înainte alunecând, tăindu-te, abia atingând crusta subțire de pământ. Stai pe un fir de iarbă. Lumea s-a îngustat, pur și simplu, într-una sau două nopți, și nimeni nu știe cum s-a întâmplat. Lumea e o greutate pe care o ridică sârguincios cutia toracică avidă de aer. Nici aer nu mai e. Aproape că nici apă nu mai e. Încă vreo două picături, dintr-acelea care sclipesc pe frunzele mărăcinilor, și totul o să se termine. Lumea asudă ca o piatră bolnavă. Lumea mai ține abia cât o frază pe care o scrii, nici măcar atât, cât un strigăt grăbit, ceva în genul unui „A!"sau „U!".

Lumea e acolo, ascunsă în fundul camerei întunecoase, o zărești în momentul declicului, când pleoapa teribil de promptă se ridică şi cade la loc, iar steaua de lumină de deasupra obiectivului străluceşte.

Lume, instantaneu, străfulgerare, firimitură de lume, pocnet din degete, sincronizare a mitralierei care ciuruie într-o clipită cercul elicei de avion.

ETERNA FUNDĂTURĂ

Don Aurelio se uită cum apune soarele în spatele munţilor şi îşi spune simplu : „Când te gândeşti că ar putea să nu mai răsară".

AUTOCRITICĂ

Paiață! Paiață ticăloasă! E timpul să încetezi cu jocul. E timpul să termini cu bâlbâiala, să începi să tremuri din toți mușchii, să se ridice drumurile ca niște poduri. Poate că nimeni nu te mai crede. Te prefaci că nu mai ești aici, dar ești, ești aici! Te prefaci că ești mai mare decât ești. Porți masca maestrului care nu ești, vrei să imiți gesturile pe care n-ai știut să le faci. Fiindcă n-ai știut să cucerești lumea, o respingi. Însă în adâncul tău se află el, măscăriciul regelui. Încetează cu strâmbăturile. E vremea să-ți iei chipul anonim, chipul celui care nu vorbește. E vremea să-ți iei numele.

Gândirea e atât de vastă încât nimeni n-ar recunoaște-o vreodată. Gândirea e atât de îndepărtată, țâșnește cu atâta repeziciune că nu poate fi redusă la o mâzgăleală pe hârtie sau pe ziduri. Acum trebuie să termini analiza. Trebuie să încetezi să privești ceea ce nu poate fi privit. Ieși din bârlog! Ieși la lumină! Predă-te! Doar fiindcă ai văzut una și alta, ai fi vrut ca lumea întreagă să fie adunată în câteva himere. Dar asta nu-i adevărat. Vântul veacurilor suflă peste cuvintele tale și le poartă departe. Urgiei universului nici nu-i pasă de refugiile tale. Se năpustește asupră-ți cu milioane de kilometri la oră, te strivește cu lumina ei, cu toate existențele care nu sunt nici dovezi, nici explicații, ci miracole. Ai fi vrut ca moartea să stingă lumea, da, da. Ca limbile oamenilor să fie cele ale pietrelor şi ale cactuşilor. Ţi-ar fi plăcut să nu fi existat niciodată copii. Ai fi vrut să fii masă sau măr, după bunul tău plac, ca să-ţi scapi pielea, ca să evadezi din temniţă. Ai fi vrut să nu existe nici patimi, nici sentimente, ca totul să fie mai simplu.

Să pleci şi să devii un altul. Dacă ar exista numai ţinuturi unde oamenii nu mor, unde femeile sunt întotdeauna frumoase şi ştiu mereu să iubească. Ar fi fost foarte simplu. Dar nu există aşa ceva. Dacă ar fi venit, într-o zi, o catastrofă teribilă, care să fi cuprins, de la un capăt la celălalt, orizontul sau un război de o mie de ani, nu-i aşa că asta ar fi aranjat mai bine lucrurile? Dar nu existau nici războaie, iar oamenii care cădeau din picioare pe câmpurile de luptă nu ştiau de ce mor. Când maşinile cu caroserii de oţel ieşeau de pe autostradă şi se sfărâmau încet în prăpăstii, nu era nimic altceva de spus decât: urâţenie, urâţenie.

În încăperea dreptunghiulară, cu tavanul scund. Instalat într-un fel de balcon care merge de jur împrejur. Lumină galbenă, întuneric cenuşiu. Zgomot de linguri, de farfurii, de pahare. Zgomot de paşi. Zgomot de limbi care plescăie, de maxilare care mestecă, de gâtlejuri care înghit. În mijlocul sălii, capete luminate, înfăţişări hilare. Dintr-odată, privirea se fixează pe ceva. Un punct din sală, apariţie roşie care tremură la capătul orizontului. Soarele acesta asfinţeşte, vine noaptea, apar stelele. În peştera ruptă de lume, în interiorul fortăreţei de beton, precum în mijlocul unui blochaus inexpugnabil. Nimic nu va putea ajunge până aici. Nimic nu va putea ieşi dintre zidurile de piatră. Aici e capătul lumii, inima sa, craniul său, pumnul său.

Tavanul e jos, căptuşit cu fetru, iar pe suprafaţa sa sufocantă suflă gurile de aerisire. Pe mese, în vase de cupru, sunt flori de plastic. Iată. Asta-i tot. Siluetele omeneşti se mişcă, mănâncă, vorbesc, se gândesc sau, la fel de bine, nu fac nimic. O fată îmbrăcată în alb trece ducând, ca pe un caliciu, un pahar mare, umplut cu înghețată și cu cremă, care are în vârf o cireașă. De la o masă decorată pentru banchet, se ridică un nor de fum de țigară, cuvinte și râsete.

Iată. Nu-i nimic. E totul. Lumea a fost închisă din nou într-o încăpere de beton, iar privirea care se fixează pe orice punct de pe zidul roșu, privirea care vrea să înțeleagă, se pierde pentru totdeauna. A fugit de realitate, a lăsat în urmă lumea instantaneelor. Degeaba încearcă bărbații în hainele lor de șefi de sală să fie eficienți, degeaba încearcă femeile în alb să fie docile, cel care intră aici se pierde. E ca și cum ai fi surd în centrul orașului Chicago, la prânz, sau orb în fața mării. Înseamnă să te întorci în ungherul minuscul pe care n-ar fi trebuit niciodată să-l părăsești, să lași adevărul să-ți scape cu teribila sa unduire de șarpe, să uiți tot ce-ai știut. Încăperea cu patru pereți atât de groși încât ți-ar trebui mii de ani să-i sfărâmi cu unghiile și cu dinții, și nici măcar nu ți-ar ajunge, e aici, acolo și-acolo, pretutindeni în lume. Muzica domoală și tânguitoare nu poate face nimic, nici ploaia care cade afară, nici soarele. Încăperea de beton și de marmură, încăperea din fetru și sticlă, încăperea de lumină și de întuneric, mobilată de patimi misterioase e trupul meu, craniul meu, sacul meu de piele. Sunt eu, doar eu. În condițiile astea, cum aș mai putea să vă scriu bucurie, tandrețe, calm, pace, dragoste. Fiindcă aici e RĂZBOI.

Nu mai vreau să fiu paiața aceasta care n-a știut să evadeze. Ar fi bine ca, într-una din zile, să renunț la îndatoririle mele. Toate gesturile astea mi se par inatacabile. Nu le-am făcut din obișnuință sau din inconștiență, ci fiindcă mi-a fost teamă. Mi-am jucat

şi eu rolul, ca şi ceilalţi. Scena se goleşte acum. Cine mă va aplauda? Nu vreau să recunosc adevărata problemă, problema care n-o să fie curând dezlegată:
Doisprezece copii cântă în cor.
Sunt ei doisprezece solişti?
Ineluctabila prezenţă a timpului, a spaţiului, a nopţii, a incomprehensibilului: adevărul meu, oare nu l-am închis în mine în ziua în care am ştiut că întotdeauna va exista ceva în afara mea? Oare nu cumva am fost eu numai în faţa celorlalţi? Şi totuşi, oare nu sunt cel care sunt pentru că încerc (şi câteodată reuşesc) să-mi însuşesc lumea?

Paiaţă, e o paiaţă cel care-şi scrie cărţile ca să-i convingă pe ceilalţi. Ce are el să le ofere celorlalţi, în afară de lanţuri, tot mai multe lanţuri? În ficţiune nu te eliberezi. Din călătoria prin lumea viselor nu aduci nimic cu tine. Dar poate tocmai asta e ceea ce am căutat întotdeauna, fără să-mi dau seama: să nu învăţ nimic niciodată, să nu învăţ.

Comedie forţată – va trebui, fără îndoială, să o mai accept o vreme.

Ceea ce mă ucide, la scriitură, e scurtimea sa. Când se termină fraza, câte lucruri au rămas pe dinafară! Îmi lipsesc cuvintele. N-au alergat suficient de repede. N-am avut timp destul să lovesc în toate părţile în care ar fi trebuit, n-am avut destule arme la îndemână. Lumea s-a scurs sub ochii mei, într-o fracţiune de secundă, şi ca s-o recuperez, ca s-o revăd, mi-ar fi trebuit milioane de ochi. Oamenii nu sunt decât nişte bieţi vânători. Limbajul lor e o praştie, acolo unde-ar fi fost nevoie de o mitralieră. O secundă, nu mai mult de-o secundă, şi-o să vă scriu cărţi cât pentru o eternitate! Absolutul e demonic. Mă sfidează, în spectacolul fugitiv, face grimase, zboară prin aer ca o muscă, plonjează în adâncul oceanelor. Am fugit pentru a regăsi lumea. M-am aruncat în cursă pentru a prinde timpul din urmă. Dar mi-am dat seama că lumea fugea mai repede decât mine.

Privesc zidul imobilului de douăsprezece etaje și acesta deja nu mai e acolo. Caut în mulțime un chip, un chip real în marea de măști mobile, un chip, da, un singur chip care să se oprească și să se ofere contemplației. Dar totul e prea rapid. Totul e prea numeros. Și, chiar în timp ce scriu, o mulțime de ziduri evadează, și de munți, și de fețe omenești; mă târăsc după ele cu forța greutății lor. Vor să mă facă să învăț adevărata prăbușire, cea în uitare, în tăcere. Am vrut să-mi imaginez, dar e imposibil: nu se mai inventează nimic. Nu faci decât să atingi, doar la suprafață și pe dibuite, crâmpeie ale mulțimii. Am vrut să descriu, dar e greșit: nu se mai descrie. Ci ești descris. Loviturile surde ale lumii care mă tulbură, zdruncinăturile vieții, de la ele vin și ideile, și sistemele. Cuvintele mint. Cuvintele spun ceea ce n-au sperat niciodată să spună, ceea ce, până la urmă, a fost hotărât pentru ele. Dialectică a cui? Inventar, ce inventar? Nu, nu, ci penumbră, iluzie, senzații stupide, mereu în întârziere față de realitate, și sentimente flecare, ce plutesc la 6 000 de metri de locul în care s-au născut. Am fugit. Am spus că am fugit. Nu-i adevărat. Lumea e cea care a fugit de mine. Ea m-a antrenat pe drumul ei și nu am cunoscut libertatea.

Voiam să spun totul, voiam să fac totul. Am văzut asta în fața mea, într-o zi, cu foarte mult timp în urmă. Viața care țâșnea din cuvânt, limpede ca un vis, suprapusă fără nici un cusur realității. Am văzut desenul precis al spațiului pe care trebuia să-l străbat și-am crezut că asta o să se întâmple. Dar n-a fost așa. Propria mea gândire mi-a luat-o înainte. Gândirea ierburilor și a algelor, gândirea luminii și a stelelor m-au părăsit.

Credeam că, pentru a cunoaște un deșert, e de-ajuns să fi fost acolo. Credeam că faptul de-a fi văzut câinii murind pe drumul spre Cholula sau ochii leproșilor de la Xieng-Mai îmi dădea dreptul să vorbesc despre asta. Să fi văzut! Să fi fost acolo! Frumoasă treabă! Lumea nu e o carte, nu dovedește nimic. Nu oferă nimic. Spațiile pe care le traversează sunt tunele întunecate, cu ușile închise. Chipurile femeilor, în care te-ai scufundat, vorbeau oare pentru altcineva decât pentru ele? Tainice sunt orașele oamenilor. Mergi de-a lungul străzilor, le vezi sclipind sub picioare, însă nu ești acolo, nu pătrunzi niciodată înăuntrul lor. Câmpurile prăfoase pe care sunt oameni cărora le e foame, care așteaptă, sunt paradisuri de lux și de hrană, paradisuri care prind contur dincolo de inteligență, dincolo de rațiune. Nu le poți subjuga.

Scriitorul, paiața, cel avid de senzații, cel care-și scoate carnețelul și notează: „Vânt uscat. Nori. Sărăcie. *Barriadas*[1] din Lima. Dansator care are tatuat pe piept un Hristos blond, crucificat, cu un cer albastru în spate, pe care strălucește un soare roșu. Violența. Cutremurele de pământ". Ce vor să însemne toate astea? Ar fi fost simplu dacă lumea ar fi fost o sumă de experiențe. Dar nu e așa. Palestina nu se poate uni cu Nepalul sau Arkansasul cu Japonia. Din femeia Laure și din bărbatul Hogan nu rezultă o idee. Ciobul de silex nu are nimic în comun cu așchia de calcar. Omul cu idei, avid să cunoască lucrurile ca să-și poată construi sistemele. Om-paiață, dornic să uite lumea ca să poată scoate un spirit. Dar lumea nu e o sumă. E o enumerație inepuizabilă, în care fiecare cifră rămâne ea însăși, în variația și în succesiunea ei, în care nimeni nu are drept asupra nimănui, în care stăpânește

---

1. Cartiere (în sp., în orig.).

puterea necunoscută, dorința, actul. Ceea ce nu e fuziune logică, ci o încâlceală indescriptibilă de miriade de legături, fire, fisuri, ramuri, rădăcini. Paiață, da, paiață, fiindcă ți-a fost teamă de tăcere și ai vorbit ca să te ascunzi și ca să te îmbeți cu propria ta substanță!

Aș fi putut să vă vorbesc despre marea care crește și descrește de jur împrejurul stâncii plate în formă de triunghi. Aș fi putut să vă vorbesc despre deșertul putred din Pachacamac, despre vulcanul Mombacho sau chiar despre duhoarea de pește din Lofoten. Aș fi putut să vă vorbesc despre culoarea cerului la Khartoum, despre mărimea țânțarilor din Mukkula, despre vremea din Calcutta. Aș fi putut să vă vorbesc, de asemenea, despre țipetele pisicii sălbatice ca să atragă păsările și despre ochii blindați ai călugărițelor. La nevoie, aș fi putut să vă spun câte ceva despre sentimentele care animă sufletele simțitoare când un bărbat (tânăr) (frumos) întâlnește o femeie (tânără) (frumoasă). Apoi despre ura care te face să strângi pumnii, despre ura care te face să visezi la crime, la prăpăstii abrupte în care sunt înghițite mașini explozive. Despre singurătatea asupra căreia te înverșunezi cu lovituri de picior, pe care o electrocutezi cu fulgere de plăcere. Dar, iată. Scriitura e prea scurtă și nici n-am avut destul timp. Nu mi-am ales deloc cuvintele. Totul mi-a venit la întâmplare, fără să știu din ce pricină. Totul s-a întors din adâncurile peregrinării către conștiință; și-a aruncat în aer și și-a împrăștiat cât ai clipi din ochi cele 127 680 de cuvinte. E vremea să apăs pe capătul retractabil al pixului, nu mi-au mai rămas decât trei sau patru cuvinte. Idee aplicată, gândac bătrân și greoi care fâlfâie des din aripi, printre fulgere de muște! Gând care se exprimă, plutind în derivă în imensitatea gândirii libere, în care totul e viteză,

lumină, realitate! Știu bine acum ce-ar trebui să fac,
într-una din zile: să-mi scriu cărțile cu mașinării elec-
tronice, radare și camere cu bule[1].

CRITICA AUTOCRITICII

Și-apoi, ce să mai spui despre scriitorul care te
înșală scriind că minte?

---

1. Vas umplut cu un lichid transparent supraîncălzit (de re-
gulă, hidrogen lichid), folosit pentru a detecta particulele
încărcate electric ce se deplasează prin el. A fost inventat
în 1952, de către fizicianul și neurobiologul american Donald
Glaser, care a fost distins în 1960 cu Premiul Nobel pentru
Fizică pentru crearea acestui dispozitiv.

Iar într-o zi, inevitabil, drumul pe care-l urmezi trece printr-un sat care se cheamă Belisario Dominguez. Autobuzele rablagite pleacă dimineaţa devreme, pe la ora şase, şi trec pe drumul prăfuit. Traversează serii întregi de munţi de piatră, de lanuri de porumb, de văi prin care curg torente. Cerul e albastru, iar soarele bate în acoperişul de tablă şi îşi strecoară căldura în autobuz. Motorul mugeşte la deal şi se dezlănţuie la vale. Autobuzul se opreşte câteodată pe marginea unei bălţi, iar şoferul varsă în radiator câteva găleţi de apă. În sfârşit, pe la ora două după-amiaza, de pe vârful unui munte, se vede în depărtare satul, cu casele lui pătrate şi străzile lui paralele. E acolo, aşezat pe fundul unei văi roditoare, un soi de pată de culoarea prafului şi a cretei.

Astfel ajunse Jeune Homme Hogan în sat. Îşi închirie o cameră la hotel, în piaţa centrală, şi-şi puse rucsacul pe pat. Apoi se întinse lângă rucsac şi dormi o oră. Camera era întunecoasă, fără ferestre. Uşa dublă de lemn dădea spre un fel de curte interioară în care erau plante verzi şi copii care se jucau. Un robinet de cupru picura într-un bazin. În mijlocul curţii, era o fântână răcoroasă. De cealaltă parte, latrinele din scânduri zumzăiau de muşte. În spatele latrinelor, trei porci dormeau trântiţi în noroi şi excremente.

Când se sătură de somn, Jeune Homme Hogan ieşi din cameră. Se spală pe mâini şi pe faţă la robinetul de cupru şi-şi aprinse o ţigară. Ieşi apoi din hotel şi începu să se plimbe prin piață. Se uită cu luare-aminte la marele dreptunghi de praf pe care îl înconjurau casele cu arcade. Soarele era foarte sus pe cer, iar întinderile de lumină albă rămâneau nemișcate pe pământ. În mijlocul pieței se aflau o grădină și un foișor din fier forjat. Ceva mai departe, pe un piedestal, o statuie neagră, înfățișând un bărbat călare care flutura deasupra capului o sabie și un drapel. Nu se auzea nici un zgomot. Doar vibrații venite de departe, explozii înfundate, șocuri, care străbăteau toropeala aerului și făceau cale-ntoarsă. Lumina ardea ochii, ceafa, pieptul. O adiere de vânt ridica praful.

Hogan traversă încet piața. Își dădu seama că nu era singur. Mai mulți copii și femei înaintau prin soare, purtând poveri. Bărbații stăteau așezați pe bănci din piatră, cu spatele lipit de trunchiurile copacilor. Nu făceau nimic. Bătrânii uscățivi vorbeau, ghemuiți pe pământ, de jur împrejurul statuii. Tinerii fumau fără să scoată o vorbă, așezați pe treptele foișorului.

Ceva mai departe, Jeune Homme Hogan trecu printre niște tarabe instalate pe trotuar. Plecă ușor capul pe sub prelatele prinse cu sfoară, păși peste legumele expuse sau peste obiectele de olărie. Femeile stăteau în genunchi, direct în praf, la umbra unor bucăți de pânză întinsă, și așteptau. Hogan se uită la ce aveau de vânzare. Văzu grămăjoare de ardei iuți, grămăjoare de lămâi, grămăjoare de semințe. Văzu tot felul de piei tăbăcite, fâșii de piele prelucrată, hălci de slănină albicioasă între frunze verzi. Văzu pesmeți, turte, prăjiturele. Toate erau de vânzare și toate așteptau în liniște. De-a lungul coridorului de pânze, mulțimea se înghesuia, se apleca, mânca. Aerul era greu, sclipea de praf și de sudoare, te lovea de parcă ar fi avut picioare.

Înainte să iasă din piață, Jeune Homme Hogan cumpără două portocale de la o femeie grasă, cu părul împletit. Își alese singur fructele, le plăti și le duse în mână.

Apoi se întoarse în piață și se așeză la umbră, printre stâlpii unei case. Își termină de fumat țigara și o strivi cu talpa în praf. În față, piața era albă de atâta lumină, iar deasupra, cerul era albastru. Jeune Homme Hogan își scoase briceagul din buzunar și începu să curețe prima portocală. Tăia bucăți mici de coajă și le arunca în fața lui, pe caldarâmul pieței. După ce îndepărtă coaja în întregime, smulse pielițele care atârnau de fruct. Apoi, cu mâna, împărți portocala în felii și le mâncă una după alta. Mireasma puternică urca încet spre el, impregnând totul. Piața albă, foișorul, statuia neagră, cerul și casele prăfuite începură să miroasă a portocală. Înghiți feliile de portocală ce semănau cu niște glande și gustul acru i se răspândi în gură. Poate că acum înghițea casele, cerul și piața. În fiecare glandă fragedă erau unul sau doi sâmburi. J. H. Hogan îi scuipă în fața lui, împreună cu fâșii de pieliță și nervuri. Cădeau pe pământ, formând mici pete umede în mijlocul uriașei uscăciuni.

Când termină de mâncat prima portocală, J. H. Hogan își linse degetele pline de picături; apoi o mâncă și pe a doua.

Era plăcut să mănânci fructele acelea așa, uitându-te la piața bătută de soare și la siluetele oamenilor care treceau pe trotuar. Asta voia să însemne că acum nu mai erai departe. Erai foarte aproape, doar la câțiva metri. J. H. Hogan vedea toate desenele mărunte care forfoteau prin fața lui, cercurile minuscule, ridurile, liniile fine, trasate pe piele. Geamul, geamul teribil și lucios, dispăruse. Aerul era transparent, particule ușoare zburau în lumină, musculițe, așchii de lemn, pulbere de făină, semințele copacilor. Dansau deasupra pământului, dezvăluindu-și fiecare detaliu. J. H. Hogan scuipa sâmburii în stradă, în fața lui. Se uita apoi la ei, iar sâmburii erau ceva cert, imediat, în genul insulelor nemișcate în mijlocul mării străbătute de valuri.

J. H. Hogan mestecă pe îndelete carnea fragedă a portocalei și înghiți guri întregi de suc. Nu-i va mai fi nici foame, nici sete. Nu va mai avea nici o tristețe, nici un motiv de așteptare. Nici un motiv de grabă. Piața ocupa centrul satului cu case din pământ ars. Acolo oamenii erau într-un du-te-vino neîncetat, câinii dormeau încovrigați, copacii erau indestructibili. Cineva fuma o țigară. Altcineva își lega calul năclăit de sudoare de un țăruș de lemn. Altcineva dormea la umbra unui camion, cu capul înfundat sub pălăria de pai.

J. H. Hogan stătea acolo, în ziua aceea, în vatra satului în care domnea pacea. Văzu că, în locul ăsta, cuvintele încetaseră să mai ucidă. Ceva se întâmplase aici, cândva, poate nu cu foarte mult timp în urmă. Ceva îndepărtase asprimea, mizeria, crima. Nu se știa ce, nu se știa încă. Timpul își încetase cursa infernală, iar anii se chirciseră. Sau poate că spațiul se prăbușise în el însuși, micșorându-se dintr-odată cu mii de kilometri. Casele se odihneau pe soclurile lor de noroi, norii de praf palpitau în adierea vântului, soarele era sus pe cer, suspendat ca un glob electric.

Hogan nu mai era nici în întârziere, nici în avans. Era exact acolo, îmbrăcat în pantalonii lui de pânză și cămașa lui albă, cu picioarele goale în sandalele din fâșii de piele, de culoarea noroiului. Mâncă ultima bucată din cea de-a doua portocală, apoi își strânse cuțitul și-l puse în buzunar. Scoase o batistă mare, roșie și-și șterse degetele și gura. Luă altă țigară din buzunarul de sus al cămășii, o țigară verde, fără inel, și o aprinse cu un chibrit. Fumă țigara cu ochii închiși.

La picioare i se uscau sâmburii și cojile de portocală. Ceva mai departe, umbra unei case roșii se întindea peste piață, iar soarele se trăgea înapoi. Muștele zburau, se așezau pe bordura de piatră pe care stătea Hogan, pe pământ, pe pantalonii de pânză, pe mâini. Muștele plate, cu aripile desfăcute. Muște păroase. Muște cu căpșoare mici, pline de sânge.

Asta trebuia spus înainte de toate : nimic nu ucidea. Nimic nu se ivea din întuneric, cu ochii scânteind de ură și cu macete ascuțite ca niște brice. Nimic nu mai rula pe drumurile vertiginoase, cu faruri și calandre dornice de crimă. Pe cer nu mai erau avioane cu boturi de rechin, iar încălțările oamenilor nu mai căutau cadavre pe care să le calce-n picioare. Zgomotele nu erau înarmate. Sclipirile de lumină erau pure, țâșneau precum izvoarele, lacrimi de piatră, limpezi, reci, departe de rău. Ochii oamenilor, dar nu vreau să vorbesc deocamdată despre ochii oamenilor.

Și, de asemenea : nimic nu pleca. La încheietura mâinii lui J. H. H. mai exista încă un soi de mașinărie rotundă, cu cifre și ace. Dacă și-o apropia de ureche, auzea : „Tic ! Tic ! Tic ! Tic !", foarte rapid. Dar asta nu mai însemna nimic. Trecuse multă vreme de când nu mai exista oră aici. Arcurile ceasornicelor își desfășuraseră până la capăt spiralele de oțel, iar acum nu mai conta. Soarele era când aici, când dincolo, fără ca nimic să se schimbe. În mijlocul pieței, foișorul din fier forjat își rotea umbra, ei și ? Nimic nu se mișca din loc.

Cimentul lipise cărămizile zidurilor, aerul era un bloc de sticlă plin de bule mici. Chiar și praful era fidel. Vârtejurile îl ridicau pentru o clipă, apoi cădea binișor la locul lui, fiecare grăunte de nisip se închidea în fisura lui. Nici muștele nu mai trădau. Se întorceau întotdeauna pe mâna care le alungase sau la coada ochiului. Aveau și ele motivele lor... Fericiți sunt cei ale căror soții seamănă cu aceste muște !

De asemenea : nimic nu era mort. Nimic nu era putred. Satul era un mic cimitir, bătut de soare, cu mormintele lui regulate, vopsite în roz și albastru, și nimeni nu putea să dispară. Uitarea încetase să mai amenințe pe cineva din străfundul cerului pustiu. Seceta puternică cimentase zidurile și drumurile de praf. Apa care distruge totul lipsea cu desăvârșire. Nu erau decât scânteierile luminii, căldura, umbrele clare, copacii cu frunze decupate din foiță de aluminiu. Nu, aici nu se putea muri. Nu puteai fi înghițit de întuneric sau îngropat de lumină. Era de-ajuns să stai așezat și să te uiți la piața albă, prin care treceau siluetele oamenilor. Nimic nu mai era singur. Se terminase cu lungile marșuri pe străzi asfaltate, când îți asculți loviturile exasperante ale tocurilor. Se terminase cu toate mulțimile acelea cu care te intersectezi și pe care le lași în urmă. Vitrinele de sticlă, în realitate de oțel, nu existau aici. Și toate figurile acelea, toate caricaturile: grimase ale tristeții, grimase ale pasiunii, grimase ale spaimei, grimase ale durerii de dinți: dispăruseră. Se domoliseră. Singurătatea, cea care te îndemna să fugi, mereu mai departe, deschizând și închizând neîncetat ușile marelui spital; singurătatea cu ochi de câine; singurătatea uriașilor care merg prin mijlocul oceanului de capete; cea a piticilor care merg prin mijlocul pădurilor de picioare; singurătatea care-l face pe bărbat să se agațe de femeie, de orice femeie, ca un parazit. Astăzi cortina s-a ridicat, ce minune, iar scena plină de lumină și de căldură e foarte aproape. J. H. Hogan o vedea în fața lui, deschisă, vie, scena pe care se afla el, scena pe care juca în sfârșit, pe care dădea tot ce avea mai bun. Dintr-odată îi veni să râdă, să se întindă pe spate în praf și să râdă. Poate că lumea-ntreagă l-ar imita și nicăieri n-ar mai fi nici un război.

E încă prea devreme să vă vorbesc despre Simulium, musca de cafea. Haideți să vorbim mai degrabă despre gândacul de bălegar. Jeune Homme Hogan se uită cum își rostogoleau gândacii de bălegar cocoloașele de excremente de-a lungul pieței. Își foloseau toate piciorușele, minuscule care de luptă care traversau deșertul. Să vorbim despre libărcile roșii și despre libărcile cenușii ce pândesc din întuneric. Să vorbim despre scorpionii albi care se ascund sub pietrele plate:

Scorpionii duc vieți solitare.

Dacă vezi doi scorpioni împreună înseamnă că-și fac curte sau că unul îl devorează pe celălalt. Să vorbim despre vulturi, despre păianjeni, despre vampiri, despre viperele cu corn. J. H. Hogan simți neliniștea crescând. Ceva înșelător, cumplit, care amenința de foarte aproape. Un secret poate, un secret oribil, pe care ar fi trebuit să-l ții pentru tine și să nu-l destăinui niciodată nimănui. Ca să lupte, J. H. Hogan începu să mediteze singur:

Gândurile lui J. H. Hogan
Belisario Dominguez
(Statul Chiapas)
ora 3.30 după-amiaza

„Laure, e aici, l-am găsit. Cred că n-am să mai fug niciodată. Am scăpat de dușmanii mei pentru totdeauna. Al Capone, Custer[1], Mangin[2], Mac Namara[3], Attila, Pizarro[4], De Soto[5], Bonaparte,

---

1. George Armstrong Custer (1839-1876) – ofițer în armata Statelor Unite și comandant al cavaleriei în Războiul Civil și în războaiele împotriva indienilor băștinași.
2. Charles Mangin (1866-1925) – general francez din timpul Primul Război Mondial.
3. Robert Mac Namara (McNamara) (1916-2009) – om de afaceri și politician american. În 1960 devine primul președinte al corporației Ford Motor Company care nu era membru al familiei Ford. În timpul stagiului militar, Robert McNamara pune la punct o metodă matematică care servea la reducerea costului și creșterea eficienței cu privire la folosirea bombelor incendiare în bombardarea orașelor japoneze.
4. Francisco Pizarro – unul dintre cei mai vestiți conchistadori spanioli, cuceritor al Imperiului Inca.
5. Hernando de Soto (1496/1496-1542) – explorator spaniol și conchistador, primul european care a descoperit fluviul Mississippi.

știi, toți dușmanii mei. Și Chevrolet, Panhard, Ford, Alfa Romeo. Toți cei care-mi vor pielea. Mi-au pierdut, cred, urma. E un miracol. Și generalul Frumos, colonelul Altruism, mareșalul Adevăr. Amiralul Rău. Comandantul de batalion Dumnezeu, căpitanul Satan. Toți cei care mă hăituiau. Cu uniformele lor. Cu săbiile lor. Toți dușmanii mei cu ochelari negri, cu cravate în dungi, cu părul bine pieptănat. Și femeile Rimel, Mascara, Portjartier. Cele care mă pândeau din fundul paginilor înghețate ale revistelor, cu trupurile lor filiforme, cu sânii, cu picioarele lor în formă de lance. Cele cu ochi de oțel, cu gene negre și cu buze de culoarea coralului. Femeile Dragoste și femeile Tandrețe, Frumusețe. Niciodată n-or să mai ajungă până aici. Pielea lor n-ar suporta lumina intensă care explodează pretutindeni. Urechile lor n-ar suporta liniștea. Părul lor de aur și de argint n-ar suporta praful. Sunt liber, aproape liber! Acum, vino. Ți-am păstrat un loc lângă mine, pe treptele de piatră, la umbra casei cu arcade. Ți-am păstrat un loc în patul de fier din camera fără ferestre. Vino. Ia vapoare, avioane, trenuri și autobuze rablagite și vino! E timpul. Chiar înainte de apusul soarelui, poți fi aici. Nu mai sta pe gânduri! Hai! N-o să mai fii niciodată departe. N-o să mai ai geamuri, ziduri, haine. Habar n-ai ce înseamnă aerul. Nu știi nimic despre paharul cu apă. Vino, o să-ți arăt. Vom descoperi împreună o grămadă de lucruri. Ne vom uita înăuntrul caselor, vom urca pe munți, vom căuta izvoare. Aici sunt ierburi bune de mâncat, ierburi ca să-ți crească părul, ierburi ca să visezi lucruri plăcute. Vom merge pe drumuri de furnică. Vom avea nouăsprezece copii, pe care o să-i cheme

William, Henri, Maria, Jérôme, Lourdes, Conception, Irène, David, Luz Elena, Yoloxochitl, Isus, Suriwong, Bernard, James, Alice, Elzunka, Laure 1, Laure 2, Gabriel. Vom fi atât de plini de viață că or să ne trebuiască 166 de ani ca să putem muri. Cerul va fi atât de albastru ziua și atât de negru noaptea, că n-o să mai știm ce să mai spunem. Soarele va fi așa de fierbinte că o să ne facem negri. Vino, totul e gata. Vom mânca portocale. Vom scuipa sâmburii pe jos. Vom munci toată ziua pe plantațiile de cafea pentru un patron cu Rolls Royce și avion cu reacție. Vom bea o cafea groasă ca siropul, din cești murdare. Vom mânca rădăcini și vom vorbi cu toată lumea. Vino: aici oamenii nu au ochelari fumurii. Pe șoseaua pustie, la intrarea în sat, e un schelet uriaș de cal, proptit pe toate cele patru picioare, legat cu sfoară. Belisario Dominquez a fost deputat, ca să se răzbune pe el, Victoriano Huerta l-a luat prizonier. Apoi i-a smuls limba. Sunt o grămadă de lucruri de felul ăsta de povestit pe-aici. Nu mai zăbovi! Nu mai zăbovi! Am trabucuri pentru tine, trabucuri lungi, din tutun verde, pe care le cumpăr cu sutele. Le fumez uitându-mă la piața arsă de soare. Scot fumul acru pe nas și pe gură, iar fumul se risipește în aer. Sunt în sat. Aici e pace. N-o să-ți fie teamă de nimeni, fiindcă o să te pierzi în decor. Nu-i așa că-i bine? Nu-i așa?"

Ceva mai târziu, J. H. Hogan se ridică. Traversă din nou piața, evitându-i pe cei care mergeau orbecăind. Se opri în fața unei băcănii și-și cumpără o sticlă plină cu un lichid galben. Apoi se întoarse spre locul unde stătuse până atunci. Își dădu seama că locul fusese ocupat. Cineva se așezase pe bordura de piatră, la umbra casei cu coloane. Apropiindu-se, J. H. Hogan văzu că era un bărbat tânăr, abia de vreo treizeci de ani, îmbrăcat într-o pereche de pantaloni de pânză, cămașă albă, cu picioarele goale în sandalele cu multe curele. Avea o față suptă, de culoarea pământului ars și părul foarte negru. Pe față, pe frunte, de jur împrejurul ochilor, pe obraji, avea niște cruste ciudate, purulente. Muște mici, plate îi zburau fără încetare în jurul feței, formând un halou de puncte negre. Din când în când, bărbatul le fugărea cu palma, dar imediat reveneau și bâzâiau în jurul pustulelor.

J. H. Hogan se așeză lângă el. Îl salută. Bărbatul îi răspunse cu glas răgușit, fără să se întoarcă. În clipa în care J. H. Hogan destupă sticla cu lama cuțitului, bărbatul tresări.

— Nu-i nimic, spuse Hogan. E doar un suc.

— A, bine, răspunse bărbatul.

Hogan luă un gât de suc din sticlă. I-o întinse apoi bărbatului.

— Vrei? întrebă.

— Ce?

— Suc. Vrei un pic de suc?

— Mulțumesc mult, zise bărbatul întinzând mâna.

Luă trei guri de suc și-i înapoie sticla. Se șterse cu palma la gură.

— Mulțumesc mult, spuse. Ești străin?

— Da, răspunse Hogan.

— A, da? Ești doctor? îl întrebă.

— Nu, veni răspunsul lui Hogan.

Muștele negre îi colcăiau în jurul ochilor. J. H. Hogan văzu că avea ochii umflați, roșii, lipiți de lacrimi.

— Păcat, spuse bărbatul. Fiindcă am fi avut nevoie de unul prin părțile noastre.

— E o boală cumplită, spuse Hogan.

— Da, răspunse simplu bărbatul.

În penumbră, profilul lui ascuțit nu se mișca deloc. Numai muștele se mișcau.

— Se pare că de vină sunt nenorocitele astea, spuse bărbatul fluturând mâna prin aer.

— Muștele?

— Da, musculițele. Își frecă ochii cu degetele. Musculițele de pe plantațiile de cafea. Își depun ouăle în piele, uite. Atunci începi să ai febră. Și, fiindcă nu avem doctor, toată lumea se căptușește cu boala asta. Tu, tu n-ai pățit-o, nu?

— Nu, răspunse Hogan. Nu încă.

— Și doare, continuă bărbatul. Îți ard capul, ochii, nările, totul. Simți că ți-a luat foc capul.

J. H. Hogan scoase o țigară de foi și i-o întinse.

— Fumul e bun împotriva muștelor, spuse.

Aprinse țigara bărbatului, apoi pe-a lui.

— Acum zece zile mai vedeam cât de cât. Dar acum s-a terminat. Gata. Negru.

— Muncești pe plantație?

— Da, în fiecare zi, mai jos de sat.

— Ce faci?

— Sunt niște frânghii, de la un capăt la celălalt. Cu o mână te ții și cu cealaltă culegi.

Bărbatul suflă fumul în aer. Musculițele, luate prin surprindere, zburară. Dar J. H. Hogan le văzu așteptând și dansând în lumină. Când o să-și termine țigara, or să se reîntoarcă.

— E mai bine? întrebă.

— Da, răspunse bărbatul. Mulțumesc pentru țigară.

— Ești de-aici? întrebă Hogan.

— De-aici, da. Din Belisario.

— Stai singur?

— Nu. Am familie. Acolo, aproape de plantație.

Își trecu țigara peste obraz.

— S-ar părea că-i bună pentru dureri, explică.

— Și nu aveți doctor? întrebă Hogan.

— Nu, răspunse bărbatul. Acum trei luni, a venit unul. A zis că trebuie dat peste tot cu DDT. Dar patronul n-a vrut. A zis că asta o să-l coste toată recolta.

Aşa că doctorul a plecat. A zis c-o să facă un raport. Şi n-am mai auzit nimic de el.

— Şi nevastă-ta?

— Ce e cu ea?

— Şi ea, şi ea are?

— Nevastă-mea? De doi ani deja. Şi cei doi copii ai mei, şi ei au.

— Muncesc şi ei pe plantaţie?

— Cel mai mare, da. Dar nevastă-mea stă acasă. Are febră tot timpul.

Bărbatul molfăi capătul ţigarii.

— E ciudat, n-aş fi crezut niciodată, spuse bărbatul. N-aş fi crezut niciodată c-ar putea să ni se-ntâmple aşa ceva la toţi. Poate că-i blestemul lui Dumnezeu. Mai ştii?

— Habar n-am. Poate, răspunse Hogan.

— Poate că toată lumea o s-ajungă aşa, şi tu, apoi şi preşedintele, apoi toţi ruşii şi toţi chinezii. Nu?

J. H. Hogan privi la piaţa albă. Bău încă o gură de suc şi-i întinse sticla bărbatului. Bărbatul termină ce mai rămăsese din lichid şi-i înapoie sticla. Se şterse din nou cu palma la gură şi spuse:

— Mulţumesc. Mulţumesc mult, domnule.

Apoi se ridică şi se sprijini într-un baston din trestie de zahăr. Hogan nu văzuse că avea baston. Bărbatul întoarse capul acoperit de pustule spre el. Îşi vârî ţigara între buze şi zise:

— Mulţumesc mult pentru ţigară. Trebuie să mă întorc acasă.

— La revedere, spuse Hogan.

— La revedere, răspunse bărbatul.

Iată. Taina a fost, acum, descoperită. Taina tragică a ieşit dintr-odată din sânul frumuseţii, şi-a scos negul infect la iveală. Taina a luat, de data asta, forma unei muşte. O insectă minusculă, neagră, la jumătatea distanței dintre muscă și țânțar, o insectă care poartă numele de Simulium. Norii vii se ridică de pe plantațiile de cafea. Se năpustesc asupra fețelor și mâinilor oamenilor. Le beau sângele. Pe trompa lor ascuțită mișună niște paraziți care se cheamă Onchocerca Caecutiens. Animalele invizibile se răspândesc pe sub piele și dezvoltă tumorile de pe față, de pe scalp, din jurul ochilor. Microembrionii se înmulțesc în corium. Atunci, cu unghiile, omul își sfâșie pielea, deschizând calea streptococilor. Urmează tumefierea, erizipelul și febra. Deja, durerile sunt violente, te izbesc cu loviturile lor invizibile. Apoi, microembrionii sparg nodulii din jurul ochilor și se împrăștie. Conjunctivita umple ochiul de sânge. Cheratita și coroidita îl fac opac. Ăsta e secretul. Poate era mai bine să nu fie destăinuit. Poate era mai bine să pleci mai departe și să uiți. Ai fi fost deja departe. Ai fi fost pe o plajă cu nisip galben, întins la soare, și ai fi putut să meditezi la nesfârșit sau să scrii un poem pe care mareea avea să-l șteargă, privind valurile mării ca niște frunți de taur. J. H. Hogan începu să se plimbe prin satul în care oamenii erau orbi. Înainta printre trupurile care șovăiau. Se intersecta cu grupuri de bărbați care urcau spre piața luminoasă, ținându-se de braț. Văzu o femeie bătrână care înainta lovind pământul cu toiagul și vorbind singură. Aproape de statuia neagră, doi bărbați tineri stăteau așezați pe jos cu desagile la picioare. Pe fețele chinuite, ochii verzi-albăstrui le erau ficși și nu priveau la nimic. Lângă foișor, cerșea un bărbat; însă nimeni nu putea să-l vadă. Trei femei cu părul lung și negru stăteau ghemuite pe pământ, iar deasupra capetelor lor pluteau aureole de puncte care se deplasau ca niște nori. Piața era ticsită de bărbați și de femei care se mișcau de colo-colo. Însă era un spațiu al liniștii, într-adevăr, un crater adânc unde orice mișcare înghețase. Doar muștele erau active. Veneau și plecau prin în aerul străveziu, își puneau piciorușele fragile pe fețe, mergeau pe marginea pleoapelor și pe la colțurile gurii. O femeie oarbă alăpta un prunc orb. Copiii, în praf, își agitau brațele și plângeau. Însă Hogan nu mai auzea nimic. Traversa piața, sărea peste trupuri, înainta pieziș, iar muștele minuscule se așezau deja pe el. Oroarea nu e inimaginabilă, nu are nici chip de monstru și nici aripile de liliac ale demonilor. E calmă și tihnită, ține vreme îndelungată, zile și nopți, luni întregi, poate ani. Nu e fatală. Lovește numai ochii, doar ochii.

Pe străzile curate ale satului trece un popor orb. Bâjbâie pe lângă ziduri, intră în case curate, se întoarce de la câmpul pe care cresc plante foarte verzi. Vinde și cumpără la tarabele din piață. În spatele tejghelei cu ardei iuți, mâna se întinde și pipăie. Ia un pumn de fructe și le pune în mâna întinsă. Apoi se întoarce și ia o monedă de metal, care cade zornăind în cutia de tinichea. Pe sub umbrarul de pânză, caravana înaintează ținându-se de umeri. La dreapta, o altă caravană coboară. Pe chipurile impasibile, ochii opaci s-au închis în fața războiului. Dar au lăsat locul unei păci demente, o pace mai rea decât războiul. Suferința liniștită apasă cu toată greutatea peste sat. E un strigăt sugrumat, care s-a întors înlăuntrul trupurilor ca să le devasteze.

Oriunde în lume, de cealaltă parte a munților care fac roată, sunt ținuturi teribile, în care privirile ies în afară. Aici însă, privirile sunt guri deschise care aspiră, care înghit fără contenire. Oriunde în altă parte, sunt geamuri răutăcioase. Aici însă, bate vântul, merge din ceruri până-n fundul orbitelor stinse. Cum să reziști unei asemenea urgii? Unde să te ascunzi, când toată lumea a dispărut în ascunzătorile ei? De jur împrejurul pieței dreptunghiulare, grupuri de oameni înaintează pipăind zidurile. Când palmele lor dau de o fereastră, se opresc și-și întorc spre lumină chipurile împietrite pe care ochii sunt albi. În satul în care trăiesc termitele și cârtițele, niciodată nu ajungi nicăieri. Te întorci pe călcâie, nehotărât, măsori cu pașii piața luminoasă. Deasupra, cerul albastru e de nesuportat. Zdrelește fără milă, își plouă săgețile de lumină deasupra pământului prăfos. E curat cum n-a mai fost nicăieri. Când vine noaptea, stelele strălucesc frenetic în adâncul vidului, iar luna e de o mie de ori mai mare decât soarele. Pe undeva, prin sat, gâfâie un generator care aprinde becurile electrice de pe străzi. E ca și cum toate fulgerele pământului s-au adunat în micile sfere de sticlă. Nu mai e vreme, o, nu, nu mai e vreme. Cine știe până unde-ar putea merge orele înăuntrul craniilor închise? Poate până la capătul eternității. Poporul orb înaintează pe pământul întins. Își cercetează veșmintele, își trec mâinile peste față înainte să se recunoască. Speranța are gesturi lente, ca să poată crește mai mult în fiecare zi. În cafeneaua întunecoasă, în care mesele de fier sunt aeroporturi pentru muște, tânăra femeie așteaptă ascultând muzica și cuvintele care ies din radio. Când ritmul alert lovește difuzoarele, flutură din mâna dreaptă și fluieră în cadență. Pe chipul cu nas fin, cu o gură în care sclipesc incisivii, ochii sunt lipiți. N-or să se miște nici când vei merge spre dreapta, nici când vei merge spre stânga. N-or să se mai ridice ca să se adâncească miraculos, întocmai, în ochii tăi. N-or să mai caute, clipind neliniștiți, oglinzile de pretutindeni. Cine a îndrăznit să coasă pleoapele astea? Ochi, deschideți-vă, măcar o singură dată. Priviți-mă. Sunt aici. Am venit.

În satul peste care se înstăpânise o pace înfricoșătoare, Jeune Homme Hogan aștepta autobuzul.

Viețile adevărate nu au sfârșit. Cărțile adevărate nu au sfârșit.

(Va urma.)

La Editura POLIROM

au apărut:

W. Somerset Maugham – *Magul*

George Orwell – *Aspidistra să trăiască!*

Chuck Palahniuk – *Supraviețuitor*

Naghib Mahfuz – *Băieții de pe strada noastră*

Nick Cave – *Moartea lui Bunny Munro*

Michel Houellebecq, Bernard-Henri Lévy – *Inamici publici*

Truman Capote – *Muzică pentru cameleoni*

José Luís Peixoto – *Nici o privire*

Philip Ó Ceallaigh – *Și dulce e lumina*

Curtis Sittenfeld – *Soția președintelui*

Carlos Ruiz Zafón – *Jocul îngerului*

François Mauriac – *Cuibul de vipere. Genitrix*

Jonathan Coe – *Ploaia înainte să cadă*

Martin Amis – *London Fields*

în pregătire:

Ryū Murakami – *Audiția*

Bernhard Schlink – *Weekendul*

www.polirom.ro

Redactor: Ada Tanasă
Coperta: Carmen Parii
Tehnoredactor: Constantin Mihăescu

Bun de tipar: decembrie 2009. Apărut: 2010
Editura Polirom, B-dul Carol I nr. 4 • P.O. BOX 266
700506, Iaşi, Tel. & Fax: (0232) 21.41.00; (0232) 21.41.11;
(0232) 21.74.40 (difuzare); E-mail: office@polirom.ro
Bucureşti, B-dul I.C. Brătianu nr. 6, et. 7, ap. 33,
O.P. 37 • P.O. BOX 1-728, 030174
Tel.: (021) 313.89.78; E-mail: office.bucuresti@polirom.ro

Tiparul executat la S.C. Arta Grafică S.A.

Contravaloarea timbrului literar se depune în contul
Uniunii Scriitorilor din România
Nr. RO44RNCB5101000001710001 BCR UNIREA